U0146704

梁晓声
谈中国
系　列

招待所
招待所
出租车

梁晓声谈中国故事

梁晓声 著

中央党校出版集团 大有书局

图书在版编目（CIP）数据

梁晓声谈中国故事 / 梁晓声著 . -- 北京 : 大有书局，2024.2

（梁晓声谈中国）

ISBN 978-7-80772-155-0

Ⅰ . ①梁… Ⅱ . ①梁… Ⅲ . ①故事—作品集—中国—当代 Ⅳ . ① I247.81

中国国家版本馆 CIP 数据核字（2023）第 213266 号

书　　名　梁晓声谈中国故事
作　　者　梁晓声　著

出版统筹　严宏伟
策　　划　淡　霞
责任编辑　淡　霞　侯文敏
绘　　图　赵婉琦
装帧设计　薛　宇
责任校对　李盛博
责任印制　袁浩宇
出版发行　大有书局
　　　　　（北京市海淀区长春桥路 6 号　100089）
综 合 办　（010）68929273
发 行 部　（010）68922366
经　　销　新华书店
印　　刷　北京博海升彩色印刷有限公司
版　　次　2024 年 2 月第 1 版
印　　次　2024 年 2 月第 1 次印刷
开　　本　880 毫米 ×1230 毫米　1/32
印　　张　10.375
字　　数　231 千字
定　　价　58.00 元

目　录

第二章　万里家山一梦中

第三章　中国故事

关于土地的杂感（代序）

据说，在北京、上海、广州、深圳这些城市，居高的房价已经涨到七八万一平方米了。当然，都是黄金地段，所以寸土寸金。又据说，富豪或炒房者们一掷数千万争相而购，是受一种统一的商业理念的驱使，即寸土寸金的地段绝对是稀有的，买下的不但是高档住房，简直还是一棵摇钱树。

事实基本如此，几年前他们以几百万元买下的别墅，如今无一例外地涨到了天价。

而专门为他们盖房子的房地产商，深谙他们的心理，每以“绝版”“珍藏版”奉应之。于是，在天价房现象推波助澜的作用下，房价一概地飙升不止，连城市中产阶层都目瞪口呆了，平民和贫民阶层改善住房条件的想法，遂成幻想。

这使我联想到孔老夫子的一句话。他说：“天无私覆，地无私载，日月无私照。奉斯三者以劳天下，此之谓三无私。”孔老夫子这话，要义在后两句。是以天地日月的无私来喻人的。以前，我是颇信有那种“奉斯三者以劳天下”之人物的。后来，不信了。非但不信，且大不以为然，觉得人根本不可能做到那般无私。故人不该对人有那等苛刻的要求。但对于前三句话，我却一向是信的。现在，我连前三句话也不信了。最近我总想做一件事，那就是，摘辑一些所谓名言，尤其是那类对我们世人影响深远的名言，一一指出它们的不可信性。孔老夫子那句话，自然便是一例。依我看来，天有私覆，地有私载，日月有私照——早就是真相了。

这地球上，有的地方终年寒冷，满目冰雪；有的地方却又终年炎热，水源恒少；而某些幸运的地方，则四季如春，风光旖旎，不仅是适于人类生活的天堂，也是植物动物的“伊甸园”。这难道不是天之“私”、日月之“私”吗？

这地球上，有的地方荒山叠嶂，戈壁无边，寸草不生；而有的地方沃土平川，水源丰富，地上几乎遍地是宝，地下也处处矿藏。这难道不是地之“私载”吗？有一次我乘飞机去往西部某市，坐靠窗位置。幸逢晴日，万里无云。从天穹看大地，所见情形，令我心怦动，愀然进而肃然。在光秃秃的岩体的山与山之间，偶现一小片土地，或许是风将沙尘刮到那儿，百千年间，万亿次数，积淀而成的吧？估计也就半个足球场那么大的一片土地，却散布着七八户人家，形成一个小村落。院如火柴盒，舍如小纽扣。在与土地同色的房子与房子之间，不见一株树影。又偶现更小的一片土地，孤零零的一个火柴盒似的小院，孤零零的一幢小纽扣似的房舍。

我问坐在我旁边的当地人：“什么人会住在那么一种地方？”

他们说：“当然是农民啰。”

“那根本不是人住的地方啊！”

“就是嘛。”

“为什么不将他们迁往别处？”

“你看，那儿还有，那儿还有，加起来为数不少呢，往哪儿迁他们呀！好地方的土地，早都有主了……”

我便只有默然。

“听说，当地政府已在考虑尽早将他们迁往别处……”

对方的话，怎么听都像是安慰我。而我又想到了在另外一个省境内见到的情形。那是一个山区多多的省份。从山顶到山腰再到山脚，凡是能种点儿什么的土地，不管小得多么不起眼的一块土地，无一遗漏，皆被种上了庄稼和蔬菜。时值秋季，公路两旁，每见背着收获的农民，低着头猫着腰，缓辵（chuò）而行。坐在面包车里的我，见一片山坡上，有些缺口大小的土坑。就是那些土坑里，也都种上了玉米。陪同我的当地朋友见我奇怪，向我解释说，那些现出土坑的地方，原先都有巨石。养路单位怕巨石在雨季滚下山坡，堵塞公路，于是很负责任地用吊车将巨石吊走了。而农民，争相占有了那些土坑。而前方，连公路两旁排水的沟里，都种上了南瓜和土豆……

我不禁就联想到了城市里那些房地产商所宣传的“寸土寸金”的广告语。

在那样一些缺少耕地的地方，对于那样一些农民，未尝不也是寸土寸金呢！

后来，我们走在田地间的田埂上了。最窄的田埂，才一尺宽左右。朋友说，田埂起初肯定是宽些的，但是当地农民对土地的贪占心理十分强烈，仅仅为了多点一行种子，那也不惜再将田埂挤窄几寸，所以田埂越来越窄了；当地农民走在田埂上的平衡水平也越来越高了。

他说：“让咱们挑着粪桶走在这么窄的田埂上，是会一次次掉下去的吧？”

我说：“会的。”

于是就想到了人类和土地的关系。

古代的人类，最坚定的占有欲体现在对土地的占有方面。部落与部落之间、民族与民族之间、国与国之间，狼烟四起，兵燹（xiǎn）成灾，大抵为的是土地。后来，当国与国的边界较为分明了，土地就成了领土。即使当今，某些国家之间交恶，往往也还是与领土问题有关。一旦涉及领土问题，没有哪一个国家会不认真对待。

而在一个国家内部，人对土地的占有欲，则意味着一种最古老的占有欲之体现。作为一个现代人，倘不能实际地占有一座城市中他认为最值得占有的土地，那么他必将通过占有那块土地上的房产来达到满足。

一块城市里的土地寸土寸金吗？

那么，我要最大限度地占有。

当然，有此种占有欲的人，首先须是富人。

对于他们，寸土寸金之土地，等于金。

而对于金的占有欲，其古老性，仅次于人类对土地的占有欲。相比于土地和金，人类对其他昂贵东西的占有欲，倒不值得论道了。

这就是为什么在中国，在城市，在所谓黄金地段，房价越炒越高、房子越盖越大的真相。

这是一种现代人的大都市地主心理。

在封建社会，地主为大，于是他们的土地占有欲便会自然而然地延展向城市。从前的大地主，在城市里往往拥有整条街的房产。于是，从前城市里的贫穷人家，注定会从他们住惯了的街上被挤走，迁往城市的边角地方。或者，直接又回到农村，再成农民。

这一种通过房地产业实现的对于城市土地占有欲的满足，即使交易公平，根子上也是一种人类的原始的占有欲。

故在西方，豪宅已不建在市内黄金地段，大抵建在市郊。多数富豪，并不通过金钱实力进犯城市腹地。而这使城市的腹地得以较长久地保持原貌，于是保持城市个性。

中国的城市恰恰反过来。

房地产业首先是开始从城市腹地改变城市原貌的。当城市腹地已无可再改变，才不得不将目光投向郊区。故一座座城市，早已无原貌可寻。

城市的发展，不依赖房地产业是难以想象的，也可以说是根本不能够的。但是，若过分依赖房地产业，甚至推波助澜，乐得正中下怀地利用房地产业，则肯定是不可取的，甚而是愚蠢的。因为，人心里也有一块土地，叫心田。心田才是人类真正寸土寸金的地方。心田生长于对公平的希望和对贪婪的本能反感。我们许多城市的腹地，如同那些缺少土地的农村的田埂。现在，供人走的路是越来越窄了。将来，理性思想也将无路可走了吗？

不错，城市的土地确乎是宝贵的。正因其宝贵，我们这一代城市公民应该意识到——城市不是属于哪一届政府的，不是属于哪些房地产大鳄及某些富豪的。城市它属于全体城市公民。它不仅属于我们这一代城市公民，也属于我们的后代子孙。

……

那么，我认为，每座城市的“人大”和“政协”，都应责无旁贷地替全体城市公民及其子孙后代，肩负起对于城市土地的开发监督权。城市土地管理部门，只能在此种监督和允许之下，才有权对城市土地进行拍卖。而且，也不能一卖了之，完事大吉。

卖后的土地，究竟用于何种目的——建住宅？建医院？建学校？建图书馆或公园？“人大”和“政协”亦应代表城市公民过问，使目的在符合大多数城市公民意愿的前提之下得以理性实现。

这样，而且只有这样，房价过高才会真被遏制；房地产暴利才会真被管制；房地产泡沫才会真被控制。

……

至于那些为现在的房地产业评功摆好、推波助澜的人，我不想和他们讨论什么。因为据我所知，他们明里暗里，差不多皆是些附着在房地产商身上的毛。

我跟几撮“毛”有什么好说的呢？

第一章

论教育的诗性

论教育的诗性

当我们在反省我们自己的中小学教育方法时，我想说，我们或许正在丧失教育事业针对小学生的诗性内涵。

一向觉得，“教育”二字，乃具诗性的词。它使人联想到另外一些具有诗性的词——信仰、理想、爱、人道、文明、知识，等等。它使人最直接联想到的词是母校、学生时代、师恩、同窗。还有一个词是“同桌”——温馨得有点儿妙曼，牵扯着情谊融融的回忆。

学校是教育事业的实体。学生将自己毕业的学校称为母校，其终生的感念，由一个“母”字表达得淋漓尽致。学生与教育这一特殊事业之间的诗性关系，无须赘言。

没有学生时代的人生是严重缺失的人生，正如没有爱的人生一样。

“师道尊严”强调的主要非教师的个人尊严问题，而是教育之“道”，亦即教育的理念问题。全人类的教育理念从前都未免偏狭，“尊严”二字是基本内容。此二字相对于教育之“道”，也包含着古典的庄重的诗性，虽然偏狭。人类现代教育的理念十分开放，学校不再仅仅是推动个人通向功成名就的“管道”，实际上已是关乎一个民族、一个国家乃至全人类文明前景的摇篮……

于是，教育的诗性变广大了。“教育”二字，令我们视而目肃，读而声庄，书而神端，谈而切切复切切。因为它与一切人的人生关系太紧密啊。一个生命就是一次空前绝后的奇迹。父母的精血决定了生命的先天质量。生命演变为人生的始末，教育引导着人生的后天历程。对于每个具体的人，左右其人生轨迹的因素尽管多种多样，然而凝聚住其人生元气不散的却几乎只有一件事情，那就是教育的作用和恩泽。

因为教育与社会的关系太紧密啊。

一个绝大多数人渴望享受到起码教育的愿望遭剥夺的社会，分明是一个被关在文明之门外边的社会。在那样的社会里，极少数人的幸运，除了给极少数人的人生带来成就和光荣，很难同时照亮绝大多数人精神的暗夜。

教育是文明社会的太阳。

因为教育与时代的关系太紧密啊。

电灯改变了一个时代。但是发电照明的科学原理一经被写入教育的课本里，在一切有那样的课本被用于教学而电线根本拉不到的地方，千千万万的人心里便首先也有一盏教育的“电灯”亮着了……

全世界被纪念的军事家是很多的，战争却被人类更理智地防止着；全世界被纪念的教育家是不多的，教育事业却被人类更虔诚地重视了。

少年和青年谈起文学家、文艺家难免是羡慕的，谈起科学家难免是崇拜的，谈起外交家、政治家难免是钦佩的，谈起企业家难免是雄心勃勃的——但是谈起教育家，则往往敬意油然而生（如果他们也了解某几位教育家的生平的话）。因为有一个事实他们必定肯于默认——世界上有些人是在富有了以后致力于教育的，却几乎没有因致力于教育而富有的人。他们正从后者鞠躬尽瘁所致力的事业中，获得人生的最宝贵的益处……

教育家和教育工作者是体现教育诗性的优美的诗句。

而教育的诗性体现着人类诸关系之中最为特殊也最为别致的一种关系——师生关系的典雅和亲近。

所以中国古代有“一日为师，终身为父”的箴言，所以中国古代将拜师的礼数列为“大礼”。这当然是封建色彩太浓的现象，我觉得反而损害了师生关系的典雅和亲近。

那么，让我们来分析一下，上学这件事，对于一个学龄儿童，究竟意味些什么吧！

记得我报名上小学那一天，哥哥反复教我十以内的加减法，因为那将证明我智力的健全与否。母亲则帮我换上了一身干干净净的衣服，并一再替我将头发梳整齐。我从哥哥和母亲的表情得出一种印象：上学对我很重要。我从别的孩子们的脸上得出另一种印象：我们以后将不再是个普通的孩子……

报完名回家的路上，忽听背后有一个清脆的声音高叫我的“大名”——也就是我出生后注册在户口本上的姓名。回头看，是邻院的女孩儿。她的母亲和我的母亲要好，我和她稔熟之极，也经常互相怄气。此前我的“大名”从没被人高叫过，更没被一个稔熟的女孩儿在路上高叫过。而她叫我的小名早已使我听惯了。

我愕然地瞪着她，几乎有点儿恓惶起来。

她眨着眼问我：“怎么，叫你的学名你还不高兴呀？以后你也不许叫我小名了啊！”

又说：“你再欺负我，我就不告诉你妈了，要告诉老师了！”

一个人出生以后注册在户口本上的名字，只有当他或她上学以后才渐被公开化。对于孩子们而言，小学是社会向他们开放的第一处“人生操场”，班级是他们人生的第一个“单位”。人与教育的诗性关系，或一开始就得到发扬光大，或一开始就被教育与人的急功近利的不当做法歪曲了。

儿童从入学那一天起，一天天改变了“自我”的许多方面。他或她有了一些新的人物关系：老师、同学、同桌。有了一些新的意识：班级或学校的荣誉、互相关心和帮助、尊敬师长以及被一视同仁平等对待的愿望，等等。有了一些新的对自己的要求。反复用橡皮擦去写在作业本上的第一个字，横看竖看总觉得自己还能写得更好。甚至不惜撕去已写满了字的一页，直至一字字一行行写到自己满意为止……

集体朗读课文；课间操；第一次值日……几乎所有的小学生，都怀着本能般的热忱进入了学生的角色。

那一种热忱是具有诗性的，是主动而又美好的，是在学校这一教育事业的实体环境培养之下萌生的。如果他或她某天早晨跨入校门走向班级，一路遇到三位甚至更多位老师，定会一次次郑重其事地驻足、行礼、问好。如果他或她已经是少先队员，那么定会不厌其烦地高举起手臂行标准的队礼。怎么会烦遇到的老师太多了呢？那对他或她何尝不是一种愉快呢！

当我们中国人在以颇为怀疑的眼光审视西方某些国家实行的对小学生的“快乐教育”时，我们内心里暗想——那不成了幼儿园的继续吗？

儿童和少年到了学龄，只要他们所在的地方有学校，不管那是一所多么不像样子的学校；只要他们周围有些孩子天天去上学，不管是多数还是少数，他们都会产生自己也要上学的强烈愿望。

其实不然。

据我想来，他们或许正是在以符合自己国家国情的方式，努力体现着教育事业之针对小学生的诗性吸引力。

当我们在反省我们自己的中小学教育方法时，我想说，我们或许正在丧失教育事业针对小学生们的诗性内涵。

当我们全社会都开始检讨我们的中小学生所面临的学业压力已成沉甸甸的重负时，依我看来，真正值得我们悲哀的乃是中小学教育事业的诗性质量，缘何竟似乎变成了枷锁？

将一代又一代儿童和少年培养成一代又一代出色的人，这样的事业怎么可能不是具有诗性的事业呢？

问题不在于“快乐教育”或其他教育方式孰是孰非，各国有各国的国情。他国的教育方式，哪怕在他国已被奉为经验的方式，照搬到中国来实行，那结果也很可能南辕北辙。问题更应该在于，我们中国人在自己的头脑中，是否有必要进行这样的思考：如果我们承认教育之于学生，尤其对中小学生确乎是具有诗性的事业，那么我们怎样在中小学校保持并将其诗性的特征发扬光大？

儿童和少年到了学龄，只要他们所在的地方有学校，不管那是一所多么不像样子的学校；只要他们周围有些孩子天天去上学，不管是多数还是少数，他们都会产生自己也要上学的强烈愿望。

这一愿望之于儿童和少年，其实并不一概地与家长灌输的什么“学而优则仕”或自己暗立的什么“鸿鹄之志”相关。事实上即使在城市里，绝大多数家长也并不经常向独生子女灌输那些，绝大多数的学龄儿童也断然不会早熟到人生目标那么明确的程度。

它主要体现着人性对美好事物的最初的求之若渴。

在孩子的眼里，别的孩子背着书包单独或结伴去上学的身影是美好的；学校里传出的琅琅读书声是美好的；即使同样是在放牛，别的孩子骑在牛背上看书的姿态也是美好的……

这一流露着羡慕的愿望本身亦是具有诗性的。因为羡慕别的孩子的书包和羡慕别的孩子的新衣服是那么不同的两种羡慕。

这一点，在许多文学作品甚至自传作品中有着生动的描写。一旦自己也终于能去上学了，即使没有书包，即使课本是旧的、破损的，即使用来写字的只不过是半截铅笔，即使书包是从母亲的某件没法穿了的衣服上剪下的一片布做成的，终于能去上学了的孩子，内心依然是那么激动……

这也不是非要和别的孩子一样的“从众心理”。

因为，情形很可能是这样的：当这个曾强烈地羡慕别人能去上学的孩子向学校走去的时候，他也许会招致另外更多的不能去上学的孩子们巴巴的羡慕目光的追随。斯时，后者才是“众”……

我曾到过很偏远的一个山区小学。那学校自然令人替老师和孩子们寒心。黑板是抹在墙上的水泥刷了墨，桌椅是歪歪斜斜的带树皮的木板钉成的，孩子们的午饭是每人自家里装去的一捧米合在一起煮的粥，就饭的菜是半盆盐水泡葱叶。我受委托去向那所小学捐赠一批书和文具。每个孩子分到书和文具的同时还分到一块橡皮。他们竟没见过城市里卖的那种颜色花花绿绿的橡皮，以为是糖块儿，几乎全都往嘴里塞……

我问他们上学好不好。

他们说好，说还有什么事儿比上学好呢。

问上学怎么好呢。

都说识字呀，能成为有文化的人啊。

问有没有志向考大学呢。

皆摇头。有的说读到小学毕业就得帮家里干活儿了，有的以庆幸的口吻说爸爸妈妈答应了供自己读到初中毕业。至于识字以外的事，那些孩子根本连想也没想过……

解海龙所摄的、成为“希望工程”宣传明星的那个有着一双大大的黑眼睛的小女孩儿，凝聚在她眸子里的愿望是什么呢？是有朝一日能跨入名牌大学的校门吗？是有朝一日戴上博士帽吗？是出国留学吗？是终成人上人吗？

我很怀疑她能想到那么多那么远。

我觉得她那双大大的黑眼睛所巴望的，也许只不过是一间教室，一块老师在上面写满了粉笔字的黑板，一套属于她的课桌椅——而她能坐在教室里并且不必想父母会因交不起学费而发愁，自己也不必因买不起课本、文具而愀然……

总而言之，我的意思是，恰恰在那些被叫作穷乡僻壤的地方，在那些期待着“希望工程”资助教育事业的地方，在简陋甚至破败的教室里，我曾深深地感受到儿童和少年无比眷恋着教育的那一种简直可以用“粘连”二字来形容的、“糯”得想分也分不开的关系。

那是儿童和少年与教育的一种诗性关系啊！我在某些穷困农村的黄土宅墙上，曾见过用石灰水刷写的这样的标语：“再穷也不能穷了教育；再苦也不能苦了孩子！”它是农民和教育的一种诗性关系啊！有点儿豪言壮语的意味。然而体现在穷困农村的黄土宅墙上，令人联想多多，眼眶湿润。

我的眼并不专善于从贫愁形态中发现什么“美感”，我还未矫揉造作到如此地步。我所看见的，只不过使我在反观我们城市里的孩子与教育，具体说是与学校的关系时，偶尔想点儿问题。

究竟为什么，恰恰是我们可以坐在宽敞明亮的教室里，而且根本不被“学费”二字困扰的孩子，对上学这件事，对学校这一处为使他们成才而安排周到的地方，往往表现出相当逆反的心理呢？

这一种逆反的心理，不是每每由学生与教育的关系，与学校的关系，迁延至学生与老师、与家长的关系中了吗？

不错，全社会都看到了中小学生几乎成了学习的奴隶，猜到了他们失乐的心理，看到了他们的书包太大太重，看到了他们伏在桌上的时间太长久了……

于是全社会都恻隐了。于是采取对他们“减负”的措施。但又究竟为什么，动机如此良好的愿望，反而在不少家长内心里被束之高阁，仿佛你有千条妙计，我有一定之规呢？但又究竟为什么，“减负”了的学生，有的却并不肯“自己解放自己”，有的依然小小年纪就满心怀的迷惘与惆怅呢？如果他们的沉重并不主要来自书包本身的压力，那么又来自什么呢？一名北京市的初二学生在寄给我的信中写道：

> 我邻家的哥哥姐姐们，大学毕业一年多了，还没找到工作，可都是正牌大学毕业的呀！我十分努力，将来也只不过能考上一般大学。我凭什么，指望自己将来找到一份普普通通的工作竟会比他们容易呢？如果难得多，考上了又怎么样？学校扩招并不等于社会工作也同时扩招呀！可考不上大学，我的人生出路又在哪里呢？爸爸妈妈经常背着我嘀咕这些，以为我听不到。其实，我早就从现实中看到了呀！一般大学毕业生们的出路在何方呢？谁能给我指出一个乐观的前

景呢？我现在经常失眠，总想这些，越想越理不出个头绪来……

倘这名初二女生的信多多少少有一点儿代表性的话，那么是否有根据认为——相当一批孩子，从小既被沉重的书包压着，其实也被某种沉重的心事压着。那心事本不该属于他们的年纪，却不幸地过早地滋扰着困惑着他们了……他们也累在心里，只不过不愿明说。

我们的孩子们的状态可能是这样的：一、爱学习，并且从小学三四年级起，就将学习与人生挂起钩来，树立了明确的学习目标的；二、在家长经常的耳提面命之下，懂了学习与人生的密切关系的；三、有“资格”不想，也不必怎样努力，反正自己的人生早已由父母负责铺排顺了的；四、厌学也没“资格”，却仍不好好学习，无论家长和老师怎样替自己着急都没用的；五、明白了学习与人生的密切关系，虽也孜孜努力，却仍对考上大学没把握的。

对第一类孩子不存在什么学习负担过重的问题，倒是需要家长关心地劝他们也应适当放松；对第二类孩子，家长就不但应有关心，还应有体恤之心了。不能使孩子感到，他或她小小的年纪已然被推上了人生的“拳击场”，并且断然没有了别种选择……

前两类孩子中的大多数，一般都能考上大学。他们和他们的家长，无论社会在主张什么，总是“按既定方针”办的。

对第三类孩子，社会和学校并不负什么特别的责任。“减负”或“超载”也都与他们无关。甚至，只要他们不构成某种社会负面现象，社会和学校完全可以将他们置于关注之外、谈论之外、操心之外。

第四类孩子每与青少年社会问题有涉。他们的问题并不完全意味着教育的问题，也并非“中国特色”，几乎每个国家都有此类青少年存在。他们应是一个值得关注的问题，却也不必大惊小怪。

第五类孩子最堪怜。

从他们身上折射出的，其实更是教育背后凸显的人口众多、就业危机问题。无论家长还是学校，有义务经常开导他们，使他们相信——我们的国家还在发展着。这发展过程中，国家捕捉到的一切机遇，其实都在有益的方面决定着他们将来的人生保障……

我们为数不少的孩子，确乎过早地“成熟”了。

本来，就中小学生而言，他们与学校亦即教育事业的关系，应该相对单纯一些才好。“识字，成为有文化的人。”——就是单纯。在这样一种儿童和少年与教育事业的相对单纯的关系中，教育体现着事业的诗性；孩子体验着求知的诗性；学校成为有诗性的地方。学校和教室的简陋不能彻底抵消诗性。教师和家长对学生之学业要求，也不至于彻底抵消诗性。

但是，倘学校对于孩子成了这样的地方——当他们才上小学三四年级的时候，教师和家长就双方面联合起来使他们接受如此意识：如果你不名列前茅，那么你肯定考不上一所好中学，自然也考不上一所好高中，更考不上名牌大学，于是毕业后绝无择业的资本，于是平庸的人生在等着你；而你若连大学都考不上，那么你几乎完蛋了。等着瞧吧，你连甘愿过普通人生的前提都谈不上了。街头那个摆摊的人或扛着四十斤的桶上数层楼给邻家送纯净水的人，就是以后的你……

这差不多是符合逻辑的，差不多是现实，同时，也差不多是某些敏感的孩子的悲哀。

这一点比他们的书包更沉。

这一点，一旦被他们过早地承认了，“减负”就不能减去他们心中的阴霾了。

于是教育事业对于孩子们所具有的诗性，便几乎荡然无存了。

最后我想说——如果某一天，教师和家长都可以这样对中小学生讲——你们中谁考不上大学也没什么。瞧瞧你们周围，没考上大学的人不少啊！没考上大学就过普通的人生吧，普通的人生也是不错的人生啊！……

倘这也差不多是一种逻辑、一种现实，那么，我们就有理由根本不谈什么“减负”不“减负”的话题了。

中小学教育的诗性，就会自然而然地复归于学校了。当然，这样一天的到来，是比“减负”难上百倍的事。我却极愿为我们中国的中小学生祈祷这样一天尽早到来！

论大学

大学是人类之一切文明的“反应堆”。举凡人类文明的所有现象，无一不在大学里有所反映并进行反应。这里所言之“文明”一词，还包含人类未文明时期的地球现象以及宇宙现象；当然，也就同时包含对人类、对地球、对宇宙之未来现象的预测。

故大学里，“文明”一词与在词典中的解释是有区别的，也是应该有区别的。后者是一个有限含义的词语，而前者的含义几乎是无限的。此结论意味着人类文明的现实能力所能达到的非凡超现实程度。而如此这般的非凡的超现实程度的能力，只不过是人类文明的现实能力之一种。

这里所言之“反应”一词的意思，也远比词典中的解释要多。它是排斥被动作为的。在这里，或曰在大学里，“反应”的词意一向体现为积极的，主动而且特别生动、特别能动的意思。人类之一切文明，都会在大学这个“反应堆”上，被分门别类，被梳理总结，被分析研究，被鉴别，被扬弃，被继承，被传播，被发展……

故，大学最是一个重视稳定的价值取向的地方。故，稳定的价值取向之相对于大学，犹如地基之相对于大厦。稳定的科学知识和丰富的科技成果，乃是自然科学发展的基础；稳定的人文理念和价值观，乃是社会科学发展的前提。

相对于自然科学，价值取向或曰价值观的体现，通常是隐性的。但隐性的，却绝不等于可以没有。倘居然没有，即使自然科学，亦必走向歧途。

例如，化学本身并不直接体现什么价值观，但化学人才既可以应用化学知识制药，也可以制造毒品，还可以来制造生化武器。于是，化学之隐性的科学价值观，在具体的化学人才身上，体现为显性的人文价值观之结果。

制假药往往不需要什么特别高级的化学专业能力，但那也还是必然由多少具有一些化学知识的人所为的勾当，而那是具有稳定的人文价值观的人所耻为的。故稳定的价值观，在大学里，绝不可以被认为只有社会学科的学子们才应具有。故我认为，大学绝不仅仅是一个传授知识和教会技能的地方，还必须是一个培养具有稳定的价值观念的人才的地方。考察一个国家的发展和它的大学的关系，这是具有决定性的一点。首先，大学教师们自身应该是具有稳定价值观念的人。对于从事文科教学的大学教师们，自身是否具有稳定的价值，决定着一所大学的文科教学的品质。

因为在大学里，再也没有别的什么学科，能像文科教学一样每天将面对各种各样的价值观问题。有时体现于学子们的困惑和提问，有时是五花八门的社会现象和社会问题反映到、影响到大学校园里。

为了达到一己之名利的目的不择手段是理所当然的人生经验吗？大学文科师生每每会在课堂上共同遭遇这样的问题。大学教师本身倘无稳定的做人的价值观念，恐怕不能给出对学子们有益的回答吧！

倘名利就在眼前；倘某些手段在犯法的底线之上（那样的手段真是千般百种、五花八门、层出不穷，在有的人那儿运用自如，不觉为耻反觉得意）；倘虽损着别人的利益却又令别人只有吞噬苦水的份——这种事竟也是做不得的吗？

窃以为，这样的“问题”成为问题本身便是一个问题。然而，无论在社会上还是在大学里，其成为“问题”已多年矣。幸而在大学里有一位前辈给出了自己的明确的回答——他说：“我不是一个坏人，我在顾及个人利益的同时，也很习惯地替他人的利益着想。”不少人都知道，此前辈便是北大的季羡林先生。倘无几条终生恪守的德律，一个人是不会这么主张的。倘无论在社会上还是在大学里，不这么主张的人远远多于这么主张的人，那么“他人皆地狱”这一句话，真的就接近“真理”了。那么，人类到世上，人生由如此这般的“真理”规定，热爱生活也就无从谈起了。

但我也听到过截然相反的主张。而且不是在社会上还是在大学里，而且是由教师来对学生说的。

其逻辑——根本不替他人的利益着想是无可厚非的。因为任何一个“我”，都根本没有责任在顾及自己的利益的同时也替他人的利益着想。他人也是一个“我”，那个“我”的一切利益，当然只能由那个“我”自己去负责。导致人人在一己利益方面弱肉强食也没什么不好。因而强者更强，弱者要么被淘汰，要么也强起来，于是社会得以长足进步。

这种主张，有时反而比季老先生的主张似乎更能深入人心。因为听起来似乎见解更为“深刻”，并且还暗含着人人都希望自己成为强者的极端渴望。

大学是百家争鸣的地方。

但大学似乎同时也应该是固守人文理念的地方。

所谓人文理念，其实说到底，是与动物界之弱肉强食法则相对立的一种理念。在动物界，大蛇吞小蛇，强壮的狼吃掉病老的狼，是根本没有不忍一说的。而人类之所以为人类，乃因人性中会生出种种不忍来。这无论如何不应该被视为人比动物还低级的方面。将弱肉强食的自然界的生存法则移用到人类的社会中来，叫“泛达尔文主义”。它不能使人类更进化是显然的。因而相对于人类，它是反“进化论”的。

我想，人类中的强者，与动物界的强者，当有人类评判很不相同的方面才对。

陈晓明是北大中文系教授，对解构主义研究深透。

据我所知，他在课堂上讲解构主义时，最后总是要强调——有些事情，无论在文学作品中还是在社会现实中，那是不能一解了之的。归根到底，解构主义是一种研究方法，非终极目的。比如，正义、平等、人道原则、和平愿望、仁爱情怀，等等。总而言之，奠定人类数千年文明的那些基石性的人文原则，它们是不可用解构主义来进行瓦解的，也是任何其他的主义瓦解不了的。像“进化论”一样，当谁企图以解构主义将人类社会的人文基石砸个稀巴烂，那么解构主义连一种学理研究的方法也都不是了，那个人自己也就同时什么都不是了。

像季羡林先生一样，我所了解的陈晓明教授，也是一个不但有做人德律，而且主张人作为人理应有做人德律的人。

我由是而极敬他的。

我想，解构主义在他那儿，才是一门值得认真来听的课程。

又据我所知，解构主义在有的人士那儿，仿佛一把邪恶有力的锤。举凡人类社会普适的德律，在其锤下一概粉碎，于是痛快。于是以其痛快，使学子痛快。但恰恰相反，丑陋邪恶在这样的人士那儿却是不进行解构的。因为人类的社会，在他看来，仅剩下了丑陋邪恶那么一点点“绝对的真实”，而解构主义不解构“绝对真实”，只解构“一概的虚伪”。

我以为虚伪肯定是举不胜举的，也当然是令我们嫌恶的。但若世界的真相成了这么一种情况——在“绝对的真实”和“一概的虚伪”之间，屹立着那么几个“东方不败”的坚定不移的解构主义者的话，岂不是太不客观了吗?

当下传媒，竭尽插科打诨之能事，以媚大众，以愚大众。仿此种功用，乃传媒之第一功用似的。于是，据我所知，“花边绯闻”之炒作技巧，也堂而皇之地成了大学新闻课的内容。

报纸这一种传媒载体，出现在人类社会少说已有三百年历史；广播已有百余年历史；电视的出现已近半个世纪了——一个事实乃是，人类近二三百年的文明步伐，是数千年文明进程中最快速的；而另一个事实乃是，传媒对于这一种快速迈进的文明步伐，起到过和依然起着功不可没的推动作用。故以上传媒对社会时事公开、公正、及时的报道功用以及监督和评论责任，其恢复历史事件真相的功用以及通过那些事件引发警世思考的使命，当是大学新闻专业不应避而不谈的课程。至于其娱乐公众的功用，虽然与其始俱，但只不过是其兼有的一种功用，并不是它的主要功用。而“花边绯闻”之炒作技巧，不在大学课堂上谈论，对于新闻专业的学子们也未必便是什么学业损失。因为那等技巧，真好学的人，在大学校门以外反而比在大学里学会得还快，还全面。在大学课堂上谈论，即使不是取悦学子，也分明是本末倒置。新闻专业与人文宗旨的关系比文学艺术更加紧密；取法乎上，仅得其中；取法乎中，仅得其下；取法乎其下，得什么也就可想而知了。播龙种而收获跳蚤，自然是悲哀。但若有意无意地播着蚤卵，日后跳蚤大行其道岂不必然？

大学讲虚无主义，倘老师在台上讲得天花乱坠，满教室学子听得全神贯注——一个学期结束了，师生比赛着似的以虚无的眼来看世界，以虚无的心来寻思人间，那么太对不起含辛茹苦地挣钱供子女上大学的父母们了！

大学里讲暴力美学，倘讲来讲去，却没使学子明白——暴力就是暴力，无论如何也非具有美感的现象；当文学艺术作为反映客体，为了削减其血腥残忍的程度，才不得不以普遍的人们易于接受的方式进行艺术方法的再处理——倘这么简单的道理都讲不明白，那还莫如干脆别讲。

将“暴力美学”讲成“暴力之美”，并似乎还要从“学问”的高度来培养专门欣赏“暴力之美”的眼和心，我以为几近于罪恶的事。

大学里讲文学作品中人物的心理复杂性，比如讲《巴黎圣母院》中的福娄洛神父——倘讲来讲去，结论是福娄洛的行径只不过是做了这世界上所有男人都想做的事而又没做成，仿佛他的“不幸”比艾丝美拉达之不幸更值得后世同情，那么雨果地下有灵的话，他该对我们现代人作何感想呢？而世界上的男人，并非个个都像福娄洛吧？同样是雨果的作品，《悲惨世界》中的米里哀主教和冉·阿让，不就是和福娄洛不一样的另一种男人吗？

……

大学是一种永远的悖论。

因为在大学里，质疑是最应该被允许的。但同时也不能忘记，肯定同样是大学之所以受到尊敬的学府特征。人类数千年文明进程所积累的宝贵知识和宝贵思想，首先是在大学里经历肯定、否定、否定之否定，于是再次被肯定的过程。但是如果人类的知识和思想，在大学里否定的比肯定的更多，颠覆的比继承的更多，贬低的比提升的更多，使人越学越迷惘的比使人学了才明白点儿的更多，颓废有理、自私自利有理、不择手段有理的比稳定的价值观念和普适的人文准则更多，那么人类还办大学干什么呢？

以我的眼看大学，我看到情况似乎是，稳定的价值观念和普适的人文准则若有若无。

但是我又认为，据此点而责怪大学本身以及从教者们，那是极不公正的。因为某些做人的基本道理，乃是在人的学龄前阶段就该由家长、家庭和人文背景之正面影响来通力合作已完成的。要求大学来补上非属大学的教育义务是荒唐的。我以上所举的例子毕竟是极个别的例子，为的是强调这样一种感想，即大学所面对的为数不少的学子，他们在进入大学之前所受的普适而又必须的人文教育的关怀是有缺陷的，因而大学教育者对自己的学理素养应有更高的人文标准。

我也认为，责怪我们的孩子们在成为大学生以后似乎仍都那么的“自我中心”而又“中心空洞”同样不够仁慈。事实上我们的孩子们都太过可怜——他们小小年纪就被逼上了高考之路，又都是独生子女，肩负家长甚至家族的种种期望和寄托，孤独而又苦闷，压力之大令人心疼。毕业之后择业迷惘，四处碰壁，不但令人心疼而且想帮都帮不上，何忍苛求？

大学也罢，学子也罢，大学从教者也罢，其实都共同面对着一个各种社会矛盾、社会问题重叠堆砌的倦怠时代。这一种时代的特征就是，不仅人们普遍身心疲惫，连时代本身也显出难以隐藏的病状。

那么，对于大学，仅仅传授知识似乎已经不够。为国家计，为学子们长久的人生计，传授知识的同时，也应责无旁贷地培养学子们成为不但知识化而又坚卓毅忍的人，岂非遂是使命？

……

论大学精神

各位：

我曾在《光明日报》发表过两篇文章，《论教育的诗性》在先，《论大学》在后。两篇文章都是我成为北京语言大学教师之后写的。关于大学精神的一点点思索，不管是多么浅薄，其实已经由两篇文章载毕。那么，今天听汇报的一点点看法，也就只能算是浅薄者的补充发言。浅薄者总是经常有补充发言的，这一种冲动使浅薄者或有摆脱浅薄的可能。

我在决定调入大学之前，恰有几位朋友从大学里调出，他们善意地劝我要三思而行，并言——“晓声，万不可对大学持太过理想的幻感”。

而我的回答是，我早已告别理想主义。《告别理想主义》，是我五十岁以后发表的一篇小文。曾以为，告别了理想主义，我一定会活得潇洒起来，却并没有。于是，每想到雨果，想到托尔斯泰。雨果终其一生，一直是一位特别理想的人道主义者。《九三年》证明，晚年的雨果，尤其是一位理想的人道主义者。而托尔斯泰，也一生都是一位特别理想的平等主义者。明年我六十岁了。[1] 现在我郑重地说——六十岁的我，要重新拥抱理想主义。我认为，无论对于自己的人生还是对于自己的国家，抑或对于全人类社会，泯灭了甚而完全丧失了理想，那么一种活法其实是并无什么快意的。我这么认为是有切身体会的。故我接着要说——我愿大学是使人对自己、对国家、对人类的社会形成理想的所在。无此前提，所谓大学精神无以附着。一九一七年一月九日，北大举行开学典礼，蔡元培先生发表著名的《就任北京大学校长之演说》，九十一年过去了，重读其演说，他对大学的理想主义情怀依然感人。

蔡先生在演说中对那时的北大学子寄予厚望，既希望北大学子砥砺德行，又希望北大学子改造社会。

他说："诸君为大学学生，地位甚高，肩此重任，责无旁贷，故诸君不惟思所以感己，更必有心励人……"

现在的情况与九十一年前很不相同。

那时，蔡先生对大学的定义是"大学者，研究高深之学问者也"。

若以本科生而论，恕我直言，包括北大学子在内，似乎应是——大学者，通过颁发毕业文凭，诚实地证明从业能力的所在而已。

故我对"大学精神"的第二种看法是，要建立在现实主义的基础上来说道。

连大学都不讲一点儿理想，那还能到国家的哪儿去觅理想的踪影呢？倘若一国之人对自己的国家连点儿理想都不寄望着了，那不是很可悲吗？

---

① 此文写于 2008 年。

如果连大学都回避现实问题种种，包括大学生就业难的问题在内，那么还到一个国家的哪儿去听关于现实的真声音呢？若大学学子渐渐地都只不过将大学视为逃避现实压力的避风港，那么大学与从前脚夫们风雪之夜投宿的大车店是没什么区别的了。

又要恪守理想，又要强调现实，岂非自相矛盾吗？

我的回答是，当今之大学，尤其是像中国这样一个人口众多，每年有数以百万计的大学学子跨出校园迈向社会的大学，其实是在为国家培养一批批思想意识上不普通，而又绝不以过普通的生活为耻的人。可现在的情况似乎恰恰相反，受过高等教育但是以过普通生活为耻的人很多，受过高等教育而思想意识与此前并未发生多大改变的人也很多。

如此说来，似乎是大学出了问题。

否。

我认为，一个家庭供读一名大学生，一个青年用人生最宝贵的四年乃至更长的时间就读于大学，尤其是像北大这样的大学——于是要求人生不普通一些，是完全可以理解的。社会成全他们的诉求，也是“以人为本”的体现。

在中国，普通人的生活之所以稍显沮丧，乃是因为普通人的生活比较吃力。要扭转这一点，对于一个国家而言也是很吃力的，绝非一日之功可毕。要扭转这一点，大学是有责任和使命的。然江河蒸发，而后云始布雨，间接而已。若仰仗大学提高 GDP，肯定是错误的理念。大学若不能正面地、正确地解惑大学学子之尴尬，大学本身必亦面临尴尬。

然大学一向是能够解惑人类许多尴尬的地方。大学精神于是在此过程中逐渐形成。梦想变为现实，是大学培养出来的人们的功劳，也是大学的功劳。大学精神于是树立焉，曰“科学探索精神”。人类一向祈求一种相互制衡的权力关系，历经挫折也是尴尬。后在某些国家以某种体制稳定了下来，也是大学培养出来的人们的功劳，也是大学的功劳，曰“政治思想力”。

十几年前，我随中国电影家代表团访日，主人请我们去一小餐馆用餐，只五十几平方米的营业面积而已，主食乃面条而已。然四十岁左右的店主夫妇，气质良好，彬彬有礼且不卑不亢。经介绍，丈夫是早稻田大学历史学博士，妻子是东京大学文学硕士。他们跨出大学校门那一年，是日本高学历者就业艰难的一年。

我问他们开餐馆的感想，答曰：“感激大学母校，使我们与日本许多开小餐馆的人不同。”问何以不同，笑未答。临辞，夫妇二人赠我等中国人他们所著的书，并言那只是他们出版的几种书中的一种。其书是研究日本民族精神演变的，可谓具有“高深学问”的价值。一所大学出了胡适，自然是大学之荣光。胡适有傅斯年那样的学生，自然是教师的荣光。但，若从大学跨出的学子竟能像那对日本夫妇一样的话，窃以为亦可欣慰了。当然，我这里主要指的是中文学子。比于其他学科，中文能力最应是一种难以限制的能力。中文与大学精神的关系也最为密切。大学精神，说到底，文化精神耳。最后，我借用雨果的三句话表达我对大学精神的当下理解：“平等的第一步是公正。”“改革意识，是一种道德意识。”“进步，才是人应该有的现象。”如斯，亦即我所言之思想意识上的不普通者也……

大学生真“小”

对于中国当代大学生，多年以来，我头脑里始终存在着一个看待上的误区。这误区没被自己意识到以前，曾使我非常困惑。不明白问题究竟出在我自己这儿，还是只出在大学生们那儿。

真的，实话实说，我曾多么惊讶于他们的浅薄啊！我是多次被请到大学里去与大学生们进行过“对话”的人。每次回家后，回想他们所提的问题，重看满衣兜的纸条，不禁奇怪——中国当代大学生提问题的水平便是这样的吗？与高中生有什么区别？甚至，与初中生有什么区别？

有一次我在大学里谈道——在我的青年时代，也就是在“文革”中，坦言自己对于社会现实的真实思想和真实感受是相当危险的。倘公开坦言，就不但危险，有时简直等于自我毁灭了……

结果递到讲台上不少条子。而那些条子上写的疑问综合起来可以概括为这么一句话——为什么？不明白，难道坦诚不是优点吗？自然，我可以耐心解释给他们听。半分钟内就可以解释得明明白白。但，在大学里，面对当代中国大学生，这样的问题竟是需要解释的吗？难道他们对“文革”真的一无所知？关于“文革”的书籍，以及登载于报刊的回忆文章，千般万种，他们竟一本都不曾翻过，一篇都不曾读过？他们的父母从不曾对他们讲起过“文革”？就连某些电视剧里也有“文革”社会形态的片段呀！

也许，有人会认为，那是大学生们明知故问，装傻。而当时给我的现场印象是他们绝非装傻。还曾有过这样两张条子——“中国当代知识分子英年早逝者多多，这是否与他们年轻时缺乏营养饮食的起码常识有关？”“我讨厌我们学校那些穷困大学生。既然家里穷，明明上不起大学，干吗非不认命？！非要在激烈的竞争中挤到大学里来？！害得我这样家庭富裕的大学生不得不假惺惺地向他们表示爱心！他们在大学校园里的存在是合情合理的吗？这种强加于人的爱心是社会道德的原则吗？”

振振有词，但其理念是多么冰冷啊！是的，我承认我在大学里曾很严厉地斥责过他们，甚至很粗鲁地辱骂过他们。现在，我终于明白，问题不出在他们那儿，而几乎完完全全地出在我自己这儿，完完全全地是我自己看待他们的一个早就该纠偏的误区。是我的儿子使我明白了这一点。他今年已经高二了。明年，如果他能考上大学，他就是一名中国当代大学生了。有一天我问他：“你能说出近半年内你认为的一件国际大事件吗？”他想了想回答道：“周润发拍了一部被美国评为最差的影片。”“你！……再回答一遍！”“我又怎么了？”“克隆羊的诞生知道不知道？”“知道哇。”“因特网知道不知道？”“知道哇。”“科索沃问题知道不知道？”“知道哇。”“那为什么不回答那些？”“那些是你认为的，不是我认为的。你不是让我说出我认为的吗？”“但是你！……你、你、你怎么可以那样认为？！”我真想扇他一耳光。他也振振有词：“我怎么不可以那样认为？你不是也常常向人表白，你是多么渴望思想的自由吗？”我压下怒火，苦口婆心：“但是儿子呀，如果是一道政治考题，你就一分也得不到了！”“但是考试是一回事，平时是另一回事！”我凝视着自己的儿子，一时无法得出正确的判断——他究竟是成心气我，还是真的另有一套古怪的却自以为是的思想逻辑？我不禁暗想，如果他已然是一名大学生了，我对他这样的大学生该下什么结论好？

而我每次被请到大学生里去“对话”，所面对的，其实主要都是大一、大二的学生群体，大三、大四的学生很少。大学生到了大三、大四，基本上不怎么热衷于与所谓名人“对话”了，而那正是他们渐渐开始成熟的表现呀！

大一、大二的大学生，他们年龄真小！

他们昨天还叫我们叔叔，甚至伯伯，经历了难忘的高考后，摇身一变成了大学生。的确，与高中时相比，他们思想的空间又会一下子扩展到多大的程度呢？

大学并非一台思想成熟的加速机器呀！

大学的院墙内，并不见得一律形成着对时代对社会的真知灼见呀。长期自禁于大学校园内的人，无论教授们还是学生们，他们对社会对时代的认识，与社会和时代状态本身的复杂性、芜杂性是多么严重地脱节着，这难道不是一个不争的事实吗？

我自己的儿子又看过几本课本以外的书籍？他有几多时间看电视？每天也就洗脚的时候看上那么十几分钟。他又有几多时间和我这个父亲主动交谈？如果我也不主动和他交谈，我几乎等于拥有一个哑巴儿子。家中哪儿哪儿都摆着的报刊，他又何尝翻过？

我曾问他“四人帮”指哪四个人，他除了答上一个“江青”，对另外三人的名字似乎闻所未闻。我何曾向他讲过我所经历的那些时代？他对那些时代几乎一无所知不是太正常了吗？他的全部精力几乎每天都用在了学习上，用在了获得考分上，对于此外的许多社会时事无暇关注，不是不太奇怪了吗？

每年的七月以后，在中国，不正是有许许多多这样的我们的孩子，经过一番昏天暗地的竞争之后，带着身体的和心理的疲惫摇身一变成了大学生吗？

大一简直就相当于他们的休闲假。而大二是他们跃跃欲试证明自己组织能力的活动年。我在他们大一、大二时“遭遇”他们，我又有什么理由对他们产生过高的要求？

大学生毕竟不是大学士啊！

大一、大二的学生，虽然足可以在他们所学的知识方面笑傲他们没有大学文凭的父母，但在其他方面，难道不仍是父母们单纯又不谙世事的小儿女吗？

都是独生子女，他们的少年期在父母心目中往往被无形地后延了。

由我自己看待大学生们的误区，我想到了当代中国许许多多成年人、许许多多知识分子，乃至几乎整个社会看待大学生们的误区。

一本书是否有价值，往往要以在大学生们中反响如何来判断——他们的评说就那么权威?

须知不少大一、大二的女生，床头摆的是琼瑶的书，甚至是《安徒生童话集》。在她们成为大学生以前，在她们所学的字足可以自己阅读以后，她们几乎连一则世界著名的童话故事都未读过……

一部电影仅仅受大学生喜欢就特别值得编剧、导演欣慰了?

须知他们中许许多多人在是大学生以前就没看过几场电影。使他们喜欢并非很高的标准。使他们感动的，也往往感动许许多多不是大学生的人。我们要提出的问题倒是，如果感动了许许多多的人，竟不能感动大学生们，那么，原因何在?是许许多多的人“心太软”，还是大学生们已变得太冷?

一位成年人在大学演讲获得了阵阵掌声，就一定证明他的演讲很有思想很精彩?

须知有时候要获得大学生们的掌声是多么容易!一句浅薄又偏激甚至油滑的调侃就行了——那难道不是另一种媚俗?!

而所有误区中最可怕的误区——有时我们的成人社会，向当代中国大学生做这样的不负责任的暗示——因为你们是大学生啊，所以请赶快推动这个国家的进步吧!除了指望你们，还能指望谁呢?

甚至，那暗示可能是这样的意思——拯救中国吧，当代大学生们!

倘接受了这样的暗示，倘大学生们果真激动起来热血沸腾起来义不容辞起来想当然起来，他们便以他们的方式反腐败，他们便以他们的方式要民主，他们便以他们的方式去一厢情愿地推动中国的时代车轮……

而这些伟大又艰巨的使命，即使一批又一批对国家有真责任感的成年人，实践起来也是多么力难胜任。

成人社会凭什么将自己力难胜任，需要时间，需要条件，需要耐心之事“委托”给中国当代大学生去只争朝夕地完成？

反省我自己，十几年前，何尝不也是那样的一个成年人？

我不是也在大学的讲台上激昂慷慨过吗？仿佛中国之事只要大学生们一参与，解决起来就快速得多简单得多似的……羞耻啊，羞耻！虽然我并没有什么叵测之心，但每细思忖，不禁自责不已。中国当代大学生——他们是这样一些人群，甚至，可以说是这样一些孩子——智商较高，思想较浅；自视较高，实际生存的社会能力较弱；被成人社会看待他们的误区宠得太“自我”，但他们的“自我”往往一遇具体的社会障碍就顿时粉碎……

说到底，我认为，我们成人社会应向他们传递的是这样的意识——学生还是应以学为主。不要分心，好好学习。至于谁该对国家更有责任感，结论是明确的，那就是中年人。责任，包括附带的那份误解和沉重……

也应传递这样的意识——思想的浅薄没什么，更不用自卑。而且，也不一定非从贬义去理解。“浅”无非由于头脑简单，“薄”无非是人生阅历决定的。浅薄而故作高深，在大学时期是最可以被原谅的毛病。倘不过分，不失一种大学生的可爱。而且，包括忍受他们种种冰冷的理念，不妨姑且相信他们由于年龄小暂时那样认为。

说到底，我认为，成人社会应以父辈的成熟资格去看待他们——而不是反过来，仿佛他们一旦一脚迈入大学，成人社会就该以小字辈三鞠躬似的……

那会使他们丧失了正确的感觉，也会使我们成人社会丧失了正确的感觉。

而且，会使社会的正常意识形态交流怪怪的……

也应传递这样的意识——思想的浅薄没什么，更不用自卑。而且，也不一定非从贬义去理解。“浅”无非由于头脑简单，“薄”无非是人生阅历决定的。浅薄而故作高深，在大学时期是最可以被原谅的毛病。倘不过分，不失一种大学生的可爱。而且，包括忍受他们种种冰冷的理念，不妨姑且相信他们由于年龄小暂时那样认为。

走出高等幼稚园

这也真是一种可悲。

我们已然有了三亿多儿童和少年，却还有那么多的男青年和女青年硬要往这三亿之众的一部分未成年的中国小人儿里边挤。甚至三十来岁了，仍嗲声嗲气对社会喋喋不休地宣称自己不过是"男孩"和"女孩"。那种故作儿童状的心态，证明他们是多么乞求怜爱、溺爱、宠爱……

这其中不乏当代之中国大学生。

甚至尤以中国大学生们对时代对社会的撒娇耍嗲构成最让人酸倒一排牙的当代中国之"奶油风景"……

我想说我们中国的孩子已经够多的了，我想说我们中国已经是这地球上孩子最多的国家了。

而那受着和受过高等教育、原本该成为最有希望的青年的一批，却赖在"男孩"和"女孩"的年龄段上，自我感觉良好地假装小孩不知究竟打算装到哪一天……

放眼现实你会看到另一种景象。恰恰是那些无缘迈入大学校门的一批，他们并非"天之骄子"，在人生的"形而下"中闯荡、挣扎、沉浮，因而也就没了假装“男孩”“女孩”的资格。假装小孩子就没法继续活下去。他们得假装大人，假装比他们和她们的实际年龄大得多成熟得多的大人……这是另一种悲哀。

明明还是孩子却早早地丧失了孩子的天真和天性……

明明是青年又受着和受过高等教育的一批，却厚脸憨皮地装天真装烂漫装单纯……

那么，中国的大学的牌子统统摘掉，统统换上什么“高等幼稚园”得了！

我的外国朋友中，有一位是美国的中学校长。这位可敬的女士曾告诉我，她每接一批新生，开学的第一天，照例极其郑重极其严肃地对她的全体学生们说一番话。

她说的是：“女士们，先生们，从今天起，你们应该自觉地意识到，你们不再是孩子了。我们的国家请求她的孩子们早些成为青年。为了我们的美国，我个人也请求你们……”

问题还不仅仅在于“男孩”“女孩”这一种自幻心理是多么可笑的心理疾病，更在于——它还导致一种似乎可以命名为“男孩文化”或“女孩文化”的“文化疟疾”！这“文化疟疾”首先在大众文化中蔓延，进而侵蚀一切文化领域。于是不知从哪一天开始，中国之当代文化，不经意间就变成这样了——娇滴滴，嗲兮兮，甜丝丝，轻飘飘，黏黏糊糊的一团。电视里、电台里、报纸上，所谓“男孩”和“女孩”的装嗲卖乖的成系统的语言，大面积地填塞于我们的视听空间，近十二亿中国人[①]仿佛一下子都倒退到看童话剧的年龄去了。许多报刊都在赶时髦地学说“男孩”

① 此文写于20世纪90年代。

和“女孩”才好意思那么说的话。三十大几的老爷们儿硬要去演“纯情少年”的角色，演得那个假模酸样，所谓的评论家还叫好不迭……

真真是一大幅形形色色的人们都跟着装小孩学小孩的怪诞风景。这风景迷幻我们，而且，注定了会使我们变得弱智，变得男人更不像男人、女人更不像女人！

因为我和大学生们接触颇多，某些当公司老板和当报刊负责人的朋友便向我咨询——首先该从大学毕业生中招收什么样的？

我的回答从来都是，凡张口“我们男孩如何如何”或“我们女孩怎样怎样”的一律不要。因为他们还没从“高等幼稚园”里毕业。

我给大学校长们的建议是，新生入学第一天，不妨学说那位美国女中学校长的话——“女士们，先生们，从今天起……”

关于大学校园写作

这当然是一个挺文学的话题。

但我以为这还并不是一个“纯粹”的文学的话题，即不是探讨文学本身诸元素的话题。是的，它与文学有关，却只不过是一种表浅的关系。

我理解这个话题的意思其实是这样的——在大学校园里，大学生们普遍以哪几类状态写作？我倾向于鼓励哪几种状态的写作？

我想，大致可以归结如下吧。

第一，性情写作。

中国古典诗词中此类写作的“样品”比比皆是。如诸位都知道的杜甫的诗句“两个黄鹂鸣翠柳，一行白鹭上青天”；如陶渊明的“采菊东篱下，悠然见南山”；如李清照的“知否，知否，应是绿肥红瘦”；如王勃的“青山高而望远，白云深而路遥”，等等。在我这儿，便都视为性情写作。既曰性情写作，定当有写的闲情逸致。有时候给别人的印象是闲情逸致得不得了，也许在作者却是“伪装”，字里行间隐含的是忧思苦绪。有时给人的印象是忧思苦绪满纸张，也许在作者那儿却是“为赋新词强说愁”。最根本的一点是，这一类写作往往毫无功利性，几乎完全是个人心境的记录，不打算发表了博取赞赏，甚至也不打算出示给他人看。此类写作，于古代诗人、词人而言乃极为寻常之事。现代人中，较少有如此这般的现象了。然而，我以我眼扫描大学校园写作现象，你们大学生中确乎是有这样的写作之人的。他们和她们，多少还有点儿清高，不屑于向校报和校刊投稿。哪怕它们是爱好文学的同学们自己办的。

我是相当肯定这一类写作状态的。依我想来，这证明着写作与人的最自然最朴素的一种关系。好比一个人兴之所至，引吭高歌或轻吟低唱甚或手舞足蹈。这一类写作，它是为自己的性情“服务”的写作。我们的性情在写的过程中能摆脱浮躁和乖张以及敌戾之气。即使原本那样着，一经写毕，往往也就自行排遣了大半。但我又不主张人太过清高，既写了，自认为不错的话，何妨支持支持办刊的同学。不是说一个好汉还需要三个帮吗？遭退稿了也不必在乎。因为原本是兴之所至自己写给自己看的呀！

第二，感情写作。

感情写作，在我这儿之所以认为与性情写作有些区别，乃因这一类写作，往往几乎是不写不行。不写，便过不了那一道感情的“坎儿”。只有写出，感情才会平复一些。那感情，或是亲情，或是爱情，或是友情，或是乡情，或是人心被事物所系所结分解不开的某一种情。通过写，得以自缓。比如李白的《静夜思》；比如杜甫想念李白的诗，王维想念友人的诗；比如季羡林、萧乾、老舍忆母亲的文章；比如朱德的《回忆我的母亲》，无不是感情极真极挚状态之下的写作。与性情写作之写作为性情“服务”相反，这一类写作往往体现为感情为写作“服务”。我的意思是，感情反而是一个载体了，它选择了写作这一种方式来寄托它、来流露它、来表达它。它的品质是以“真”为前提的，不像性情写作，往往有意识或无意识地追求“美”“酷”“雅”，甚或一味希望表现“深刻”“前卫”“另类”什么的。它更没有半点儿“为赋新词强说愁”的矫揉造作；它有时也许是仓促的、粗糙的，直白而不讲究任何写作章法和技巧的。但即使那样，它的基本品质也仍是“真”的。而纵然写的人是清高的、孤傲的、睥睨众生的，一经写出，那也是不拒绝任何人成为读者的。因为，他或她实际上希望自己记录了的感情，让更多的人知道、理解、认同。只有这样，那“债”似的感情，才算偿还了。人性的纠缠之状，才得以平复。心灵的结节，才得以舒展，由此生长出感激。此时人将会明白感激他人，感激人生，感激世界包括感激写作本身，对自己的心灵滋养是多么必要。

我尤其主张同学们最初进行这样的写作。原因不言自明。如果诸位竟真的不明白，我便更无话可说。我在你们中太少发现这类写作。笔连着心的状态之下的写作，人更容易领会写作这件事的意味。如果说我也发现过这类写作，那十之八九是记录你们的校园恋情的。我绝不反对校园恋情写作。但诸位似应想一想，问一问自己，值得一写的感情，除了恋情这一件事，在自己内心里是否还应有别的。确实还有别的，与确实的再就一无所有，对人心而言，状况大为不同。

第三，自悦写作。

这是一种主要由“喜欢”促进着的一类写作状态。“喜欢”的程度即是牵动力的大小。性情写作往往是一时性的，离开了校园可能即自行宣告终结。感情写作甚至是一次性的，在校园外其一次性也较普遍地体现着。其“一次性”成果也许是一篇文章，也许是一本书，甚或是一部电影、一部电视连续剧。相对于职业写作者，其“成果”愿望又往往特别执拗，专执一念，不达目的死不罢休。愿望一经实现，仿佛心病剔除，从此金盆洗手，不再染指。

而自悦写作，既是由“喜欢”促进着的，故有一定的可持续性，也许可成为长久爱好。但又不执迷，视为陶冶性情之事而已。他们也有发表欲，发表了尤悦。但又不怎么强烈，不能发表，亦悦，故曰自悦写作。人没了闲情逸致，便呆板。呆板之人，为人处世也僵化。人没了陶冶性情的自觉，便难免心胸狭窄，劣念杂生。闲情和逸致使人性变得润泽，使人生变得有趣。以阅读和写作来载闲情和逸致，除了精力和时间问题，再无需硬性投资。不像收藏字画古玩，得有不少钱。

故我对自悦写作是极倡导的，因为它几乎可以施益于人人。其实，最传统最古老的自悦式写作，便是写“日记”。我以为，小品文、随笔等文体，一定与古人的“日记”习惯有关。

第四，悦人写作。

这一类写作，是“后自悦写作”现象。此时写作这一件事对于人，已上升为一种超越“自悦”的现象。人开始对写作有了“意义”的意识。希望自己的写作内容，也值得别人阅读。在这些人那儿，有意思和有意义，往往结合得较好。这乃是更高层面的一类写作现象。在这些人中，日后会涌现优秀的职业或业余写作者。

第五，自娱写作。

此类写作，内容及文风都带有显见的嬉戏性、调侃性、黄色的灰色的黑色的幽默性。所谓“瘌痢头文化”，与此类写作的兴起有关，也是此类写作乐于汇入的一种“文化场”。一言以蔽之，它带有很大的搞笑性，但多少又高于一般小品相声的水平。其中不乏精妙之例，但为数不多。大学校园里的自娱写作，除了黄色的，其他各色方兴未艾。但不是体现于校报校刊，甚至也不体现于同学们自己办的纯“民间”校园报刊上，更体现在网上。至于他们化个名“发表”在网上的自娱写作，是否也不乏浅黄橘黄米黄，我未作了解，不得而知。

坦率地讲，我对自娱写作之说法，起初是感到莫名其妙的。什么叫自娱写作呢？不得其解。终于明白了以后，我从说法上是不承认的。现在也不承认。不是指我根本否定这类写作，而是认为“自娱写作”的说法其实极不恰当。前面我已谈到，有意思本身即成一种写作的意义，只要那点意思不低级。自娱写作往往在有意思方面优胜于别类写作，我干吗非要反对呢？我不明白的是，倘问一个人在干什么，他说在自悦，这我们不会觉得愕然。悦就是愉悦啊。一个人在聚精会神地下一盘棋，那也会是他愉悦的时光。但娱是娱乐、欢娱。一个人的写作内容无论多么有意思，多么富有嬉戏性、搞笑性，那也绝不可能仅仅是为了自娱，绝不可能自己写完了，笑够了，于是一件事作罢，拉倒。说是自娱，目的其实在于娱人。没见过一个人说单口相声给自己听，自己搞笑给自己看的。周星驰主演的《大话西游》，乃是搞笑给大众看的。一人独乐，岂如与人同乐？所以细分析起来，其实只有娱乐性写作一说。在写的人，主要目的是“娱”他人，更多的人。他人不“娱”，则己不能“娱”也。更多的人“娱”了，自己才“娱”。

这种写作不同于以上几种写作。企图听到叫好反应的心思往往是相当强烈的。正如在生活中，开别人的玩笑是为了自己和众人开心。开自己的玩笑也是同一目的。生活中有什么现象，文学中便有什么现象。文学中有什么现象，就证明人性对写作这一件事有什么需求。这种写作又可能是一个嘻嘻哈哈的陷阱。在低标准上也许流于庸俗，甚至可能流于痞邪。正如生活中有人专以羞辱耍弄他人为乐，为能事。自得其乐，不以为耻，民间叫"耍狗蹦子"。这类写作在低标准上既如此容易，且往往不无闲男散女的叫好、喝彩和廉价的笑声，所以每诱专善此道的人着迷于此。写的和看的，都到了这份儿上，便是一种文化的吸毒现象了。起码是一种嗜痂现象。

大学学子，尤其是中文学子，始于娱乐写作，无妨。但又何妨超越一下娱乐写作呢？因为是大学生啊！因为是学中文的啊！

以哪一类写作超越呢？

我主张诸位也要尝试自修写作、人文写作。自修写作，无非启智、言志、省悟人生、感受人性细腻之处兼及解惑于人。人人都希望自强，但不知自修又何谈自强？自修写作，提升我们的认知方法、思想方法、感情方式，能使我们为人处世有原则。而人文写作，弘扬人性、人道和社会良知，乃是人类写作历史延续至今的主要理由之一。

我主张，同学们尤其是那些也想要写作，但进入大学以前，除了作文几乎没进行过别类写作的同学，首先从感情写作并接近文学意义上的写作。当写作这一件事与我们心灵的感情闸门相关了，技巧是处于第二位的。

在文学欣赏教学中，也许会将一篇情真意切的作品解构了，横讲竖讲。仿佛那样一篇作品是按照最经典的文学原理，以最高超的技法将内容组合起来的，于是才达到了完美似的。其实，我的体会不是那样的。那时的写作者头脑之中，是连读者也不考虑的。那时写作这一件事变得相当纯粹，只是为了记录一种感情而已。因为纯粹，所以写作变得像自然界的事物一样自然而然。

但必须强调，我这样说是相对的。因为修辞能力，体会情感深浅的区别，个人禀赋的区别，使这类习写状态差距极大。

我之所以有此建议，乃因它根本不理会技法和经验，所以往往不至于被技法和经验之类吓住了蒙住了而不敢写。为记录感情写作，人人当敢为之。既为之，所谓技法和经验，则必在过程之中自己体会到。有了一些最初的体会再听传授，比完全没有自己体会的情况下，希望听足了再写，要好得多。

总而言之，写作这一件事，只听是不够的。大学中文的教学，听得太多，习写太少，所以容易眼高手低，流于嘴皮子上的功夫。

总而言之，以上一切写作，都比只听不写好。学着中文，只听不写，近乎自欺欺人……

恰同学少年

“我常想在纷扰中寻出一点闲静来，然而委实不容易。目前是这么离奇，心里是这么芜杂。一个人做到了只剩回忆的时候，生涯大概总要算是无聊了罢，但有时竟会连回忆也没有……”

这是鲁迅为他的《野草集》所作的“小引”。

文中还有一段，进一步告白他的回忆感觉：“我有一时，曾经屡次忆起儿时在故乡所吃的蔬果：菱角、罗汉豆、茭白、香瓜。凡这些，都是极其鲜美可口的；都曾是我思乡的蛊惑。后来，我在久别之后尝到了，也不过如此；唯独在记忆上，还有旧来的意味留存。他们也许要哄骗我一生，使我时时反顾。”

鲁迅写这“小引”时是一九二七年的五月，在广州。

鲁迅文章的遣词，有时看似随意，然细一品咂，却分明是极考究的。如形容街上的人流如织为“扰攘”；形容屏息敛气为“悚息”；而形容隐蔽又为“伏藏”。他是不怎么用司空见惯的成语的，每自己组合某些两字词，使我们后人读到，印象反比四字成语深刻多了。一九二七年的中国，居然用“离奇”二字来加以概括，这也是令我有“离奇”之感的，我咀嚼出了吊诡的意味。

我对八十多年以后的中国的当下，往往也生出“离奇”的想法。又往往，和当年的鲁迅一样，亦觉“心里是这么芜杂”。并且，同样常被回忆纠缠，还同样时觉无聊。我怕那无聊的腐蚀，故在几乎“只剩回忆”的日子，也会索性靠了回忆姑且抵挡一下无聊的。

近来便一再地回忆起我的几名中学同学。在我的中学时代，和我关系亲密的同学是刘树起、王松山、王玉刚、张云河、徐彦、杨志松。我写下的皆是他们的真实姓名。我回忆起他们时，如鲁迅之回忆故乡的菱角、罗汉豆、茭白、香瓜，那都是养育百姓生命的鲜美蔬果。而我的以上几名中学同学，除了徐彦家的日子当年好过一些，另外几人则全是城市底层人家的儿子。用那些生长在泥塘园土中的蔬果形容之，自认为倒也恰当。与鲁迅不同的是，我回忆他们与思乡其实没什么关系，更是一种思人的情绪。自然，断不会生出“也不过如此”的平淡，而是恰恰相反，每觉如沐春风，体味到弥足珍贵究竟有多珍贵。

我和树起在中学时代相处的时光更多些。我家算是离校较远的了，大约半小时的路程。树起家离校更远，距我家也还有二十分钟左右的路程。那么，我俩几乎天天结伴放学回家是不消说的了。走到我家所住那条小街的街口中，通常总是要约定，第二天我俩在街口相等，一块去上学。路上是一向有些话题可说的——学校里的事，班级里的事，各自家里发生的烦恼，初中毕业后的打算，正在看一部什么小说，等等。有时什么也不说，只不过默默往前走，那是要迟到了的情况下。还有时一同背着课文或什么公式往前走，因为快考试了。树起家在一片矮破的房屋间，比我的家还小，还不成个样子。如今，中国的城市里绝对见不到那样的人家了，在农村也很少见了，一旦见了会令富有同情心的人心里难受、潸然泪下的。那样的家，简直可以说是土坯窝。回到那样的家，差不多可形容为一头钻进窝里。但在当年的哈尔滨，那样的人家千千万万。正因为比比皆是，所以小儿女们并不觉得自己多么可怜，并且照样爱家、恋爱，在乎家之安全和温暖；仿佛小动物之本能地喜欢家。树起和他的老父母以及弟弟、妹妹住在那样的家里。当年他的父母亲都已经快六十岁，在我们几个同学眼中是确确实实的老人了。然而他的父亲还在工作着，是拉铁架子车的。如今，在全中国乃至全世界找到那样一种车肯定是很难的了，可在当年那是哈尔滨市特别主要的一种运载车。一般情况下不是谁有钱就容易买到的，得凭证明，属于“劳动资产”。他的父亲刚一解放就是拉那一种车的车夫了，那一种车对于他的父亲犹如黄包车之于祥子。只不过他们拉的不是人而是货物，将他们组织在一起的是城市的劳动管理部门。

我和树起一起上学去，有时他会给我一个大的蒸土豆，或半块烙饼。若是夏天，或一个大的西红柿，一根黄瓜。那是挨饿的年代，给人任何可吃的东西都是一份慷慨，一份情义。他心里就是那么有我。记得有一次他还给了我几块很高级的软糖，我极享受地吃着时，他告诉我他的三姐结婚了。他有四位姐姐，这着实是令我们几个羡慕的。

树起学习很好，数理化及俄语四科成绩在班里一向名列前茅。他耿直、善良，具有天生的同情心，眼见不正义的事他是很难做到不上前干涉的，而发现一位老人或孩子当街跌倒了，他是那种会赶紧跑过去扶起来的少年。“文革”前，我们之间从没发生过争论。这么好的同学，我和他争论什么呢？他对人对事的看法，我一向认为是客观公正的。

“文革”中，他的表现也很“特别”。他是班里的好学生，完全置身事外是不行的。他从没亲笔写过大字报；别人写了让他签名，以示支持，那他也要认认真真地看一遍，倘觉得批判的内容不符合事实，那么他就会拒绝签名。倘觉得其中一句话甚或一个词对被批判的人具有明显的侮辱性，他会要求对方将那句话或那个词涂抹了。若对方不，他也不签名的，他绝不会打人的，不管对方是谁。即使一个公认的“反革命”，他也并不认为有权利对其进行侵犯。谁做过那样的事，他对谁是极嫌恶的。他这一种“特别”，当年深获我的敬意。

但我们之间发生了一次激烈的争论……

有一次在我家里，我说了一句极不敬的话。“文革”前我已看了不少外国小说，那些文学作品对我潜移默化的影响，在“文革”中凸显了。树起他当时瞪大双眼吃惊地看着我，半晌才说出一句话：“你再也不许这么胡说八道！”我说：“这不是在家里，只对你一个人说吗？”他说：“我没听到。什么没听到。你发誓，以后再也不说类似的话了，对我也不说了。”直至我发了誓，他才暗舒一口气。当年他替我极度担心的样子，以后很多年，都经常浮现在我眼前。然而事情并没完，后来他又召集了张云河、王松山、王玉刚三个再次郑重地告诫我。云河就问：晓声他说什么不该说的话了？玉刚说：别问了呀，肯定是反动的话啊！

而松山则说：这家伙，一贯反动，你想哪一天被打成“现行反革命”啊？

云河又说：也不见得就一定是反动的话呢？树起你说来我们听听，一块儿评论评论，果然反动，再一起警告他也不晚嘛！

树起张张嘴，摇头道："我不重复！"

我只得自己承认：是有点儿反动。

树起又说："你如果哪天被打成'现行反革命'了，让我们几个怎么办？跟你划清界限？那我们难受不？揭发你，那我们能吗？我们几个都不会在政治上出什么事，就你会！你今天不再当着他们三个发出重誓，我根本不能放心你……"

他们三个见树起说得异常严肃，一个个也表情郑重起来，皆点头说对，之后就一起看着我，等待我发誓……

当年我们五个初三生，真是好像五个拜把子兄弟一样，虽然我们不曾那样过。"情义"观念，怎么一下子就在我们五个之间根深蒂固了，如今却记不清楚了。似乎，起初主要是由于我们的家在上学去的同一路线上。虽说是同一路线，但上学是不可能一个找一个的，那我和树起要多走不少路。但放学回家，则都走得从容多了，便常常一起走。先陪云河走到家门口，依次再陪玉刚和松山走到家附近，最后是我和树起分手。寒来暑往，一个学期又一个学期走下来，共同走了三年多，走出了深厚的感情。另外的原因便是，我们都是底层人家的孩子，家境都接近着贫寒。不管一块儿到了谁家，没什么可拘束的，跟回自己家差不多的随便。而家长们，对我们也都是亲热的。当年我们的父母那样一些底层人家的家长，对与自己儿子关系密切的同学，想不真诚都不会。而既真诚了，亲热也就必然了。

但我们之间的"情义"，主要还是在"文革"中结牢了的。云河、松山和树起一样，也是班级数理化及外语四科的尖子生。玉刚则和我一样，综合成绩也就是中等生。在"文革"初期，所谓"中央'文革'领导小组"发表的文件中说——初、高中生们，以后或升学或分配工作，皆要看“文革”中表现如何。弦外音是，表现不好的，那时会有麻烦。

这无疑等于“头上悬刀”。

为了不至于落个“表现不好”的结果，大字报起码总得写几张吧？然而对于云河、松山、玉刚三个，让他们提起毛笔亲自写大字报，如同让他们化了妆演街头戏。他们平时都是讷于语言表达的，即使被迫作一次表态性发言，往往也会面红耳赤，三分钟说两句话都会急出一头汗来，当然也会急出别人一头汗来。

于是写大字报就成了我和树起的义务，他们只管签名。我一个人不时在他们的催促之下写一张，我们五名学生的表现也就都不至于被视为不好了呀。每次都是我起草，树起审阅，我再抄。树起说“没问题”，他们就都说“完全同意”。

其实，我每次都将写大字报当成写散文诗，也当成用免费的纸墨练字的机会，从不写针对任何具体个人的大字报。

玉刚的话说得最实在。他当年曾一边看着我写一边说：那么高层的事，咱们知道什么呀？还是晓声这么虚着写的好。

而松山曾说：“啊”少几个也行。你别往纸上堆那么多词，看着华而不实。

云河曾说：词多点儿可以的，蒙人。该蒙人的时候，那就蒙吧。不多用点儿词，怎么能显得激情饱满呢？

树起则作权威表态：那就少抄几个词，找一段语录抄上，反而显得字多。

我们自幼从父母那儿接受的朴素的家教都有这么几条：不随帮唱影，不仗势欺人，不墙倒众人推，不落井下石。

且莫以为以上那些词，只有文化人口中才能说出。谁这么以为，真是大错特错了。事实上在城市贫民大院里长大的我们，从小经常听到目不识丁的大人们那么评说世上人事的是非对错。在民间，那不啻一种衡量和裁判人品如何的尺度。我们都是“闯关东”的山东人的儿子；我们的父母，尽管都是没文化的人，却都知道——如果在做人方面失败了，那么在生存方面便也不会有什么希望，故都自觉地恪守某些做人原则。

多少年后，我反思“文革”时悟到，我们实在是应感恩父母的。中国，也实在是应感恩某些恪守底层世道原则的人民的。若当年那样一些尺度被彻底地颠覆了，中国之灾难将更深重可悲；所幸还未能彻底。

据说评定一名学生在“文革”中的表现如何，还要看是否主动与工农相结合过。我们五人中，树起是团员，在政治方向上我们都与他保持一致。

树起认为，如果严格按照“学生也要学工、学农”的“最高指示”去做，学工强调在前，我们应该先学工。

于是我们去了松江拖拉机厂。那完全是没有任何报酬的义务性劳动。我们是不怕累的，因为累而多吃了家里的口粮也在所不惜……

来年也就是一九六八年的五月，黑龙江生产建设兵团一到哈尔滨市展开动员，我就报名下乡了。一则是家里生活太困难了，太缺钱了，我急切地要成为能挣钱养家的人；二则是我对“文革”厌烦透了。因为我每天耳闻目睹之事，不是闹剧即是悲剧。即使以闹剧开始，到头来也还是会以悲剧结束，于是有人搭赔上血和命。

我不但第一批响应了“上山下乡”的号召，而且此前还曾是为全班同学服务的“勤务员”，所以有了一种光荣的资格——参与为全班同学作政治鉴定，那一项工作由军宣队员主持。鉴定分为四等——无限热爱伟大领袖毛主席，热爱伟大领袖毛主席，积极参加“文化大革命”，参加了“文化大革命”。

此种措辞区别，令人不禁联想到官方悼词的措辞区别。军宣队员说，别看多了“无限”或少了“无限”，多了“积极”或少了“积极”，一入档案，随人一生，将来的用人单位，凭这一种微妙区别，一看就会心知肚明，决定这样看待谁或那样看待谁。

既然兹事体大，我岂能掉以轻心？

但在议到云河、松山和玉刚时，军宣队员说有人反映——他们属于不常到学校参加运动的同学。

我据理力争，说他们的运动表现和我起码是一样的。我写过的大字报上他们都署了名的，我们是一块儿去学工的。如果他们的鉴定中居然没有“无限”和“积极”四个字，那我的鉴定中也宁可没有。有了，对他们不公平。

在我的极力争取下，他们的鉴定中也有了当年被认为举足轻重的四个字。

我的坚持感动了一位参加作鉴定的校“革委会”的老师，他提议在我的鉴定中加上了“责人宽，克己严”六个字。

不久就要分别了，四位好同学对我依依不舍，几乎天天都到我家去一次。没事也去，没什么话说也陪我一块儿沉默。他们因为没报名和我一块儿下乡，都挺内疚，仿佛意味着愧对友情似的。我则安慰他们，各家的具体情况不同，没人逼到头上，何必非走？何况，树起、云河、松山，他们学习都特好，考高中、考大学是手拿把掐的事。他们的家长也都有意培养他们，那为什么要放弃志向呢？至于玉刚，他只有姐妹，是家中独子，他父亲长年生病，不走也有不走的原因。万一不久能分配工作了，那不是更好吗？

我这么劝慰，他们个个释然了。

和我同一批下乡的只有杨志松。那一批全校才走了十二名学生，我们班就走了我俩。

志松也到家里来过一次，恰巧树起他们四个在。志松家住学校附近，所以此前他与我们接触较少。但在全班男生中，我们都觉得最与我们性情投合的，就非他莫属了。

树起郑重地说："你来得正好，有头等大事托付给你。"

志松愣愣地问什么事。

云河反应快，立刻就明白什么事了，朝我翘翘下巴说："我们把他托付给你。没我们在身边了，你一定要多操点儿心，别让他哪天被打成'现行反革命'……"

松山附和道："对，对，这可真是头等大事！别的方面我们对他都没什么不放心的，就是他这里边太复杂了。只想不说还行，万一不该那么想的还偏要那么想，还要忍不住说，后果严重了！"——他边说边指自己太阳穴。

玉刚最后说："我们授权你，他一胡思乱想，你就替我们敲打他。"

志松乐了，指点着我说："你听到没有？听到没有？他们几个把你交给我了！如果到了广阔天地你还胡思乱想，想了还说，看我不收拾你！……"

当年的我们，个个都不过是贫家子弟，而且又都是中学生，哪里谙知什么政治风云？又怎么能参与什么国家大事？于我，实在是由于耳闻目睹冷酷乱象，厌恶之极，也压抑之极。每欲一逞少年之勇，以图释放罢了。对“文革”反动一下，却枉有此心，并无此胆。顾及家境，于是顾及自身，学做一个隐忍之“愤青”。于树起、云河、松山、玉刚四个，实在是怕他们的情义册上，哪天不得不划掉了我的姓名，痛心不已。

树起是一心要做“革命人”的。但“革命”在他那儿，是被充分理想化了的。他想做的是完全符合人道主义甚至足成楷模的“革命人”。“革命”一表现为凶恶，他内心就挣扎了，郁闷了，认为是“革命”的耻辱，不屑为伍了。

而云河、松山、玉刚三个，却只想本本分分地做人……他们做“逍遥派”做得心安理得。志松也是那样。

当年倒是他们比我和树起都活得超然，活得明白，活得纯粹。

杨志松的父亲和刘树起的父亲一样，也是拉车的，当年也快六十岁了。他上有两个哥哥两个姐姐，下有一个妹妹。他当年下乡的想法也和“革命热情”无关。那一年他父亲病了，看起来以后不能再干拉车运货那么辛苦的活了；而大姐、二姐、大哥都已成家，自己小家庭的日子也都过得很拮据，二哥刚参加工作，每月仅十八元工资。仅以学习成绩而言，他是那类升高中考大学不成问题的学生。但出于对全家今后生活的考虑，他下乡的决心毫不动摇。

有他这一名同班同学跟我一块儿下乡，真是我的幸运。知青专列一开，车上车下一片哭声，我俩却是微笑着向同学们挥手的，仿佛只不过是很短暂的离别。志松在哭声中对我说：“到了地方，咱俩都得要求分在一个连队啊！”

我说：“当然。树起他们托付你管住我的嘴嘛！”

他乐了，又说："明白就好，那以后就得服管。"

事实上，到了北大荒以后，我并没太使他操心过我的思想和我的嘴。远离了城市，家愁不再是每天直接面对的了，令我嫌恶的"文革"现象也看不到了，便有一种心情豁然开朗的感觉。

……

我下乡前，家中被褥刚够铺盖，所以我只带走了一床旧被子，没带褥子。第二年的布票棉花发下来之前，一年多以来，我一直睡在志松的半边褥子上。半夜一翻身，每每和他脸对上脸了。正所谓"同呼吸，共命运"。他家替他考虑得周到，他带的东西全。而他的基本上也可以说是我的。他的手套、袜子、鞋垫、短裤、衣服，我都穿过用过。他还多次向其他知青声明：我对梁晓声负有保护的责任啊，谁欺负他就是欺负我！尽管没什么人欺负我，但是分明地，他真的随时准备为我和别人打架。

一九六九年的十月末，又一大批一百多名知青于深夜被卡车送到了连队。他们还没全从车上下来，我和志松就听到谁在一声接一声喊我俩名字。循声找过去，车上站着云河、松山、玉刚三个人！

沉默寡言的玉刚一见我俩，乐了，大声说：要是你俩不在这个连了，那我们仨不下车了，肯定再坐这辆车返回团部，打听清楚你俩在哪个连后，要求团里重新把我们分去！

我和志松自是喜出望外，逐个拥抱之，亲得流泪了。

他们三个是可以到离哈尔滨较近的一个团的，为了能和我俩在一起，却报名到了离哈尔滨最远的一个团。

志松埋怨他们没先写信告知一下。

云河说要给你俩一个惊喜嘛！

松山老诚，承认是因为临时决定，走得急，从志松家和我家各要到一个家信信封就来了。

那时树起已在如愿以偿上高中。不过仅仅一年之后，他也下乡了，而且失去了来兵团的机会，去黑龙江边的饶河鄂伦春族为主的一个小村插队了。我们接到他寄自那个小村的信后，一个个都怅然若失，感到实在是我们的也是他的大遗憾。

如今回忆起来，我在兵团最觉舒心的时光，便是那以后的两年。与四个亲如兄弟的好同学朝夕相处，一概艰苦，几乎也都同时有着快乐的色彩。友谊确如一盆炭火。

那两年我如同有着多位家长的独生子——我因家事而犯愁了，他们几个会一起围着我进行安慰和劝解，志松还会为我唱歌；冬天到了，云河见我的棉裤太破了，处处露棉花了，就将他自己舍不得穿的、兵团发的一条新棉裤“奉献”给我了；玉刚和松山亲自动手，为我缝做了一床新被子；我要探家了，都主动问我打算往家带多少钱，由他们来凑；我探家回来了，路上将志松家捎给他的包子吃得一个不剩，他也只不过这么抱怨：你这家伙太不够意思了吧？怎么也得给我们一人留一个呀！……

但那样的时光仅仅两年多一些。

先是，志松调到团报道组去了，在国庆和春节的长假期间才有机会回连队看我们几个，最多也就住一两天。接着云河调到别的连队当卫生员去了。而两年后，志松上大学了，松山和玉刚随他俩的排调往别师的化工厂去了。

我自己，则经历了当小学老师、团报道员以及被“精简”到木材厂抬大木当劳工的三次变动。

正如我亲密的同学们所经常担忧的，我的知青生涯落至孤苦之境，最终竟真是由于思想由于话语。

如今回忆起来，我在兵团最觉舒心的时光，便是那以后的两年。与四个亲如兄弟的好同学朝夕相处，一概艰苦，几乎也都同时有着快乐的色彩。友谊确如一盆炭火。

但即使在那两年里，我的思想也还是有着一处可以安全表达的港湾；这便要说到徐彦了。

徐彦的家境，在我们班级里当年也许是最好的了。他父亲是市立医院的医生。他母亲原本也是医生，因为患有心脏病，长年在家休养，但享有病假工资。而他哥哥曾是海军战士，复员后分配在哈市著名的大工厂里。徐彦是我们班几个没下乡的同学之一，在他哥哥那个厂里当车工。我在班里当“勤务员”时，几乎去遍了全班同学的家，徐彦的家当年是最令人羡慕的家。不只我羡慕，每一个去过的同学都印象深刻，羡慕不已。房子倒不大，前后皆有花园，是有较高地基的俄式砖房。前窗后窗的外沿，砌出了美观的花边。门前还有数级木板的台阶，冬季一向扫得很干净，夏季徐彦还经常用拖布沾了水拖，那大约是他主要的一项家务。哈尔滨人家，很少人家能直接用上自来水。但徐彦家厨房里有自来水龙头，而我们几个，都从小抬过水，长大后以挑水为己任。我们在中学时代也是都没穿过皮鞋的，但他既有冬天穿的皮鞋，也有夏天穿的皮鞋。不论冬夏，他一向衣着整洁。最令我们向往的，是他自己有一小套屋子可住。不是一间，而是有“门斗”、厨房，分里外间的单独一小套，并且也是木地板。说到地板，我们几个的家里竟都没有。云河家的屋地要算“高级”一点儿的了，却也只不过是砖铺的。另外几家的屋地，泥土地而已。那样一套小屋子，与他父母和妹妹住的屋子在同一个大院里。在那个大院里，几户有四五口人的人家，所居便是那么一套小屋子。他居然还拥有一架风琴，就在那小屋子里。总而言之，在我们看来，他当年实在是可以算作“富家子弟”了。他还是美少年，眉清目秀，彬彬有礼，我们几乎从没听他大声嚷嚷着说过话。他如果生气了，反而就不说话了。他的性格就像沉静的女孩子那种类型。

倘以我们的学校为中点，我们几个的家在同一边，而他的家在另一边。每天放学，一出校门，我们和他便反向而去了。在学校里，课间我们和他也是不太主动接触的。他终究还是成了我们情义小团体的一分子，起先是由于“文革”。“文革”中我们的身份虽然还是中学生，却没课可上了。于是以前不太来往的同学之间，相互也开始靠近了。后来，则是由于我和他的关系一下子变得亲近了。在我们初一下学期，我的哥哥患了精神病。在我们初二上学期，他才读小学三年级的妹妹，因为在学校里受的一点儿闲气，隔夜之间也不幸成了小精神病患者。我母亲听我说了，非要求我带她去徐彦家认认门，为的是以后经常向他的父母取经，学习怎样做好患精神病的儿女的家长。我无奈之下，只得于夏季里的一个晚上引领母亲去了徐彦家。恐怕自己陪得无聊，我还带上了一本书《希腊悲剧选集》，也是从邻居卢叔家收的旧书堆中发现的。

母亲和徐彦的父母说话时，徐彦将我带到了他住的屋里。由于他的沉默寡言和我的自卑心理作怪，我表现得极矜持，低头看书而已。他则坐在我旁边表现着主人应有的热情，隔会儿便找话跟我说。而他不说什么时，我则不开口。终于，他问我看的是什么书。这一问，帮我打开了我的话匣子，我对他讲起了书里的故事。两个多小时后母亲才告辞，而徐彦还没听够呢。几天后他受他父亲的吩咐，到我家来送安眠药，我向他展示了我犯禁仍收藏着的十几部书，建议他选一两部带回家去看。

他说：这些书以后中国不会再有了，如果别人在我家看到了也向我借，万一还不回来怎么办？我这人嘴软，别人一开口借，我肯定会借给的。

我说：失去了，我认了，绝不埋怨你。

他想了想，却说：我还是不借的好。以后咱俩在一起，我听你讲就是了，我爱听你讲。

后来，母亲经常独自去他家，成为他家常客。因为儿女患同一种病，我的母亲和他的父母之间，渐生相互体恤的深情。当年即使有证明，也只能一次从医院买出十几片安眠药，而徐彦的父亲，可为母亲一次买出一小瓶来，这减轻了母亲总去医院的辛苦。自然地，我和徐彦的关系也逐渐亲密了。我以每次见到他都给他讲故事的方式报答他父亲对我家的帮助。

他哥哥参军了，他妹妹有那样的病，他母亲还有心脏病——这些综合理由，使他可以免于下乡。

我下乡后，每从兵团给他写信，嘱他去我家替我安慰我的母亲；教导我的弟弟妹妹们听母亲的话；实际看一下我哥哥的病情。而他对我的嘱托一向当成使命，往往去了我家，一待就是半天。其实我觉得他是不善于安慰人的，却是特有耐心的倾听者。他的心也善良得如同一位院长嬷嬷。我想我的母亲向他倾诉心中的悲苦时，一定也仿佛像是在对具有宗教般善良情怀的人倾诉吧。

他是个天生看不进书的人，也是一个天生懒得给别人回信的人。他竟回了我几次信，那于他真是难能可贵的事了。

“我到你家去了，带去了我父亲替你母亲买的药，和大娘聊了两个多小时的家常。你家没什么更不好的事，你也别太惦记家……

“我也很寂寞。厂里还有许多人热衷于搞派性斗争，很讨厌。

同学们都下乡了，周围缺少友谊，更没人给我讲有意思的故事听了……”

他信上的字写得很大，也很工整；却看得出，每多写一行字，大概要想半天。

我虽精神苦闷，情绪消沉，但给他写的信，内容一向不乏发生在兵团的极有趣的事。我不愿用我的不快乐影响他。

故他给我的回信中，也曾有过这样的文字：读你的信，是我愉快的时候……

在我上大学前的一年，被黑龙江某出版社借调了三个月。那三个月里，他家的一位常客不再是我的母亲，而是我自己了。出版社自然仍是“知识分子成堆”的单位；比于平民百姓，知识分子显然是更加忧国忧民的。那一年的中国，并没麻木不仁的中国人胸中忧成块垒，积怨如地火般悄然运行。我每天在出版社都会加入值得信任的人之间的私议之中。而我在他家里，也就不仅仅是只讲故事给徐彦听了，而是“讲政治”给他的父母听了。至于他，倒成了一旁的陪听者。他的父母，不但是知识分子，而且还是有社会良知的那类人。每逢我讲到义愤时，他们竟也情不自禁地插话，诅咒祸国殃民者流。我讲到希望所在时，他父亲还会激动得陪我吸一支烟。我是极少数由他父亲陪着在他家吸过烟的人；他父亲一年也吸不了几支烟的。

每次我走他都送我，有时送出很远。

他不止一次告诫我：千万记住我爸妈的叮嘱，那些话绝不能跟别人说。你以为有的人值得信任，可万一你的感觉错了呢？人出卖人的事咱们知道的听到的还少吗？……记住行吗？

他那时的口吻，更像一位院长嬷嬷了。我就说：“行。”他说："我可不是怕万一你出事了，我和我父母受你牵连。枪毙你你都不会出卖我们的，这我绝对相信。可……你是我最不愿失去的朋友啊！你如果出事了，我不是连个与我通信的朋友都没有了吗？……"那时我不由得站住，睇视他，整个心感动得发烫。当年，当年，当年真是不堪回首，思想成了令亲友们极度担心的事。当年，当年，当年真是难以忘怀，有那样一些中学同学的情义，如同拥有过美好爱情。因为在混乱年代也曾拥有那样一种情义，我决定我死前要对这个世界虔诚地说"谢谢"。

去年我回到家乡城市，我们所有以上几名同学聚在了一起。大家都老了，也都还在为各自的家庭劳作。树起两口子都退休了，他曾为了增加家庭收入开过一个小饭店，没挣到多少钱还累出了心脏病；徐彦为了帮婚后的儿子还买房贷款，虽也退休了仍得找活干，在外县的一处工地上开大型挖土机；志松从一份医学杂志总编的位置退下来后，在家带孙子，偶尔打麻将；云河、玉刚、松山也都白了头发，而我已十几年没见到他们了。彼此脸上都有被人生折腾出来的倦容，却又都竭力表现出快乐，争取给朋友们留下毫无心事的印象。然而我清楚，每人都有各自的远愁近虑。

树起缓缓饮了一口茶（他心脏做手术后滴酒不沾了），看着我慢条斯理地说："现在，咱们对这家伙，终于可以放心了。"

志松反应快，紧接着说："当年你们几个托付给我的责任，我可尽到了啊！他后来在复旦大学上学，我已大学毕业分配到了北京，有一次出差到南京，还专程绕到上海，告诫他务必学会保护自己呢！……"

云河说："做得对，应该表扬！他上大学那三年，据说中国被打成‘现行反革命’的人更多了。”松山说：“要说现在咱们对这家伙可以放心了，那也还是早点儿。什么时候他不写了，咱们才能彻底放心。”玉刚说：“现在中国没有反革命罪了。而且，我看这家伙的思想也不像当年那么‘反动’了……”

大家就都笑了。徐彦待大家笑过，也看着我说：“别深沉了，讲讲吧！”我问：“讲什么啊？”他说：“讲国家呗。你当年最爱讲国家大事的呀！”我想了想，说了这么一番话：“中国现在问题很多，有些社会矛盾又突出又尖锐。可即使这样，我也还是觉得，倒退回去肯定不是出路。我们要告诉我们的儿女，从前的中国与现在的中国相比，是一个比较失望的国家和一个大有希望的国家的区别……”

玉刚乐了：“都听到了吧？不但不反动了，还特革命了呢！”志松接着不客气地说：“你小子打住！当你是谁呀？大领导呀？在对我们作报告呀？不许装模作样了，喝酒喝酒！”于是除了树起，都擎起杯来一饮而尽。我也是。大家刚放下杯，树起又说：“但这家伙刚才的话，我完全同意。”云河问：“咱们刚才反对了吗？”松山他们几个就摇头。志松一一往大家的杯里斟满酒，站起来，朗声道：“本人提议……”我抢着说：“为情义干杯！”志松说：“错。我要说的是为中国的大有希望！咱们晚年的幸福指数还指望一点呢，过会儿再为情义干杯！”于是都站了起来，都一饮而尽。连树起，也将杯里的茶水喝光了。记得那时都老了的我的亲爱的几位中学同学，一个个写着倦意的脸上，呈现着难掩的期盼……

2011年6月12日于北京

师 千 秋

我查遍书架上的词典，想找出对“老师”一词的说明，然而，没有一部词典的注解，能符合我此刻的心情。我再次将目光投向四川，遥望那些悲剧发生的地方[①]，结果泪水再一次模糊了我的双眼。我什么都看不见，什么都看不见，只见仿佛有无数道圣光连成一片，升华到似乎是天堂的所在！

啊，我啊，我从不是什么宗教信徒，现在却变得如宗教信徒一般虔诚！我一遍遍祈祷我从未信仰过的神，让遇难者的灵魂皆升入天堂。

我眼前总是出现这样的情形——在宗教信徒叫作“天堂之路”的路上，相互搀扶地走着男人、女人和老人，那是我们数万同胞的身影啊！他们背上或怀里，是比花骨朵还可爱的儿童。还有那些被视为花朵的学生——小学的、中学的、高中的。有的，边走边背着唐诗或者宋词——“墙头雨细垂纤草，水面风回聚落花”“芳菲歇去何须恨，夏木阴阴正可人”……那种轻轻的声音，从“天

---

① 2008年5月12日，四川汶川发生里氏8.0级特大地震。这是中华人民共和国成立以来破坏性最强、波及范围最广、救灾难度最大的一次地震。

堂之路”传下来，分明地，我是听到了的。

有个孩子蹲下来整理自己的书包，忽然抬起头说：“老师，我少了一册课本！”“别急，天堂里会补发课本！……哪位同学，起头唱一首歌？”于是，我听到了少男少女们用方言唱的四川民歌。是的，我确实听到了，不是仿佛。歌声是足以使孩子们暂时忘忧的，他们在“天堂之路”上匆匆前行，脸上充满坚卓毅忍的神情，如同是在跟随大人们进行临时决定的迁徙。我看到在歌声中，几乎所有的老师都驻足了，向下界投注着眷恋的目光——他们还能望得到那一处处可怕的废墟吗？

废墟底下，有一些人的丈夫、妻子、父母或儿女还埋在下面。我看到一位教师抹去了眼角的泪花，对他的学生们大声说：“不要往下看，要朝前看，天堂有震不塌的学校！”转瞬间，不知从哪里飞临了千万只孔雀、天鹅，还有仙鹤！啄落千万朵花朵，将“天堂之路”铺成一条花路！啊，十二飞天也翩然而至，弹奏琵琶，吹着长箫。啊，那些婀娜的身影，难道不是缪斯和美惠三女神吗？蓦然间天堂之门辉煌地敞开，于是，所有行走在“天堂之路”上的我们的同胞，皆长出了天使的翅膀！……

他们与灵鸟们，与飞天和缪斯们共赴天堂！……

朋友，聆听我这自言自语的朋友啊，也许，你同样是一位老师；也许，你不是；也许，你一生都不会是。但你肯定曾是学生。那么，请回答我，当你是一个孩子的时候，当你第一次走入教室，第一次对一个陌生人叫“老师”的时候，你可曾想到，正是那一个男人或者女人，某一天，某一时刻，竟会舍生忘死地本能般地保护你不受危害？如你的父亲所立即做的那样，如你的母亲所立即做的那样！

朋友啊，也许你难以回答。因为在以前，你也许是不相信的。即使有类似的报道，你也认为是个别的事例。是啊，我以前和你也持同样的看法。但是现在，我的整个心灵，一次次受到强烈的震撼。在中国，在四川，在灾区，忽有那么多原本平平凡凡的老师体现出普罗米修斯般的品格，如同圣母玛利亚的化身！他们要是神就好了……他们要是神多好啊！可他们不是。他们原本只不过是些普普通通的乡村老师、县城老师……但他们却以几乎一致的姿势，本能地选择了死亡！那姿势就是，伸展开他们的手臂，将尽量多的学生护在身下！

那只不过是一种母禽保护雏禽的姿势啊！

他们的背，并不是神的背，也不是巨人之背啊！但是血肉之躯对于血肉之躯，居然也能起到神盾般的作用！

我们这些远离灾区的人们，除了唏嘘和悲叹，除了心怀大的肃然和大的敬意，还能说什么呢？

化作天使的老师们，带领你们化作小天使的学生们，在“天堂之路”走好啊！想要飞翔的时候，不妨朝下界回眸一望啊，重建家园、重建校园的事，有你们十三亿多同胞呀！……

在将来的教师节，我相信你们或会看到——在灾区，将有一座特别的教师纪念碑矗立着。那是你们长着翅膀的形象，身边是你们长着翅膀的学生……

致老师

翁老师您好：

老师的来信，学生收到已半月余。本想郑重地给老师写一封长信，呈生活、身体、思想、创作“全方位”的汇报，然年终之际，诸事多多，竟不能够。

老师的信，字里行间充满着对学生的关怀，亦流露着替学生感到的忧虑，令学生读来顿觉温馨一片。老师谆谆所嘱，学生自将牢记。老师所虑，亦可释怀——学生自离开复旦二十二年，从未敢忘老师及母校厚望，为文难免常有不当，为人却是恪守原则的。世事纷纭，人际乖张，老师教诲不无道理，学生个性过刚愎，也过自信。甚而，有时也显教条。学生已有反思，老师可从此欣然。

此信既不能是“汇报”，那么就给老师讲些轻松话题、有趣之事，以博老师开心一笑罢。

我妻焦丹，现在一家国营电脑软件公司任办公室职员。收入尚可，每月千元。今年颇走“财运”，以往所购股份一万元，据言公司上市后，可翻数倍。于是得意。

她觉嫁我最值得的方面是，虽“无为而治”，放任不加管束，却也基本省心；最亏的方面——我心里装着不少人，似乎唯独替她着想的少。其实我也替她着想的，表现是我爱干家务，而且爱干连妻子们都不怎么喜欢干的家务，比如擦窗子、拖楼道。但她说透过现象看，那本质还是自私的，无非是写累了换换脑的方式。我便暗暗要求自己以后表现得更好，比如除了擦窗子、拖楼道，似乎还应将她的生日记在挂历上，至日买束花取悦之。反正我在家的时光长，就当是给我自己买的……

我子梁爽，今年高三矣。明年该考大学了。相貌端庄，接近英俊。学习努力，成绩一般。但只要发挥正常，考上一所大学当是没什么问题的。他的智力原本是朝着文科发展的，入中学后，被我的意志硬扭向了理科。每自思之，惴惴不安。我不望子成龙。所幸梁爽的人生观也极朴素。他的最大理想，乃是以后能到他妈妈的电脑公司去，每月两三千元，一生相当于这个水平的收入，于愿足矣。我爱他这一点，但每提醒——以后大学生择业必难，他得明白，他若真能实现愿望，乃是幸运，不是什么最低人生"构想"。任何社会，对于绝大多数青年而言，其实是以十分的努力，争取二三分的人生保障。给他讲这些，他半懂不懂。我也急不得，容他渐懂罢。

我家所在小街，宽仅二十余米，且是一条早市街。每日六点至九点，极为热闹。我常逛早市，此乃我贴近市民生活，感受市民生活气息的一种方式。几乎每一摊主，都有一大篇人生故事。我从他们身上，发现人生的顽强和乐观。没有这两点的人，在一处摊位是不能年复一年地坚持下去的……

横跨小街，登上元大都遗址的土坎，择阶而下，有小河、小桥、小片树林。我常在其间散步，与人聊天，听退休老人们唱京剧。四顾无人，自己也每扯开嗓子“引吭高歌”……

老师，学生老矣。二十几年前，我入复旦时，老师还不到我现在这年龄呢！而我只不过是二十五六岁青年。人生苦短，昨日如梦，今日如梦，明日亦如续梦。在享受生命和勤奋写作之间，我更迷惘。而且，除了写作，怎样才算享受着生命了，也至今没太搞明白。别种享受生命的方式，比如狂欢一夜吧，对我则是比写作还累的。饭局对我也是“牺牲”式的应酬。一个星期内若有两次，胃病就犯了。当然，和女孩子们聊天是愉快的。敬爱的焦丹同志虽“理解万岁”，并不“横加干涉”，但女孩子们一称我“老师”，我又顿觉索然。于是焦丹同志嘲问——那你想她们叫你什么？叫你“宝贝儿”？——我哪儿敢那么奢望呢。叫我“梁兄”也比叫我“老师”受用啊！焦丹同志便又嘲曰：那“您”就只能跟四十岁以上的“祝英台”们去聊了，自重点儿，别往二十多岁的女孩子们跟前凑。在她们跟前，要么“您”是“老师”，要么“您”是“老花心”，还有剩给“您”的第三种角色吗？——于是不但索然，而且愀然了。我的老，是焦丹同志非常之幸灾乐祸的……

有一次我在街头付十元钱，接受一位五十余岁的妇女颈肩按摩。

她忽问：“这位老师傅，退休几年了？”

我心一酸，几乎泪出，凄然曰：“才退休三四年。”

又说：“您这病，得引起重视啦。否则，脑供血不足会得老年痴呆的呢！”

按摩后，我就真的有点儿痴痴呆呆的了。心里受那么大打击，也还是有公益责任的呀！见一五六岁男孩儿折桃树枝，忍不住驻足制止：“小孩子，要爱护树木呀！”——孩子他妈，三十七八岁的一位母亲，瞥我一眼，淡淡地说："别折了，你看有老爷爷管闲事儿了吧？"

竟不但是爷爷，而且是"老爷爷"了。

一回家，简直就禁不住地照镜子，就又受焦丹同志的嘲笑。我将遭遇的"伤害"一讲，她同情地叹了口气，说："以后出门前，我给你化化妆吧！"——我说还有救吗，能年轻几岁啊！她说——那得我出钱，她去学化妆术，学成了在我脸上实践，或许能将"老爷爷"化妆成"爷爷"辈儿的男人。

还有一次某报记者为我拍照，忽言我脸上"反光"。我好生奇怪。一没擦粉，二没戴镜，怎么会"反光"呢？他说："是您刚长出来的白胡茬反光。"于是一阵头昏，倘不刮胡子，哪天会被叫作"白胡子老爷爷"了吧？

再有一次坐出租车，三十几岁的出租汽车司机主动与我闲聊，问我"贵庚"——犹豫片刻，答"六十六岁"。渴望获得这样的惊喜："哇，您看起来可真年轻！"

司机没"哇"，却"客观"地承认我看起来是挺年轻的。惊喜虽未获得，也心怀侥幸地急问——年轻到什么程度？人家说："也就六十二三岁的样子吧。"内心又是一阵戚戚然大为失意，大为沮丧。焦丹同志一针见血地指出——我是患上了男人的"年龄心理恐惧症"了。其实没她断言的那么严重，只不过更加地惜时如金了。心里的创作愿望比从前更多——长篇、系列中篇；还打算创作电视连续剧，关于大学生题材的；出一本诗集，关于爱情的；一本童话集，寓言式的，成人读了也能引起点儿感想的那一种……

对话剧剧本也发生了兴趣。

最主要的一点是，内心竟产生了对唯美创作倾向的尝试念头。

在几年前，我却是公开嘲讽这一种创作倾向的……

这一切都和年龄有关吗？我不知道。

至于针砭时弊的文章，自然还是要写的。没什么批评和假批评之名的攻击能够动摇我这一点。

迄今为止对我的全部攻击中，其实最轻佻的乃是对我人格的挑衅和攻击。因为自青年时期至今，它总是多少经历了些较为特殊的检验的。而我又是那么清楚地知道，攻击者们本身的人格，是特别经不起公开评说的。何况某些攻击性的文字，其炮制和产生的过程就是摆不到桌面上的，只不过我虽清楚地知道却实在懒得说。何况某些攻击，以及借我之名获钱钞之利的行径，并不能真正达到什么伤害我之目的……

老师您看，话一转到写作，我又不免严肃。

而我给您写此信，一为清除您心中替学生感到的忧虑，二为使您看了开心一笑。我愿此信在元旦前后发出，那么就几乎所有的老师都能同时看到了。果而如此，若老师们彼此打电话一谈，我愿电话线里互通的是老师们忍俊不禁的笑语。而这也就等于送达了我对老师们的祝福。我觉得似乎胜过“近况汇报”，胜过贺卡，胜过元旦问候……

昨晚我刚从京郊开会回来。今天上午写信至半，下午去北京少管所与少年犯们座谈——我担任编剧的一部电影《成长》在那里放映过，回到家天已黑。晚饭后接着给老师写此信，然心情竟大为不同。少年犯过失，上帝都该原谅。但少年如果犯罪，而且犯邪恶之罪，那么就连上帝也会感到震惊，甚而会感到难过了。

我却依然希望，我的信所送达的主要是愉快。

几天前有几位编辑到我家来，我为他们一人沏了一杯茶。十几分钟内他们谁也不碰杯，茶凉了。我就用托盘端着所有的杯去厨房——得将凉茶水倒掉才能再兑热水呀。其中一位客人跟至厨房，要自己为自己服务。他目视眈眈地见我一杯杯倒掉了凉茶水，又一杯杯直接从自来水龙头接满了水……

茶杯再放至每人面前，谁也不喝。

我说："大家别这么客气嘛！"

还是谁也不碰杯，搞得我好生困惑。

客人走后，儿子问："爸，你没发现那个叔叔一直对大家使眼色呀？"

我反问："没有哇，他使眼色干什么？"儿子说："你从自来水龙头往大家茶杯里放满水，客人们会怎么想？"我说："是吗？！……那你干吗当时不说？！"儿子说："你一本正经地那么干，我也不明白你究竟什么意思啊！"我则只有发呆——每每怀疑，是否真的如医院诊断的那样，我已因颈椎病而开始脑萎缩了？……

我的写作，或许带给人们的严肃和沉重太多了？那么，就让我在生活中多带给人们开心一笑吧！尤其愿我，在新年前带给老师们的是灿烂的开心一笑……

又来客人了，打住。

代我问师母好！

过几天，我会有新书寄给老师和师母。

千年之交，祝万事顺遂！

学生：梁晓声

1999 年 12 月 16 日晚

倦怠的岂止是教师?

尊敬的编辑同志:

约稿函收到。近来忙乱，像没头之蝇，难得潜心写成一篇文稿。然我校工会领导将贵函郑重转我，于是便有了指示的意味。那么，我便当成一份问卷来答吧。

一、我感觉，发生职业倦怠了的，并不只是教师们。众多职场的人士，也许都不同程度地倦怠了。倒是教育界的同行们，此倦怠反而呈现得略迟。虽迟，一经呈现，那状态却又再明显不过。这乃因为，自二十世纪八十年代以后，全中国处于各种体制的转型期，可谓大解体，大分化，大整合，大动荡。从每一行业到每一职场到每一行业中人职场中人，终日面临考验压力、竞争压力、生存压力。总而言之，不适必然。于是浮躁。在浮躁中，亦须亢奋，历二十余年矣。

我以我眼观察社会，一个倦怠的时代已经接踵而至。

倦怠时代乃是浮躁时代的连续时代。

此乃人类社会发展的一种规律。欧美当代社会之发展，也经历过此规律期的。

而科学发展观，之所以体现为及时的国家发展理念，其重要意义正在于——于浮躁导致倦怠，于倦怠而尚未疲竭之际，提醒人们少安毋躁，喘息着思考一点问题，反省一下急功近利的不可取和不可持续。无论一个国家还是一个人，浮躁着亢奋着的时候是思考不了什么的。好比正激烈进行中的赛事，只有亢奋地进行着。中场暂息，才是总结经验和教训的机会。

故我认为，对于教师们出现了职业倦怠，不必太过讶然。以看规律的眼看待此现象，也许是更清醒的态度……

二、出现在教育界的职业倦怠现象，情况各不相同，不能同日而语。依我看来，小学、中学、高中，都还没有倦怠。因为，在小学、中学、高中，学生也罢，教师也罢，都还处在孜孜不倦的状态，岂敢使自己倦怠？学生倦怠了将来就榜上无名了，教师倦怠了则教职不保了。正通往瓶颈的人是没有退路的，除非自暴自弃了。纵使真的倦怠，也还只有硬撑着。

三、由倦怠而竟至于索性松懈的状态，其实更是大学里的一种状态。大学是分成三六九等的，情况又不相同。在同一所大学，不同的院系，不同的专业，情况还不相同。学子毕业后就业局面乐观些的院系、专业，教师和学子双方其实都并不怎么倦怠。因为学子们明白，多学对自己有益，而不认真学首先对不起自己。面对求知若渴的学子，教师们都是愿意抖擞起精神讲好每一堂课的。因为那能使教师获得职业愉快。正因为那样一些院系和专业的就业局面乐观，教学经验丰富的教师、资深的教师、有权威光环的教师，除了在本校担任学科带头人和骨干，还每每应邀四处游教，甚而经常游教到国外去。所谓招牌越大，学科越显，时间越少。故，也倦怠。

但这一种倦怠，纯属个人情愿或不情愿的事。不情愿，自我调整，谢绝邀请，也就不倦怠了。

而另一类院系、专业，学子们的就业局面就不乐观了。非但不乐观，简直还令他们越来越悲观。在大学中，戏称这一类院系和专业为“弱势院系”“择忧专业”。学子们瞻念前程，既悲观、迷惘，那么倦怠在所难免。既倦怠，学习状态之松懈难免，而这毫无疑问会影响到教师的教学心理。教师不站在学生们的立场想问题是不可能的。但看得分明，却又无计可施，故每每会同样地心生倦怠。教与学的双向倦怠，最是大学里“弱势院系”“择忧专业”令人内心里不是滋味的现象。然而连这一种现象，其实也是隐性的，是教与学双方讳莫如深的……

四、故我并不同意造成教师职业倦怠的“主要原因”是学校人事制度改革制度的不完善。即使有调查问卷的统计为前提，我也还是不同意。

因为，倘同时向学生发放同样数量的调查问卷，必然会得知相当多的学生其实也备感倦怠。而那肯定更是由他们对人生前途的悲观和迷惘引发的。各大学针对教师们而制定的人事制度、评级制度等，其实是和学生们没什么实际关系的，也就谈不到对学生有什么太大的正负面影响。

窃以为，关注大学里的倦怠现象，不关注学子们的倦怠，仅关注教师们的倦怠，乃是不全面的关注。

窃以为，无论对于学子们还是教师们，倦怠之感首先是心理的；其次是时代性的；再次才是各大学人事制度、教改制度的不完善所造成的。这么看问题，也许更宏观一些，更客观一些。

我当然认为，在以上情况之下，倘一所大学的人事制度不尽合理，教改思路南辕北辙，那肯定将加剧教师们的倦怠心理，并由此间接加剧学生们的倦怠心理，遂使大学生的倦怠之风氤氲一片。而归根到底，对学子们是不利的。

我看大学的眼，首先是将学子们在大学里的感觉放在第一位的。因为大学首先是为学子们而存在的。进而认为，大学里的人事制度、教改制度究竟应该怎么完善，也当首先从怎样使学子们的学习状态不倦怠不松懈这一点来出发……

故在教改方面，有些学科半个多世纪以来不变的内在结构是一定要改的。大学生毕业后从业能力的下降实在是令人欲言还休。要充实新的学科内容，以增强学子从业的综合能力。

研究生招生的"过关"模式，也到了非改不可的地步了。倘一名专业上极有深造潜质和培养前途的本科学子，一再因政治分数线的一两分之差而榜上无名，那真是令人不知说什么好的事情。

此情况继续，难道教师们心理上就不倦怠吗？

果而并不倦怠，那么这样的同行的自己心理上的倦怠，我是不太同情的。

在人事制度方面，教师称职不称职，优秀不优秀，是否有资格评副教授或教授，其发表论文多少又究竟有多大的参考价值呢？须知一名好的教师，与一位有成就的学者毕竟是有些区别的。对于教"大本"尤其是这样。不是早已承认大学本科教学只不过是进行素质教育和能力教育了吗？而这不是就等于也承认了大学本科教学是有别于学问教学能力的另一种教学能力吗？为什么不鼓励教师多付出些精力探讨这等有利于学生的教学能力，却非着眼于其发表论文的多少呢？一个不争的事实是，大学里每年派生出多少垃圾论文啊！学子为文凭，教师为职称，这种状况何年何月是个头？

大学本科论文可否允许不那么僵死的一套格式化？那跟八股文究竟有什么区别？连本该思维活跃、体现生动想象力的中文学科，也被论文格式限制得奄奄一息了！学了那等论文本事，反而就是学到了很高级的中文能力了吗？教师连续面对那等论文是不是一种不得已？又怎么能不教、学双方都倦怠？

各院系，各专业，大本论文，硕士论文，允不允许从格式到内容，突破目前的令人厌烦透顶的八股品相？教育部不是要求“一律”吗？给检查者们一份仅仅首页“一律”的论文行不行？给学子们一点儿从格式到内容更自由点儿的空间行不行？

大学教师们所填表格忽然多了起来，据说也是为了“一律”。理论似乎是这样的——“一律”才便于“量化”考评，才便于检查教师工作状况，才便于体现公平……

但，有些学科的教与学的实绩，其实是根本不能由一纸表格来体现的。

某些“一律”肯定是必要的，然必要或不必要，这权力能否下放给各大学自己来考虑？各大学又能否下放给各院系自己来考虑？

归根结底，“一律”性也罢，“量化”之模式也罢，究竟必要不必要，怎样必要怎样不必要——其决策权应归属一线教学者，而非另外的方面、另外的人们……

答毕。

第二章

万里家山一梦中

京华见闻录

一

一九七七年九月我从复旦大学毕业，分配到北京。报到前有半个月假。三年没探家，很想家，想母亲。但我打算分配单位确定了，工作几个月后再探家。我非常希望尽早知道我的工作单位将是何处，非常希望尽早对这个单位产生感情。

走出北京站，像三年前走出上海站一样，我有些茫然。“大串联”时期，我作为“红卫兵代表”，曾往返两次到过北京。我是全校一千二百多名学生，按每十五人一名代表选出的。我的中学母校在“文革”初期颇为“保守”，选“红卫兵代表”的条件还不是以“造反性”为原则，其实跟选“三好学生”的条件差不多。

到京后，据说大学、中学包括小学的“红卫兵”，已近百万之多。我们先是在天坛公园内的临时席棚里冻了一夜，而后住到了地质博物馆。各地的“红卫兵”见我们胸前别着“代表”的红绸条，大加嘲讽。

说“革命串联”，赴京接受毛主席的检阅，是每个“红卫兵”、每个革命学生的权利。你们有何资格以“代表”身份剥夺他人权利？我们无不大惭，纷纷将引以为荣的“代表”标志扯下扔掉了。

被检阅后，我孤身前往四川的乐山，去探望父亲。父亲的通讯地址是代号信箱，问许多人全不知，到邮局问，答晓得这地方，但属军工单位，保密，不能告诉我。无奈按信箱地址给父亲拍了一封电报。

父亲的回电只有三个字“速返哈”。后来听父亲说，当时他们那里大乱，死人的事是经常发生的。他怕我去了，就永远“留”在那儿了。

我又回到了北京。又幸福地赶上了一次“检阅”。怎样的形式，回忆不起来了，只记得居住在东单外交部家属宿舍，一位什么参赞的家里。我与武汉某“长征队”的九名男学生同住。一间十二平方米左右的房间，薄薄的一层干草，上面铺着肮脏的被褥，有虱子。

“长征队员”们对住的条件很不满意，就用大毛笔饱蘸墨汁往洁白的墙壁上写各种标语口号。我离开那天，四堵墙壁仿佛挂了四张荷兰奶牛皮，黑一块白一块。其实，主人家的“外婆”对我们挺亲热的。我虽然没往墙上涂过一笔，却替别人感到十分内疚……我伫立在站前广场，想到今后将要在北京工作，成为一名首都公民，心中自是不免有些激动。

九月的阳光耀得我眯起了跟。柏油马路散发的热气在地表蒸腾，车辆行人街边树木似乎全在微微抖动。

车站的大钟敲响了。我扭回头望着它，心中喃喃自语：“北京，北京，今后请多关照啊！……”

从哈尔滨到北大荒到上海再到北京，十年弹指间。我仿佛由十八岁开始，做了一个长长的梦。一觉醒来，二十八岁了。可小时候，我连做梦都不曾想到过，二十八岁后我会成为一个北京人。

“大串联”时期北京并没给我留下什么好印象。到处都油漆成红色，使人心里骚乱不安，而且秋季的风沙还那么大。到军事博物馆去参观，西风卷着巨尘在马路上奔嚣，使人联想到骠骑赳赳过长街、蹄下宏沙乱飞扬的“元大都”时期。

尽管北京并不使我觉得亲切，但我心中还是充满了幸运感。是幸运感，而不是幸福感。想想看，在我的同代人中，还有几十万人仍留在北大荒呢！

其中包括十余万北京知识青年。可我这个哈尔滨的小子，竟不知命运中有哪位神祇保佑，摇身一变成了北京人！

人的命运真是充满了机遇啊！一切人的一切成功，都有着某个时期的某种机遇在起重大作用。这乃是人和社会既矛盾又统一的关系。对每个人来说，重要的是善于把握住机遇，因为机遇毕竟不可能属于那些毫无准备的人。

比起同代人，我的命运这么好，无论我分配在哪个部门、哪个单位，我一定要好好工作，否则太对不起我家的祖坟。这就是我站在北京站广场上，头脑中产生的最强烈的想法。我问许多人文化部在什么地方，都说不知道。也难怪，我问的多半是外地人。在北京站，十个人中有六七个是外地人。而且我也根本看不出谁是北京人谁是外地人。我问一个年轻的警察。

他回答：“不知道。你要问我公安部在什么地方，还算问对了。文化部……我压根儿就没想过有人会问我文化部在什么地方。”

到底是大学生了，我的头脑比三年前灵活多了。我到车站对面的邮电局去查电话簿子。查到号码，拨通了电话，问我们国家的最高文化机关在什么地方。

接电话的，是传达室的人，反问我是什么人，要到文化部来干什么，口气带有很高的警惕性。我恭而敬之地说明我是报到的大学毕业生。

“沙滩。”对方回答了两个字，就把电话放了。我买了一张北京市内交通路线图，不再问任何人，按图换车。一个半小时后，终于站在了文化部大门外。

持枪站岗的士兵问我有何公干，我从书包里翻出学校发的介绍信给他看。他看了一下，还给我，说：“这不是文化部，这是《红旗》杂志社。”

……

我心想，我要找的是文化部，怎么来到了这么个地方啊！虽然我不过是普通的十亿中之一蚁，但我对这个地方还是有些诚惶诚恐。

我掉头便走。

走了两步，忍不住转身说：“可人家告诉我文化部就在这个院里啊！”站岗的士兵说：“不错，就是在这个院里，就在那大楼。这个门，是‘红旗’的门，绕到前面那条街的正门，才是文化部的门。”

我请求道：“那你就让我进去吧！”士兵说：“不行！各走各的门。”我说：“好，好，好。”就又绕了十分钟，绕到了正门。看到文化部的牌子，犹如孩子看到了姥姥，心中涌起一番亲情。“姥姥”家大门口也有持枪的士兵站岗。被允许进入院内，急急地就往大楼奔去。没想到在楼口又被一站岗的士兵横臂拦住，朝我要在大门外传达室填写的“来客登记单”。可我在院内急急走着时随手扔掉了。士兵说：“你找回来。”我见那士兵是个没法商量的人，无可奈何，只得返身慢慢地边走边找。院里有两个人站住，好奇地瞅着我，大概以为我丢了钱包或什么贵重的东西。还真找到了。怕受到士兵的斥责，认认真真地用手抚平展了，才敢持着重新入楼。

终于进入楼内，先前那种孩子见到了姥姥般的亲情，一扫而光。院门楼口，双重警卫，不算“戒备森严”，也可谓“步步设防”了。我怀疑自己来到的不是文化部，而是什么兵种的司令部。

上楼时，就一级级走得很稳重，怕毫无精神准备之下，又从哪里冷不防闪出一个士兵，被拦住盘查。还好，也就两重岗而已。走上文化部那一层楼，碰到一位五十余岁的男同志，问他“毕业生分配办公室”在哪一房间。答曰：“还没成立啊！”我着急了，一时怔怔的，竟不知说什么好，汗也顿时淌了下来。他见我急成那样，说：“有一个人可能将负责这方面的工作，我替你去问问。”我便站在走廊等候。一会儿，那男同志引来了一位年近四十的女同志。她问我：“你是来报到的？”我说：“是。”又问：“哪个大学毕业的？”我说：“复旦。”再次翻出介绍信递给她。她看了看，说：“你报到得太早了啊！还有半个多月呢！昨天才让我负责这项工作，我一点都没头绪呢，你十天后再来吧！”我急忙说：“那可不行，这十天我住哪儿啊？”她问：“你家在哪儿啊？”我说：“哈尔滨。”她说：“那你就回哈尔滨嘛，晚来报到几天也没什么的。”回哈尔滨——我衣兜里只剩下十来元钱了，不够买火车票的。

我不好意思言明，只说：“反正我是不能回哈尔滨的。要能，我就不在北京下车了。”她听了我的话，以为我有什么特殊的隐衷，又问：“北京没有亲戚？”

我摇头道：“没有。”再问：“也没有同学？”我摇头道：“没有。”

继续问：“一个熟悉的人也没有？”

我说：“有几个当年在北大荒同连队的北京知青。”她似乎替我解了一大愁，说：“这就好啦！住他们家吧。三天后你来找我。不能再提前了。我这已经算照顾你了！……”

还说什么呢？不能再说什么了。我表示了十二分的谢意，心情沮丧地离开了文化部。四点多了，我不知该向哪里去。头脑里倏然想到一个人——黄宗江。便决定去找他。

那时我还不认识黄宗江老师，但已认识了黄宗英老师。在上海读书三年，我觉得最荣幸的事，便是认识了两位我极尊敬的人：一位是黄宗英老师，一位是茹志鹃老师。每每想到她们，心中便怀着感激。

我认识她们，说来也算“机遇”。

粉碎“四人帮”后，上海召开了一次全市文艺工作者的大会，纪念《在延安文艺座谈会上的讲话》发表多少多少周年。

复旦大学中文系出席了一名教师、两名学生。我是其中之一，参加小说组讨论，担任记录员。如果我没记错，茹志鹃老师好像担任副组长。小说组还有巴金。

巴老那年身体尚健，行走时步子也很稳。给我的印象是不多言词，平易近人，说话很慢，仿佛句句都须经过思考。虽然“文革”中遭受摧残，名誉还未得到公开恢复和平反，但毫不自轻。

从那张“思想者”的脸上，不难看出内心的刚强自尊。会议开了五天，我们常在一张桌上吃饭。我没与他交谈过。因为过于敬重这矮小而又难以压垮的老人。但吃饭时，常替他盛饭，或主动将他夹不到的菜盘往他面前递一下。茹志鹃老师发言不多。

身为讨论主持者不得不“请求”别人发言。我看得出她把那“差事”当成一种罪受。读过《百合花》的人，都说茹志鹃老师该是位清秀女性。似乎不应像她本人身材那么高，手那么大，还吸烟。似乎她写《百合花》时，不是个百合花般的女性就不太对劲。而且还有的说她的名字也是那样的文雅。

我没见到她之前，想象中这位使我崇敬的女作家，也不是她本人那个样子。但见到她之后，又觉得她就该是那个样子。觉得吸烟对她来说是一种特殊的风度。她那双男人般的大手，就是该写出《百合花》的手。如果她那双手小巧，倒是有点不像女作家茹志鹃的手了。

我基本上没发言。都是长者，都是令我崇敬的人。我不愿说，只想听。

但是有一天开全会，《朝霞》编辑部的一位代表发言，竟说什么“像《百合花》这样的小说，思想情调毕竟是不健康的，毕竟属于小资产阶级情调，学习了《在延安文艺座谈会上的讲话》后，文学工作者们应自觉地努力地加以克服……”云云。

这使我很恼火。《百合花》是我在中学时代就非常喜爱的小说。对一个我喜爱的人，或一篇我喜爱的作品，我容不得别人在大庭广众面前贬低之。于是下午继续讨论时，我便措辞激烈地发了一次言。

那只不过是一种感情式的发言，没有谈出什么有逻辑的理论。当时我也谈不出什么理论。那次发言之前，我与茹志鹃老师虽然一块儿开了几天会，同桌吃了几次饭，但也并未说过话。我对自己尊敬的人，只愿将尊敬放在心里，不愿溢于言表。

我发言时，茹志鹃老师目不转睛地望着我。神态有些惊讶，有些意外，似乎还有几分担心。兴许怕我说得“走了火”，说出什么不妥的话来。

我没“走火”。记得我说：“我们无产阶级所谓的那种‘小资产阶级’的情调，我认为实实在在是人类非常富有诗意的情调。我们的生活中如果缺少了这种情调，那真不知道会变成什么样子。但愿我们的生活中多一些这样的情调，我们的文学中多一些这样的情调……”

迄今为止，我认为自己说过而且说得挺好的话，实在不多。这番话便算是。所以我未忘。我发言后，众人沉默良久。没人支持我，也没人反对我。大家继而发言，都与这话题无关。

接着又开了一天半会。茹志鹃老师仍未与我说话。我也仍未与她说话。直至散会，她交给我一页从日记本上撕下来的纸，上面写着她家的地址，真诚地对我说：“有空儿到我家来玩吧，我这人挺随便，绝不会使你感到拘束的。而且我也喜欢接近年轻人。”

我共去过她家两次。第一次是毕业前，带了两位同学，与她交谈了近一个半小时。她对我们很坦率，谈了许多与当时仍很“革命”的文艺理论相左的文艺观。

交谈中，她忽然说：“我把我女儿叫下来和你们认识一下吧，她也喜爱文学。”

就是在那一天，我认识了王安忆。当时安忆还在徐州地区文工团，个子起码比现在矮半头，皮肤晒得很黑，披散着并不浓密的头发，穿一条上海人常在家中穿的睡裤跟拖鞋。

茹志鹃老师对安忆说："他们称我老师，按理说你也该称他们老师，因为他们都是大学中文系的学生。"安忆并不称我们"老师"，也没打量我们，似乎是为了遵从母命，才不得不坐在我们对面，手中还拿着一本什么书。

茹志鹃老师又说："你们都是年轻人，今后都有志于文学，你们之间应该有更多共同的话题。"

安忆仍不做声。

我记不得自己对她提了一个什么问题，她才显然是出于礼貌不得不回答。怎样回答的，也记不得了。只记得她说话极快，标点符号不分明。

给我的印象是，她急于表达自己的思想，可她头脑中的思想又是多层次的、内涵广泛的，是只适于用笔而不适于用话表达的。另一个印象是，她从内心里不大瞧得起我们这三个工农兵学员。她说完，也纯粹是出于礼貌，陪坐了几分钟，便起身上楼去了。

茹志鹃老师连忙对我们解释："安忆的性格就这样，你们别见怪。"我们起身告辞时，茹志鹃老师对我说："晓声你先留步，我还有话跟你讲。"

我便留了下来。

她说："《朝霞》就要取消了，《上海文学》就要恢复了。你毕业后，如果愿意留在上海，我可以替你向学校争取。"我说："我是北方人，我还是想回哈尔滨。生活在上海人之间，我常常会感到孤独。"

她沉吟片刻，说："我能理解你。那么今后不管你分配到哪里，再来上海，我都欢迎你到我家里来。"

这话当时使我很受感动。她又说："你是一个好青年。你可别以为你替《百合花》说了些辩护之词，我才夸奖你啊！我是凭直感。你长得像上海人，性格却太是北方人的性格了。我喜欢北方人的性格。”

今年五月，我在上海为《上海文学》改稿，抽时间去茹志鹃老师家中看望她时，她向安忆的父亲介绍我，第一句话仍是：“晓声是个好青年……”她说这话从来是很认真的。

也许她无法知道，这句话对我是多么重要。我从不认为自己是个好青年，但认为自己还不坏。

从复旦到北影厂，至今已经八年，在名利场上，在影视圈中，没有沾染什么很可恶的坏毛病，没有做什么见不得人的事，实在是因为经常情不自禁地想道：假如我变成了某一类人，茹志鹃老师将会如何看待我？假如我做了见不得人的事，将有何面目再见茹志鹃老师？

二

今年五月见到茹志鹃老师那一次，她还说：“我向人探问过你的情况。让你当文学部副主任，你没当是不？没当就对了。你年轻，创作上刚刚取得一点成绩，不要就被官位诱惑，那没出息。”

我想，她不真心关心我，是不会向人探问我在北影厂的工作情况的，也不会对我很坦率地说那番话的。

我真希望，受青年尊敬的、有威望的人们，能够很慷慨地对青年说：“你是一个好青年……”即便这个青年本身并不怎么好，如我一样。

但那句话，具有某种使一个不怎么好的青年朝好的方面去努力，不朝坏的方面随意发展的制约力。当然，那句话也只有出自一位受这青年尊敬的人之口，才可能具有制约力。

为了这一点，和这一点使我从生活中领悟的一个道理，我感激茹志鹃老师。与黄宗英老师相识，比与茹志鹃老师相识晚两天，因为开会的前两日她未到。

我是在楼梯上见到她的。我上楼，她下楼。她怀中抱着一大摞红彤彤的塑料贴面的《毛泽东选集》第五卷，掉了几册，我替她捡了起来。

她道了谢，问："买一册吗？"

我说："不买。"又问："为什么不买啊？"

我说："有了。"

她说："有了也肯定不是这样的。这可是第一批塑料贴面的啊！"

我想：这人可真怪，我不愿买，干吗非动员我买啊！就答："那也不买。再伟大的著作保存一本也可以了！"

她笑了，说："回答得好。他们叫我帮忙卖，我只好尽这份义务。可是推销半天了，一本也推销不掉，岂不是令我感到有点扫兴吗？"我说："谁尽这份义务，都会感到扫兴的。如今肯定人人都有了啊！"

她又笑了，说："看来我只好'完璧归赵'，给会务组送回去了！我就对他们说你刚才那句话吧——再伟大的著作保存一本也可以了。你不买非常对，一楼正在卖新书，莫如省下钱多买一本没买过的书，是不是？你快去！"

我立刻转身下楼。听到背后有人叫了一句："黄宗英！"不禁站住，见一个人在同她说话。我恍然大悟——热情的《毛泽东选集》第五卷的"推销员"，竟是大名鼎鼎的黄宗英！

我至今仍不确知她的年龄。但当时肯定已经五十多岁了，却一点也不像五十多岁的女性，比实际年龄要年轻十岁左右。她神采奕奕，焕发着一种似乎永不会被生活的砺石磨灭的热情、爽朗和乐观精神。

在大学里，我读过她的报告文学《小丫扛大旗》后，曾有意识地翻阅各种旧报刊，寻找她的作品当范文读。她讨论时发言很踊跃。我从她当时那些发言中得出结论，她是一位非常重视深入生活的作家。

记得她当时曾这样说："只要有可能，我就一定争取深入生活中去。要像一条蚯蚓钻入泥土中一样。在作家圈子以外的生活中，有许多人和许多事，实在是太令作家激动、太令作家感动了！我真想走遍全中国，深入各种各样的生活中去！……"

如今重新思考她这番话，我仍认为很有道理。无论对于报告文学作家还是小说作家，熟悉各种各样的人和各种各样的生活，都是大有裨益的。

排除作家的文学功力和才情这两方面因素，一位作家究竟拥有多少生活底蕴，究竟拥有多么大的"创作园林"，决定作家将取得多大的成就。

会议结束后，我忽然产生了一个念头，想请她给我们复旦中文系的学生们讲讲报告文学写作中的种种问题。但又怕她会拒绝，使我"下不来台"。最终还是鼓起勇气，讷讷地向她提出了请求。

她说："哎呀，这可不行！给你们复旦中文系的大学生们讲课，我真没那么高的水平！"

我说：“我的许多同学都很喜爱读您的报告文学，我是在代表他们请求您呀！”她看了看我，说：“你好像还诚心诚意的？”

我说：“是诚心诚意的。”她犹豫着。

我又说：“您放心好了，我们会组织得很有纪律，绝不许任何一个同学跟您捣乱。”

她说：“我倒不怕这一点。大学生们和一位作家有什么过不去的呢？无非是提出几个使我为难的问题。那我就来一句‘无可奉告’，他们还能如何呢？”

我说：“您答应了？”她说：“并没有啊。”

我说：“您真令我失望。”她又犹豫了一会儿，说：“你这诚心诚意的样子也真叫我感动，不是装的吧？”我说：“不是装的。”

她终于说：“好吧，我答应了。不过得给我几天时间准备准备。给你们复旦中文系的大学生们讲课，可不是随随便便的事。”就给我留下了她家的地址。

到了讲课那一天，上午七点多钟，我与中文系的一位老师坐了一辆吉普车去接她。走进院子，见她正坐在一个小板凳上，膝盖上放着一个小小的笔记本，聚精会神地思考什么。

她讲得很出色，许多外系的学生也去听了，总共三百余人。

我记得她讲到细节问题时说：“什么叫细节？细节就是你的‘珠子’。你要穿一串项链，这串项链要与别人的不同，你起码得有几颗是你的‘珠子’。一颗珍贵的珠子能使一串项链熠熠生辉。一个好的细节能使一篇作品读后难忘。”

还记得她举了一个例子：日本侵略中国时期，有一个日本军官养了一条狼狗，每天早晨让狼狗叼一个篮子到集市去。狼狗往哪家铺子前一蹲，铺主就得立刻将最好的鸡鸭鱼肉放进篮子里，不敢怠慢丝毫，几年如一日。

而那日本军官是从不在集市上露面的。狼狗驯顺得很，并不像有些电影里那样，见了中国人就龇牙咧嘴。但每个中国人避之如避猛虎……

举了这个例子后，她说："这段生活提供给我们的细节的艺术魅力在于，那个日本军官一定不能露面。根本不必花费笔墨去写他作为一个侵略者的飞扬跋扈。那狼狗一定要写得非常驯顺。而中国人畏之如猛虎的心理，一定要写得淋漓尽致。数年如一日啊！这就是文学艺术的反效果……"我和我的同学们，听了她的讲课，都觉得受益很多。

其后，我又带着《北方文学》的一位青年编辑到她家中向她组稿。

黑龙江省文学艺术界是有对不起黄宗英老师之处的。某一年举行全省业余文艺宣传队大汇演，我们兵团六师宣传队演出了一个小戏。恰值黄宗英老师在哈尔滨，观看了，很高兴，就说了一些热情支持知识青年业余创作，肯定和称赞那个小戏的话。

后来有人指出那个小戏写的是"中间人物"，违反了"三突出"创作原则。宗英老师予以肯定和称赞，当然是"别有用心"。这成了一条"罪状"，搞起了一场不大不小的批判风波。

《北方文学》那位青年编辑，顾虑有这个前嫌，宗英老师会不待见。见面后，宗英老师却只字未提当年无端受批判那件事。倒是那位青年编辑自己忍不住提起，代表黑龙江省文学艺术界表示歉意。

宗英老师说："这件事我怎么会耿耿于怀呢？对于批判过我的青年人，我尤其应该原谅。青年人受当年极左文艺理论的影响，做了一些错事，我相信他们今后自己会有所认识的。那次在哈尔滨批判我，是有背景的。许多人也是违心的。过去的事今后不要重提了。”

她和茹志鹃老师一样，对青年是爱护和宽容的。不记仇。我认为名人对青年都应采取这种态度。这是一种人格方面的修养，是极可敬的品质。当然，对那类做了值得反省、值得内疚的事而不知忏悔的人，即使是青年，也当例外。

其实，普通人之间也应善于原谅善于宽容。记仇是非常不好的心理，意味着有机会必将实行报复。前一时期“清查三种人”，有些人就翻老账，谁谁谁“文革”中打了我一耳光，踢了我一脚，或者贴过我一张大字报，恨不得就将对方推入“三种人”的圈子里而后快。

干吗呀？“文革”都过去快十年了！要记一辈子呀？十七年前，十七八岁时，骂了你一句“狗东西”，往你头上戴过一次高帽，便没完没了，为何报复之心若此呢？我们党的干部如果都这等小肚鸡肠的，我看民心就要失尽了！

幸亏我们的邓副主席是宽宏大量的，不曾下一道什么指示，“清查”一下在“批邓运动”中十亿中国人个个表现如何。真若这样搞，岂不是举国上下又搞个“鸡鸣狗跳墙”吗？简短地说，毕业时，我到宗英老师家面别。

宗英老师主动问我：“在北京有什么亲戚没有？”我说：“没有。”

又问：“有什么熟人朋友吗？”

我说：“没有。”宗英老师道：“那你去北京，人生地不熟，可是够孤单的。遇到什么困难，连个帮你解决难处的人都没有。这样吧，我告诉你我两位哥哥黄宗江和黄宗洛的住址，有了困难你就去找他们。”便写下了两个地址交给我。

我说：“不得有您一封信才妥吗？”她正匆匆地欲出门，说：“有没有信都不妨。你就对他们说，是我的学生！”

我就是按照宗英老师写给我的地址，找到了黄宗江老师家。我的本意是，找个借宿之所，我想八一电影制片厂大编剧家，安排一位客人住一宿，大概总是不成问题的。

不料宗江老师家的居住条件，实在超出我意料。在杂院深处，好像只有两间屋。厨房是后接的，阳光也不充足。我便未谈“借宿”的话，只说是礼节性的拜访。

宗江老师听我自称是宗英老师的“学生”，放下了正在进行的写作，让我坐沙发上，他自己坐一把藤椅上，面对面与我交谈。

他问我何以成了宗英老师的“学生”，我实告之。

他说：“原来如此，这个黄宗英，好为人师！”他又问我可有宗英老师的信，我说无有。

他大摇其头，道：“你看她，你看她，既是自己的学生，却又不让你带封信给我！我要怀疑你是一个小骗子，拒之门外，你今后成名了，岂不要对我耿耿于怀吗？”我说：“您不是已经将我当成客人了吗？”他笑道：“这是因为我相信我的目光啊！你一身的学生味，毫无骗子行迹！”

说完我也笑了起来。我见阿姨摆好了桌子，便起身告辞。

他不放我走，说：“你这小青年太岂有此理了！你是我妹妹的学生，第一次到我家里来，又赶上了吃饭的时候，不留下吃这顿饭，怎么讲也都是我的不是了！”我只得留下。

一会儿，阮若珊老师回来了，他们的小女儿也回来了。加上阿姨，我们五个人，开始吃饭，宗江老师那天似乎特别高兴，为我开了一瓶什么名酒。我沾酒便醉，盛意难却，抿了小小两口，脸便通红。

他们的小女儿瞅着我直抿嘴笑，使我大为发窘。吃罢饭，天已黑。我要走，宗江老师怕我果真是醉了，让我吃一个梨，喝杯茶再走。喝茶时，他问我住什么地方。

我撒谎搪过去了。他又问我有什么困难没有。我衣兜里只剩十来元钱了，想向他借二十元钱，但羞于开口。他一直送我至锣鼓巷公共汽车站。

那一夜我是在火车站度过的。

至今我到北京已经整整八年了。我到北京去的第一家是宗江老师家，第一顿饭是在宗江老师家吃的，而且受到的是客人般的款待。八年来，我再也没见过他。时时有人转话给我："黄宗江问你好，叫你到他家去玩。"

"黄宗江说，晓声是不是有了点名气，就忘了当年自称是黄宗英的学生，在我黄宗江家里吃过饭啊？"

写到这里，我不禁想，这篇文字完成之后，一定一定要去看望他，八年了，太说不过去了。

我不善交往，又唯恐打扰别人，就有点离群索居。然别人对自己的关怀、帮助、照顾，一次，一点儿，常系心头，不敢轻忘的。谁忘了，谁没人味。

我的不善交往，实实在在是不愿交往。我的不愿交往，实实在在是对目前社会上的一种交际之风的"消极抵御"。

如今的中国人，好像都成了"有闲阶级"，睁眼看看我们周围，多少人的精力和时间是毫不吝惜地消耗在交际场上。又不像人家外国人，人家的交际，也就是纯粹的交际而已。眼睛再睁大点，看看我们周围，多少人在交际之下掩盖着种种个人的企图，过去说某某是“交际花”，专指女性而言。于今吾国男性“交际花”，如雨后春笋，参差而出。

真可以说是各条战线，百花齐放。我们老祖宗主张的那种“淡如水”的“君子之交”似乎在本时代显得有点“迂腐”了，“小人之交”倒大大时髦起来。你交我，你得给予我这种好处。我交你，我将报答你那种好处。各种好处人人想占，十亿之众，哪来那么多好处得以平均分配？不够分，又不能印发优待券，可不就谁有本事谁捞呗！靠真本事兴许还捞不着，靠交际却往往得来全不费功夫。文坛本应是块“净土”，但素来总与名利藕断丝连，斩不断的“情缘”，刨不折的“俗根”，难免也有拉拉扯扯、蝇营狗苟之事，我看目下也受交际之风的熏扰。

所以我常想，老老实实地写小说吧，能写出来便写，写不出来便罢。别今天拜访这个，明日“探望”那个的。成了习惯，堕入男性“交际花”之流，那可不怎么样了！

我在北京站度过一夜，第二天早晨在车站大厅二楼的洗漱室洗了脸，像个“文明盲流”似的晃出了北京站。

我想，我这个未来的北京公民，今天无论如何得在北京找到个住的地方。我不能接连三天都像个“盲流”似的在火车站栖身。那也太对不起我书包里面的复旦大学毕业证书了。我的北京知青朋友不算少。但与他们在北大荒相处时，从没想到过有一天我会成为北京公民，也就从来没有记过他们中任何一个的住址。

猛然间，想起木材加工厂一个北京知青曾对我说起过，他的妹妹好像是在大栅栏的一个什么鞋帽商店当售货员，决定去碰碰运气。

大栅栏有好几家或大或小的鞋帽商店，我一一询问。不知道她的名字，只知道她哥哥的名字，这么找人真难找。天无绝人之路。我的运气不坏，还终于将她找到了。

她听我说与她的哥哥同在木材加工厂生活过，对我非常亲热，就请了假，将我带回家中。她家在大栅栏茶儿胡同十一号。

两间小屋，她的父亲瘫痪在床住外间屋，她和她的母亲住里间屋，睡一张很窄的双人床。她猜到了我没吃早饭，匆匆忙忙地给我做饭。一会儿她就将饭菜做好了。

我默默吃着，觉得胃肠饱胀，虽然昨天至今天，仅在宗江老师家吃过一顿饭，却吃不下什么，不忍辜负她的好意，强吃。她则静静地看着我。忽然起身去找出一本相册，重新在我对面坐下翻。翻出一张，递给我，微笑着问："照片上就是你吧？"

我放下筷子，接过一看，果然是我。和她哥哥一块儿照的，两人各骑一匹高头大马，挺威风气。我很有感情地注视着那照片，说："是我。"心中暗想，不知这顿饭吃完了，我还该到哪去？

她收回照片，问："你为什么愁眉不展的啊？大学毕业了，又分到北京了，难道还有什么不顺心的事吗？"我想，朋友的妹妹，就是我的妹妹。实话实说了吧！兴许她真能帮我找个住处。就将自己这种暂时不太美好的处境告诉了她。

她思索了一会儿，说："你看，我们家也没你住的地方。这样吧，你住我男朋友家！你吃完饭我就带你去！"也只好如此。

能暂时有个地方住，我一口饭也不想再吃。

三

她就将我带到了男朋友家。离她家不远，在排子胡同。她和男朋友商量了几句，引我走进一间新搭盖起来的砖房里，不大，十来平方米。新的双人床，新的被褥，一对绣花枕头，一张新打的还没上油漆的写字台。

她红着脸说："这是我们未来的新房。"我也红了脸，说："这可不行，这可不行……"她说："有什么不行？你是我哥哥的朋友，就像是我的哥哥一样嘛！"

她的男朋友也说："别见外，我两个姐姐都在北大荒。她们每次探家，在哈尔滨转车，都要在你们哈尔滨知青家里住上一两天，都是哈尔滨知青接站送站。哈尔滨知青讲义气。我们北京人对哈尔滨知青也得够朋友！"我就这么的，在人家未来的新房里住下了。有了住处，最需要的便是睡觉。从上海到北京坐的是硬座，昨天奔波了一天，又在火车站"夜游"，困乏之极，他们走后，我倒头便睡，一觉睡到下午三点多钟才醒。

醒来就去逛大栅栏，逛天安门广场。逛够了才回来吃晚饭。吃罢晚饭，我那"妹妹"来看我，和她的男朋友一块儿陪我聊天。她临走时问："梁哥，你肯定缺钱用吧？"

我说："不缺，不缺。"

她说："不管你缺不缺，给你留二十元钱。"将二十元钱压在枕下。我说："我第一个月开支就还你。"

她说："你看，你没说实话吧！这就跟你的家一样呀，还客气什么！"三天后，我又到文化部去。

接待过我的那位女同志问我："你是愿留在部里，还是愿到具体文艺单位？”我反问：“留在部里将分配我做什么工作？”

她说：“可惜你不是党员，否则可以分到组织部、干部局。不过你的毕业鉴定不错——同‘四人帮’做过斗争，这一条很重要。凭这一条鉴定，你可以先到部‘清查办公室’协助工作，他们的工作量很大，正缺人。”

我说：“那还是分配我到某个具体的文艺单位吧。”她说：“这可关系到你今后的个人前途，你再慎重考虑考虑。留在部里有留在部里的好处，解决组织问题容易些，你档案中那条鉴定对你非常有利啊！”

我说：“没什么可考虑的。”

她说：“随你便！北京电影制片厂、北京电影学院、中央戏剧学院、中国青年艺术剧院，这四个文艺单位任你自己选择。”

我考虑了足有五分钟。我想，我到中央戏剧学院和北京电影学院去能干什么呢？当教师？我懂什么电影理论或戏剧理论？还不叫学生把我从讲台上轰下来？到中国青年艺术剧院？我对话剧又不甚感兴趣。到北京电影制片厂呢？我在电影制片厂又能担当起什么呢？那时，我才真正感到自己各方面的艺术知识、艺术修养太少了！

我讷讷地问：“有没有什么地方需要文学编辑呀？比如《人民文学》《北京文学》这样的单位，我的最大愿望是今后能当一名好编辑。我相信我能。”

她说：“那你就到北京电影制片厂去吧！制片厂也有编辑部，需要编辑。”

我不再思考，说：“行！”暗想：以前我看的电影太少了，今后可有电影看了。

她留下了复旦给我开的介绍信，重给我开了一张文化部的介绍信。然后，她又把我的档案交给我，让我自己带着到北影厂去。我来到北影厂，见北影厂门旁也有士兵站岗，真是大惑不解。仿佛从文化部到北影厂，北京的文化艺术单位都在实行“军管”似的。北影厂人事科的一位同志看过文化部的介绍信后，说：“部里怎么事先不征得我们的同意就分配人来啊！我们的职工定额已经超编了。我们得向领导请示接收不接收你。你先回去，过几天来听信。”我的心凉了半截，问：“几天？”

他说：“三四天后吧！”我要把档案留下。

他说：“你自己先带着吧。”我沮丧地离开了北影厂。比三天前离开文化部时的心情还沮丧。我那“妹妹”见我情绪不佳，询问我结果如何。我将在北影厂碰了一个“软钉子”的情况毫不隐瞒地告诉了她。

她劝慰道：“嗨，这也值得忧愁？北影厂不要你，不是还有好几个文艺单位可去吗？你是光明正大的大学毕业生，还怕在北京成了个无业游民不成？”

我说：“这几天我给你们添了不少麻烦，再住下去，心中不安啊！”

我那“妹夫”说：“别不安。我们又没敬着你供着你的！拿你当自家人看待，你有什么不安的？明天是星期天，我们陪你到北海划船去，或者到颐和园去，开开心心地玩上一天。”经他们劝慰，我的忧郁才稍释。

星期天他们陪我到北海划船。分配去向没有着落，玩得不开心。

晚上回来，躺在床上，无法入睡。忽然产生了一个念头，想拆开自己的档案袋，看看里边都装了梁某一些什么材料。

看吧，也算是鬼鬼祟祟的行为。放回去了。重新躺在床，心里还是不甘罢休。为什么不允许一个人知道自己的档案袋里装着一些有关自己，有关自己父母和亲属的什么材料呢？

它像个影子似的，跟随着你一辈子。你觉得自己是个好人，你努力像个好人那么生活，但它很可能向许多人证明你是个坏人。许多人相信它，远胜过相信你在生活中、在工作中的实际行为和表现。“不得委以重任”“有政治野心”“思想意识不良”“品行不端”，等等。这样的一些评语曾写在多少人的各种鉴定上啊！而写鉴定的人却又不见得是个正人君子。你死了，被火化了，装进了骨灰盒。你的档案，又成了你儿子或你女儿的档案的一部分。这样一想都够令人七窍生烟的！

虽然我明知自己的档案里绝不会有什么黑材料，虽然文化部那位女同志的话也证实了这一点，但我对自己的档案袋产生的那种好奇心，简直就无法转移。就算写的全是优点，我也想知道我这个人具体都有哪些优点。

有利于今后发扬光大嘛！谁叫他们让我的档案袋落在我自己手里呢？不看白不看！这样的机会很难得！

于是我又光着脚丫蹦到地上，第二次从书包里掏出了档案袋。拿在手里，就像拿着我自己的灵魂，别人为我制造的“第二灵魂”，掂了掂，很轻。一个二十八岁的人的“灵魂”，怎么才这么一丁点分量啊！

洗脚水没倒。就用洗脚水浸湿了封口，然后用大头针谨慎地挑开了，心情挺激动地从中抽出几页纸和表格来。

我的档案真是太简单了，简单得使我大大扫兴。小学的毕业鉴定，中学的毕业鉴定，都写得相当好。中学的毕业鉴定中，居然还有“责人宽，克己严”这样简直等于是赞美的话。

不由得想，但愿这一条我死后，悼词上也写着。在北大荒七年中的各种鉴定也相当好，不乏赞美之词。我忽然觉得奇怪，我既然这么好，怎么不发展我入党呢？逐页逐条细看，看出了点名堂。有两条是：不尊重领导，政治上不成熟。带着这样两条缺点可不是不太容易入党吗！难怪，难怪。

不尊重领导这一条，是公正的。在老连队，和连长、指导员吵过架。在木材加工厂，和连长、指导员吵过架。在团机关时，顶撞过政治部主任、副政委、参谋长。我想这一条将来到了新的工作岗位后，真得努力改正掉。

政治上不成熟这一点，我有点不认可。政治上不成熟，能仅写过一张表态性的“批邓”大字报吗？政治上不成熟，能“同‘四人帮’做过斗争”吗？从书包里掏出钢笔，就要由着性子将那个“不”字改成“很”字。照量了几下，觉得笔画实在是不好改，悻悻作罢。

没有什么“黑材料”，“红”得还可以，令我不但觉着扫兴，甚至觉着有几分遗憾了。要是有点什么“黑材料”，不枉我做这番手脚。

拆开的档案袋撇在没油漆过的写字台上，索然地睡了。

从此我对装在自己档案袋里的“第二灵魂”不再产生任何好奇，也不再发生任何兴趣。让它在档案袋里安息吧！

倒是与我肉体同在的灵魂，因为自己的某些行为，某些没有变成行为的欲念，某些没有变成欲念的意识，某些连意识也没有变成朦胧的不良冲动，而时常令我感到羞愧。这个灵魂可是永不安息。

我第二次到北影厂。接待过我的那人不在，另一位我未见过的女同志说那人生病了，十几天内不会上班。我问我的工作定下来没有。她说不了解这件事。我又动肝火了，虎虎地问："你们厂长在哪儿？我要见他！"

她淡淡地说："你见不着他。在国外访问呢！"问："那你们党委书记在哪儿？"说："不能告诉你。在开会。"

我瞪起眼道："你不告诉我，误了我的分配大事我跟你没完！"她见我来者不善，改换了一种比较客气的口吻说："我告诉你也没用。他在二楼会议室，正开会，能接待你吗？"

我也不跟她啰唆，转身就走。噔噔噔下了一层楼，找到会议室，按捺住肝火敲门。一个人将门开条缝，探出头说了句："开会呢！"又欲将门关上。我的肝火终于按捺不住，一脚踹开门，气势汹汹闯将进去。十几人都愣愣地瞧我。我怒目环视他们，大吼："哪个是党委书记？！"一时无人做声，面面相觑。我将嗓门提得更高："哪个是党委书记？！"一个黄瘦脸上布满皱纹的六十多岁的人，用沙哑的带有湖南口音的语调颇不安地问："你找他什么事？"

我从书包里掏出档案袋（来时封上的，胶水还没干），当着他们的面，像撕信封一样撕开了封口，抽出我那几页"灵魂"，往一张茶几上使劲一摔，厉声道："我是复旦大学中文系的毕业生，由文化部分到北影厂的，可是过了三天，来了两次，竟然连个具体的答复都得不到！

"我在北京举目无亲，身上的钱已花光，连个栖身之处都没有。你们如此对待一个与'四人帮'做过斗争的大学毕业生，如此对待大学生分配工作，太不像话了吧？你们心目中还有没有文化部？！难道你们北影厂不在中华人民共和国文化部的领导之下？！

“你们不想要我，就干脆说明，也算一种答复！偌大个北京，文化艺术单位多着呢！我不是到你们北影厂乞求临时工作的盲流！……”我这一番即兴演说，振振有词，效果颇佳。

就有一位五十多岁的女同志很客气地说：“你先别生气，坐下谈，坐下谈。”说着从茶几上拿起我那份档案看起来。看了一会儿，望着其他人又说：“是同‘四人帮’做过斗争。”白纸黑字，那还有假！

入厂后我才知道，她是北影厂政治部主任，也是当时北影厂的“清查小组”负责人，文化部“清查办公室”成员之一。一个与她年龄不相上下，黑红脸微胖的男同志说：“我看一下档案。”

她就将档案送给了他。

他看了一会儿，对那个黄瘦脸的人说：“我们编辑部要他了。”他是我入厂后的第一任编辑部主任。

黄瘦脸连连点头：“同意，同意。”他便是党委书记。过后我才知道，开的是敦促他“说清楚”的会。在座的都是党委委员，难怪他那么无精打采的。我主演的这出“春草闯堂”正赶在了锣鼓点儿上。我毕业鉴定中“与‘四人帮’做过斗争”那一条，显然对他们每个人都起到了潜在的影响作用。

编辑部主任对我说：“你去找人事科办关系吧。”真没想到奔波了数次，一个星期内忧愁得我吃不下睡不着的事，几分钟内就轻轻松松地解决了。

看来有些时候一味地温良恭俭让不行。该动肝火的事，还是得动动肝火。“与‘四人帮’做过斗争”的“光荣”，虽然写在我的“第二灵魂”上，却常使我感到滑稽并羞臊。

政治有时对人过分慷慨……编辑部主任又问我：“你的东西什么的都在哪啊？”我说：“都打在托运行李里了。”他说：“催领单到后，派车给你拉回来。”我说：“那得先给我解决个住处吧？”他说：“这事以后再谈。你先到厂招待所去吧，我这就打电话，给你安排一个床位。今天休息，在厂里参观参观，明天上午到编辑部找我。”

我就这样成了北京电影制片厂编辑部的编辑，分配在外稿组。

成了北影厂的编辑后，我对自己的“闯堂”行为竟感到后悔、感到羞愧、感到不安起来。回想自己当时的样子，总觉得有点“耍光棍”的性质。只怕给那些党委委员留下的第一印象并不佳。

编辑部的多数同志却对我格外好，从主任到我们的外稿组老组长。后者是“三人”式的延安老干部，“鲁艺”出身，《我的家在东北松花江上》的作词者之一，电影《画中人》的编辑，萧红的故乡人，当然与我也就沾着点老乡的关系。他个子矮矮的，形象似农民，穿着也似农民，尺半长的烟锅整日不离手。最初我还很奇怪，以为他是位什么老“农宣队”的遗留人员。了解后，极生敬意。

他常于无事时同我聊几句。多次问：“在复旦怎么同‘四人帮’斗争的啊？讲讲，讲讲。”每次都令我大惭，做谦虚状云：“没什么可讲的，没什么可讲的。”他对我好感愈增，视我为一谦虚青年。

后来主任告诉我，如果我的鉴定中没有那一条，就凭我当时“闯堂”那种“红卫兵”遗风，他是绝不要我的。其实我当“红卫兵”时，反倒“温良恭俭让”。“大串联”回到哈尔滨，见了我的语文老师，她当时被打成了“历史反革命”，剃了鬼头，我仍在校门口对她行礼，问“老师好”。因为我是她喜爱的学生。我的坏脾气，是到了北大荒后，在“接受再教育”的过程中，不知不觉养成的。

母亲从小对我的一句教诲——“头三脚难踢”，意思是，到了一个新地方、新单位，在新同志中间，尤其要谨言慎行，给人留下最初的好印象。母亲虽然是普通家庭妇女，目不识丁，却很重视对我们的家教。希望我们几个子女长大成人后，都文质彬彬的，说话慢声细语的，办事稳稳重重的。她认为的好青年，是那种“像大姑娘”似的类型。我在十八岁前，身上这种家教的成绩特别显著。不但文质彬彬，而且“羞羞答答”。十八岁后，这种家教的印痕开始模糊，开始退化。因为母亲已无暇再训导我。社会替母亲效劳了。社会的教育内容与家庭和学校大不一样，也比家庭和学校的教育具有说服力。它采取的是另外一种方式，往往刺激起我的反抗心理。两种教育在我身上都有潜在影响。平素我要求自己尽量文质彬彬，以礼待人。一旦反抗起来，则“怒发冲冠”，恨不得“尸横二具，血溅数尺”，地地道道的“匹夫之怒”。幸亏我身材瘦弱，毫无拳脚功夫。否则，大概早已闹出什么人命官司了。这些只能在看功夫片时体验一下“情绪打斗”。

然而我认为母亲那句教诲不失为至理名言。“头三脚难踢”，便得“踢”好。一般说来，我每到一新单位、新地方，“头三脚”总还是“踢”得可以的。一旦天长日久，免不了来次“头球”或者“倒钩”。那“球”多半是朝领导们射去的，结果常常是好印象一脚“勾销”。谁有忒好耐性一年三百六十多天，天天地“温良恭俭让”？偶尔露一下“峥嵘”也是要得的。

最初的日子，我在编辑部安分守己。每天早早地就从招待所来上班，拖地，擦桌子，打水，然后正襟危坐看外稿。穿得也很朴素，走在路上也不拿眼乱瞟姑娘们。不像某些年轻人见了有姿色的姑娘便“目灼灼似贼”，更不去搭搭讪讪、黏黏糊糊地结识年轻女演员或者“亚”女演员。下了班则关在招待所自己的房间里看书，从不在厂里东走西窜。节假日一个人闷得慌，就出厂门搭上十六路公共汽车，直达动物园，去看犀牛。所有的动物中，我最看不够的是犀牛。因为它从不在乎别人怎么看它，也从不做态。

总之我那时给人的印象是规规矩矩、老老实实、本本分分。对编辑部的同志一律称“老师”。有时佯装乳臭未干，不谙世故，装得挺像。

一天终于做了件不文明的事，打了全国男女老少都熟悉的一名电影童星两记耳光。

我住的房间，四张床位。客满时一张床位也不空。那一时期时常客满。

住客中有位锦州汉子。人倒不错，但我对他的存在感到非常头疼。他是位“睡仙”，和你说着说着话，眼皮就合上了。眼皮一合上，就徐徐然如巨石倾倒。人一倒下，鼾声顿起，如雷贯耳。夜深人静，那鼾声犹如一台推土机在发动。我差不多快得神经官能症了。

终于盼着他与我“后会有期”，九点多钟便早早躺下，希望十几天来受摧残的神经得到充分休息。

然而，根本无法入睡。隔壁房间有几个人在高声谈天说地，杂以嘻嘻哈哈的男欢女笑。两个房间不是完全隔死的，一面墙上还开着一扇门，被一张床横住。他们等于是在我的房间里谈天说地，嘻嘻哈哈一样。请求他们鸦静吧，我又不愿意。犯不着为这种事请求人。

就用被子蒙上头。无法睡，干眯着。眯到十点，招待所规定的作息时间。起身在那扇门上轻敲几下，以示提醒。鸦静片刻，嘻嘻复嘻嘻，哈哈复哈哈。而且那些话语，就有些俗，我们北方人称之为“逗闷子”。

看看手表，十点半了。再忍。

四

忍至十一点，“闷子”还未逗完。超过招待所规定的作息时间整整一个小时了，我认为我的涵养是够可以的。第二次起身下床，在那扇门上重重敲了几下，以示警告。

“敲他妈什么敲！”那面咒骂了一句，听得出来是童星的声音。我按捺着性子，隔门道：“请你们小声一点行不行？我接连十几天没睡好觉了，照顾照顾。”

那面静了一会儿，忽然竟齐唱起“小小竹排”来。分明不予“照顾”。我披上大衣，走出自己的房间，推开隔壁房间的门，厉声质问：“太不自觉了吧？”

那童星说：“管得着吗？这又不是你家！”他看上去已有十四五岁了，个子已长得挺高，穿军装，“一颗红星头上戴，革命的红旗挂两边”。大眼睛，圆脸盘。有二男三女演员和几个孩子在那屋里。我说：“不是管你们，是求你们。招待所有规定，超过十点不得喧哗，影响其他住客睡眠。”

其实我的话是说给那二男三女演员的。我想，童星们不懂事，你们也不懂事吗？那童星说：“我们不知道有什么规定，没人告诉我们。”我指着墙说：“每个房间里都贴着，你们自己好好看。”他说：“眼睛不好，看不清。”

这孩子是在电影圈里被宠爱坏了，显然也没受到多少好影响。那种自我感觉真是优越得很，俨然以为自己是天字第一号的“大明星”呢！我只好将贴在墙上的“住宿须知”念了一遍，转身离去。

我刚出门，就听他说：“唱！有什么了不起！”我复走进房间，怒问：“你刚才说什么？”他说：“你看你那德行！你当我怕你呀！”这孩子简直是在逼我粗暴。我挥手打了他一记耳光。他叫起来：“你敢打解放军？”我从他头上一把抓下军帽，扔在地上，又打了他一记耳光，说：“打的就是你这个解放军！再唱啊！”他捂着脸不作声了。那几个小演员愣愣地瞪大了眼睛瞧着我。那二男三女演员不尴不尬地开口了：“哎，你怎么动手打人呀？”“有理讲理嘛！”我说：“刚才对你们还不够讲理吗？”“哼”了一声，走回自己的房间，躺下独自气得不行。

第二天，导演找到编辑部来了，向我们的一位副主任告了我一状。童星罢演了，“生病”了。

副主任让人把我叫到她的办公室，当着导演的面儿说：“这就是我们小梁。你一定弄错了，我们小梁怎么会动手打人呢？你看他这副文质彬彬的样儿，只有挨打的份儿！……”我老老实实承认：“是我。”

副主任研究地瞧了我半天，疑问：“你是跟他闹着玩吧？”我脸红了，回答：“闹着玩。”

的青年怎么会打人耳光呢！小演员也太娇气了！”接着当着我的面，向导演夸奖我如何如何稳重老实，还让导演回去对童星严格要求，加强教育。又说：“一个小小孩子演员，竟敢装病罢演，太张狂了！”

“头三脚”给人的印象如此重要！母亲的教诲真是伟大！

从那以后，我就再没见过那童星。然而这件事，却经常回忆起。因为它使我想到，人是否都具有欺弱畏强的某种本性？那童星当时固然令人着实可恼，我打了他两记耳光也算不得就是怎样地欺负了他。若他不是比我小近一半年龄，而是一个身魁力大的人呢？就是可着嗓子号个通宵达旦，我恐怕也是不敢先动手的。就是反过来他打我两记耳光，我恐怕也只有挨了的份儿。如此分析起来，我又似乎是有点“欺负小孩”了。而我若非我，是个满脸横肉的彪形大汉，吼一句：“别乱吵吵乱嚷，惹急了扭断你们的脖子！”估计小小年龄的童星也断不敢对我那般无礼。看来“非礼勿动”，老祖宗的遗训只有成为全民族的德行，才会人人都不失“君子风范”！

某一年出差，在外地小报上看到一条消息——他因触犯法律，被判了刑。看了挺难过。心想：好端端一个孩子，尚未成“明星”，不是整个儿毁了吗？

前不久又从一份什么电影报上看到一条有关他的报道，说是到某学校学习了几年，拿到了毕业文凭，目前正参加一部影片的拍摄。还登有他的照片，仍穿军装。才知所谓“判刑”一说，纯属公开贩卖的谣言。某些小报也真正可恶，居然还在耸人听闻的谣言之下印上“本报记者”字样！获得了一次学习机会，拿到了毕业文凭，我挺为他高兴，希望他能成为一名真正的演员。

我在北影厂做了两年外稿编辑。每月看五十余个剧本，有时还多。大概总共看了一千五百个外稿剧本，却一个也没有扶植成功过。从粉碎“四人帮”至今，寄到北影厂外稿组的剧本，绝不下六七万之多。经过扶植最后拍摄或发表了的，不超过五个。所以我真希望许许多多在业余创作电影剧本的人，还是量力而行，莫如将创作电影剧本的兴趣转移到看电影方面。

两年来我没有扶植成功一个外稿剧本，但我自以为曾是一个很负责任的外稿编辑。从一千五百多个外稿中，我“慧眼识珠”，发现了张辛欣的电影创作才华，这无论如何是值得骄傲一下的事。那天没吃午饭。一觉醒来，睡迷糊了，还以为是个早晨呢。看看手表，才知是下午。懒得起来，想起书包里还带回个不知什么“剧本”，干脆躺着处理了吧！便掏出来侧头看。一看就没放下。一口气看完了。稿纸相当干净，字迹很是工整。看得出作者是个对待创作极认真严肃的人。这一点先博得了我三分好感。剧本的名字我已记不清楚。风格是属于较现代派的。明显看得出受苏联电影文学剧本《礼节性的访问》影响很大，过去时、现在时、未来时交叉闪现，剧中有剧，男女主人公是双重身份的剧中人。在一九七八年的北影厂，电影观念不像如今这么新，这么解放。所以我断定这样的剧本，是既不能拍摄也不能发表的。但我又不能不承认，这是我看过的一千多个外稿中，最好的一个。一个真正的电影剧本。一千多个中发现了这么一个，我认为我那一千多个不算白看。剧本对于电影艺术的特点体现得颇有匠心。我再也躺不住，爬起来，匆匆穿上衣服，又到了办公室。剧本未写作者的姓名和通讯地址，我迫不及待地想从信封上了解到。老王问我：

"怎么又来了？"我说："发现了一个好剧本！"老王一笑："好剧本会寄到外稿组？"我也顾不上回答，找到信封一看——北医三院团委张辛欣。北医三院离北影厂很近，而且是北影厂的"合同医院"。我便决定给作者写封信，邀"他"星期天到北影厂来面谈，意在结识个文学朋友。我那时在北京一个文学朋友也不认识，常感到无人交谈的寂寞。写信前还研究了半天。张辛欣——怎么也没有女人味，字迹也颇似男人笔画，断它是"他"而非"她"。

二十九岁时的我，将自己束缚得多么紧固啊！未经组长允许，倘若是将一位女作者在整个主楼无人的情况之下邀到办公室交谈，又倘若不但是位女作者，还是个姑娘，那岂非会引起"瓜田李下"之嫌？谁知你们交谈的是剧本还是什么？外稿组当时有规定，不经组长同意，编辑是不得随意邀作者面谈的。

星期天，买了两盒带过滤嘴的"牡丹"，买了一包五香瓜子、一包茉莉花茶，比我信中约定的时间提前半小时来到办公室。可见我是多么心诚之至！

刚到约定时间，安安静静的走廊里便传来了脚步声。我暗想，这作者可真是个时间观念强的人。

我才站起，"他"已敲门。

开门，大诧——是一个"她"。个子不高，圆脸，戴着一副眼镜，短发。翻领银灰女青年衫，银灰裤子，接近银灰的蓝色刷得靠白了的胶鞋。一身银灰。若伸展双臂，如同降落在我的办公室门前一架微型"安二"。那张脸不太容易判断出实际年龄。说十八九不显大，说二十四五不显小。表情是矜持的，流露着不是我来求你，是你"请"我来我才来的意味。互通姓名，果然便是张辛欣。我没料到她是个女的，大概她也没料到我是个"初出茅庐”的小编辑。我讶然，她扫兴。我的讶然掩饰着，她的扫兴却当“见面礼”全盘“赠”给我。“请”得“神”临，就得敬着。

引进。矜持地进来。让座。矜持地坐下。

矜持得反倒令我十分拘束。请茶。

说：“不渴。”请嗑瓜子。

说：“牙疼。”犹豫了一下，请吸烟。

说：“你殷勤过分了。”我搓着手，像考生接受面试一样，有几分紧张地同她谈剧本。没谈几句，便被她打断，问：“要拍？”我说：“不拍。”

问：“要发表？”我说：“不发表。”

怫然站起，大声道：“也不拍摄，也不发表，邀我来干什么？”我不知所措，交个文学朋友的目的，怎么能当她面说出口？

“我早就知道，没有名人推荐，没有后门方便，像我这样的，要在你们北影厂上一部电影，不过是痴心妄想！”她愤愤地说，从我手中夺去剧本，塞入自己的书包，也不告辞，拔脚便走。

我一时坐在那里发蒙。

忽而想起母亲的另一条教诲——凡事要善始善终，就追出去送行。她在前边走，我在后边跟。

她不回头，走得很快。我也不赶上，保持一段“送”的最佳距离。

相跟着走过走廊，走下楼梯，走出主楼，走到厂院内。她猝然回头瞪视我：“你跟着我干什么？！”我讷讷回答：“礼节性地送行。”

她火了：“少来这一套！”转身加快脚步，扬长而去。我呆立了一会儿没趣地回到办公室，心里这个气呀！茶水，泼了。五香瓜子，扔进纸篓。想了想，又拣出来，自己花钱买的东西，犯不着为如此不识好歹的“小子”扔掉。留着自己嗑！

坐在椅子上，看着她寄剧本的大信封，越看越来气。忍不住从笔筒中抽出一管大毫毛笔，饱蘸了红墨水，就在“张辛欣”三字上恶狠狠地画了个“×”，判处了她的“死刑”。暗暗发誓：今后只要是这个“小子”寄来的剧本，落我手中，一个字也不看！来一个退一个！……后来，翻看《北京文学》，见有她的一篇小说发表其上，读了半页，一句：“平庸！”不再看，心中却未免有点妒忌。那时我刚在《中国青年报》上发表了一篇不足千字的“豆腐块”，还不敢向往能在《北京文学》上发表小说。

再后来，北大荒知青朋友肖复兴、陆星儿、曹鸿翔，同榜考入中央戏剧学院，开始与我来往，每每谈及导演系有个张辛欣，这般那般的。

我问什么样的一个“张辛欣”。

他们就对我描绘。证实竟是与我打过交道的“那一个”。

心中不禁暗暗羡佩：“小子”果有真才实学！不简单！但又很希望“这一个”并非“那一个”。她考入中央戏剧学院也使我嫉妒，有点“工农兵学员”心理。再后来，《在同一地平线上》发表，文坛瞩目，“张辛欣”三字声誉鹊起。

找来那篇佳作拜读。读罢心怅怅然，嫉妒却消除了。对有才华的人，嫉妒是愚蠢的。所怅然者，自己尚无进取耳。那时安忆也已扬名。记不清是某月份内了，竟在各刊几乎同时有六篇小说发表！

现在回想起来，安忆、辛欣两位青年女作家当初“异军突起”

的创作开端，对我促进很大。丫头们能是，男儿何不能是？！遂更少玩乐，发奋读书，勤勉写作。

《这是一片神奇的土地》获奖，听到些溢美之词，多少有些飘飘然起来。领奖期间，安忆对我说："晓声，你那篇小说我认真看了。你是中篇结构，短篇写法。因此前半部从容，后半部拘谨。"我本期望也从她口中听到一些溢美之词，未想到她却兜头泼了我一盆冷水。

我便有些不悦，高傲地笑笑，不予回答。回到自己的房间，情不自禁地拿起刊物，重看自己的第一篇获奖小说，暗自承认，安忆对它的评价是公正的。

在文学朋友中，安忆从未对我说过言不由衷的话。一句也未说过。安忆是坦诚的，起码对我是这样。安忆，谢谢你。比起来，倒是茹志鹃老师对我更"扬长避短"一些。

在第四届作协代表大会上，茹志鹃老师一见我，第一句话便是："《父亲》我看了，写得很质朴，很好。"还颇严肃地指责我："它是为我们写的，怎么后来你又给了《人民文学》？"

《父亲》原本确是为《上海文学》写的，因"债台高筑"，不得不"拆东墙补西墙"。今年五月去上海，到茹志鹃老师家去看望她，她又对我说，《父亲》是篇成功之作。

安忆在旁听了，淡淡地道："妈妈，你别总说他爱听的话。我看父亲责备儿子为什么不要求入党那一段，就直露了些。"茹志鹃老师说："你总挑别人作品的毛病，就不怕别人认为你骄傲？"安忆说："晓声是自己人啊！我也希望他经常从我的作品中挑毛病。"又问我："我挑的毛病，你承认吗？"我说："承认。"

她笑了。茹志鹃老师也笑了……《今夜有暴风雪》发表后，中央戏剧学院的三位北大荒知青朋友都与我交谈过它的得失。我对每一位都这样问：“张辛欣看过没有？”他们都说看过。我又问：“她怎么评价？”他们都说：“辛欣挺喜欢这一篇的。”再问：“真的？”答：“当然。”相信了，也增加了一点写作的自信。我对自己的作品，常常像一只母鸡孵出了一只小鸭子，怀疑是“怪物”。听到我所敬重的文学朋友们的评价，是我求之不得的。

“清除精神污染”阶段，《青春》丛刊副主编李纪同志来京组稿，找到我，要求我带他去找辛欣。我问：“辛欣眼下日子不好过，几家刊物将要发表的稿子都抽下来了，你敢发她的作品？”

老李说：“怕什么？对张辛欣今天批得有没有道理、公正不公正，还需明天作结论呢！”我说：“你有这种气魄就好！我带你去！”已经晚上八点多了，天很冷，我们到了中央戏剧学院，九点多了。

辛欣不在，她同宿舍的一位同学告诉我们，她看什么戏去了。

五

中央戏剧学院的女大学生宿舍，简直就像东北的“跑腿子老客”们住的最下等的小客栈。起码才华横溢的青年女作家张辛欣，毕业前住的那个宿舍是那样。似乎根本没有暖气，或者有暖气但坏了，不比外边的温度高多少。四张床，两张空着，光床板上堆满杂七杂八的东西。还好，辛欣的被子是卷起来的，像花卷那种省事的卷法。我和老李就坐在她的床上。床头一张小桌，可桌面铺排着稿纸，纸篓里开满“雪莲花”。看来这宿舍中缺少一位“撒花仙子”。一个墙角堆了一堆垃圾。碗啦，盘啦，饭盒啦，工艺品似的在窗台上摆了一溜。格外引起我注意的是，辛欣的桌上还有一个破损了的烟灰缸，里面大有“内容”。

辛欣那位同学，煞费苦心地在调一台九英寸的“牡丹”牌黑白电视机，却怎么也调不出图像来。

我和老李干坐无聊，搭讪着问：“是坏了吧？”她说：“没坏啊，从家里搬来前我还看的。”又问：“你们是哪儿的？”我说：“我是北影厂的，他是《青春》的。”

问：“北影厂的梁晓声你认识吧？”我说：“那小子是我。”她仔细地打量着我：“是你？”我说：“没错。”“天啊！”她说，“我都认不出来你了。”我问：“你是谁？”她说：“我是李小龙啊！我和我们老师到你家去过好几次，你记不起来了？”我终于记起来了，说：“你也变化很大。”“胖了。”她说，“我结婚了。”由女大学生而少妇，质的变化。我当然难以认出她。她反复打量着我，感慨系之地说：“真没想到三年未见，你就变成这样子了！第一次见面时，觉得你还可以呀！”我说：“我当爸爸了。”她非常同情地“哦”了一声。我九月份剃的光头，那时十一月份，头发长出不足一寸，胡子却经久未刮，荒芜了满脸。而且大病初愈，神情倦怠，面如涂铅。穿着一件破“棉猴”，旧皮鞋不系鞋带，整个一副俗装恹态的恶和尚形象。变得不如以前“可以”了，倒也不仅仅是由于当了爸爸，由于剃了光头，由于生了病，还由于当了作家。当了演员的女人们，是越变越好看，越“摩登”，以“摩登”而维持着好看。当了作家的男人们，则注定越变越不“可以”了。工夫会花在“打扮”稿纸上，自己是什么模样倒大抵不在乎了。

老李说：“我们多等会儿不打扰吧？”

她说：“没事，没事。”我问：“辛欣情绪如何？”

她说："辛欣挨批的次数多了，好像也不太在乎了。"又是一种"不在乎"。我说："不在乎，这是境界。中国的作家，要习惯挨批，泰然处之才好。"

她说："没批到你头上，你才泰然。"我说："是啊。别人的孩子被掐死了，总不像自己的孩子被掐死了那么痛不欲生。"

正说着，辛欣回来了。我将老李介绍给她，替老李向她表明诚意。她坐下去，默然无声。

我说："老李是我朋友，诚心诚意来向你组稿的，不看僧面看佛面。"辛欣沉吟良久，方开口道："晓声，不是我不讲交情，我近来差不多发一篇，挨批一篇。寄出去的，各编辑部都不敢发，你说我还写个什么劲？还他妈的写得下去吗？"翻弄着桌上的稿纸给我看，又说："其实倒也不是不想写了。还想写，但实在写不下去啊！一个星期了，写了还不到六千字。我想冷却一个阶段，思考一些问题，我希望能不受任何干扰地进行思考。"说完，她将桌上的稿纸全部收拢，放入抽屉，锁上。仿佛今生今世不再拿出。

老李说："我不逼你为《青春》写稿。我来的目的更主要是看看你，代表本刊向你表示关注之情。留得青山在，不怕没柴烧，咱们来日方长。作为刊物负责人，不能作家有难，则疏之，作家扬名，则近之，那就太势利了！"

老李真是好编辑，不愧是我朋友。

我们聊了近一个小时，十点后方告辞。夜风瑟瑟中，我们缓缓地走着，心中都有说不出的惆怅。当时《青春》也因为一篇什么小说"散布了污染"，上了简报。我理解他的心情。自己顶着压力来京专程找辛欣组稿，作为一个刊物的负责人，这"侠肝义胆"使我敬佩。

至于我自己，用新中国成立前上海滩小报记者评论三四流这个“星”那个“星”的语言说——正很“走红”。然而我也忧郁，我也压抑，大有“兔死狐悲”的凄凉。因为我不可能终生扮演这个时代、这个社会的“歌手”或“鼓手”的角色。我一旦也对这个时代、这个社会皱皱眉，摇摇头，或者瞪瞪眼睛，说几句冷的、酸的、尖刻的话，哪怕这话是真的，也便会与辛欣“站在同一地平线上”了。而一个作家，不，一个人，某些时对某些事，大抵总难免要皱皱眉，摇摇头，或者瞪瞪眼睛的，也总难免要说些什么使某些人不大受用的话的。达到了“采菊东篱下，悠然见南山”的境界，超脱则超脱矣，悠然则悠然矣，而作家也便在这种“超脱”和“悠然”中，不复是作家了！文坛从来不是佛殿。要想“超脱”倒莫如抛弃纸笔去数念珠，遁入空门为好。后来有某报的编者来访，说是要写篇文章，举两位青年作家为例，梁晓声代表“正确的”创作道路，张辛欣代表“错误的”创作道路。逼我谈点“正确代表”的体会，始大厌，进而大怒，不客气地“送”出门去……积成人后之政治常识而非经验，一些“悟性”还是有的。而某些编者记者，明明心中瞧不大起你，为了职业的缘故也许还为其他的什么缘故，却偏要将你涂了某种颜料，高高地插在什么幌子上，也忒不仗义了！

再后来，某刊约我写篇“我与文学”之类的文章。当时心中觉得有那么多话，似乎不吐不快，便写了。八千余字，其中有两千余字谈到辛欣及她的作品。记述了我与李纪同志深夜访她归来时那种心境、那种感受、那些思想。记得其中写到这样的话：“辛欣正在思考。我认为思考对任何一个人来说，都是严肃的时刻、神圣的时刻，是应当受到尊重的。而干扰别人的思考，无论以什么方式，出于什么动机，良好的也罢，善意的也罢，其实都是讨嫌的。在提倡精神文明的今天，起码是不文明的行为。奉劝他们学得懂点礼貌……”

一吐为快的文章必然失之含蓄。这篇文章当时被退回也是情理之中的事。本欲寄给辛欣看看，一想有讨好卖乖之嫌，便放置起来了。至今仍保存着。

在第四届“作代会”期间，一位评论家问我：“读了张辛欣发在《人民文学》上的长篇散文《回老家》吗？”答未读。

说：“一定要读，写得极好。”

后两天离开会议，带着那期《人民文学》到石家庄。在招待所里看完了，果然好。那期《人民文学》上，刊有“推荐‘读者最喜欢的作品’启事”。便连夜写了一篇很严肃很认真的推荐信，千余字，寄给了《人民文学》。《回老家》竟未评上“读者最喜欢的作品”，据说是仅有我那一份选票。唉，好作品常有被埋没之时！难怪王蒙同志主张编辑出版“落选作品选”，以补“遗珠之憾”。

至今我仍认为，辛欣有创作电影剧本的才华。在她的分配去向拖了半年多尚未落实前，我曾托人达意她，愿“保举”她到北影来。读了《回老家》，不免后悔。暗想：梁晓声，梁晓声，你才是个大傻瓜！没谁会像你似的，拉来个强者“盖”自己！张辛欣进了北影厂，你自己就干脆“回老家”吧！心中产生了这个想法，就好像一个人照镜子照出了一张狰狞的鬼脸，灵魂不由出汗。承认别人的某一篇作品比自己的作品好，还写封“推荐信”什么的，这类小小“高尚”，有利而无害，不过是“高尚”的自我表现。而要将别人拉到自己身旁，让别人的光彩照出自己的平庸来，心中那鬼就会啃你的灵魂了！

人啊，人！为什么都免不了有那么点嫉妒心理呢？回厂后我还是向领导“保举”了她，领导也表示可考虑。她自己又犹豫，我只好作罢……张辛欣，听着！你这辈子不写几个好电影剧本，你才对不起你自己呢！写吧，必要时我愿像当年那样，极负责任地为你当一次编辑。我如今已是编剧，不是哪个编剧都乐于给别人当编辑。而且有一条你是可以放心的，无论你写出多么好的剧本，我都不会在你的名字之后挂上我自己的名字。我这人从不沾别人的光。到时候你拿你的编剧费，我拿我的责编费。即使你写出的剧本可能得“奥斯卡”奖，我也不动心。这点职业道德还是有的，更何况你也不是个“善茬儿”。

写到这里，我不能不替电影编辑们辩白几句。因为我又想起了数年前你第一次与我见面时说过的话：“我早就知道，没有名人推荐，没有后门方便，像我这样的，要在你们北影厂上一部电影，不过是痴心妄想。”

当时你我还都不是青年作家，都不屑“文学青年”一类。我“迂”得可怜，你“狂”得非凡。但我和你一样，都急切地要早日显示自己的能量，都不免感受到某种压制。

其实呢，我做了几年电影编辑，倒认为靠名人推荐，或走个什么“后门”，达到在北影厂上一部影片的目的，并不那么容易。编辑之上有编辑组长，编辑组长之上有编辑部主任们。主任们也说了不算，还得经过编辑部定稿小组讨论。讨论之后也还无效，得经党委通过，有时甚至还惊动电影局、文化部、中宣部。升到更高级的“阶段”，则非党中央的某某领导同志出面说一句话不可。

一部电影的拍摄，真是层层把关，难乎其难。如今“拍摄自主权”下放各厂，情况是略有好转，但那“犯错误”的可能也便同时下放到了各厂。把关者们还是比刊物的负责人们更顾虑重重。一篇稿子发排了又抽下来，不过就损失几千元，至多上万元。而一部影片若投入拍摄又中途“下马”，那损失则可能是十几万、几十万元。如今讲究“经济效益”，损失中包括了全厂职工的奖金，是会“怨声载道”的。电影编辑们，除个别人热衷于假什么名人或首长之名，推平庸之作欲获责编费而外，多数还是有艺术良心的。我觉得我自己在这一点上就无懈可击。谦虚过分实乃虚伪。

在我们北影厂的《电影创作》即将复刊时，一天，主任把我叫到办公室，交给我一个剧本说：“别拖，早看完。看完写一份书面意见给我。”

我接过剧本，回到自己的办公室，坐下便看。

内中用大头针别着几份“批示”。

第一页，是当时的一位领导同志写给自己秘书的，只称作者名字，可见关系非同一般。大意是剧本看过了，很电影化，主题思想很有意义，人物形象突出，情节曲折生动云云。要秘书告作者，已代转电影局某负责同志。

第二页，是这位电影局某负责同志的“意见”，当然是“完全同意”上述的“意见”。大概是为了表示虔诚和态度认真，还提了几条无伤大雅的“似可修改”之处。一个“似”字，道出许多谨慎。

第三页，是我们北影厂当时厂长的批条——立转编辑部主任一阅。

主任积稿太多，很信任我，便由我“一阅”了。我看罢这些“官批”，对同室的一位老编辑笑道：“这位作者，不是大干部的儿子，也一定是侄子、女婿之类。”老编辑揶揄道：“你的美差来了啊。”

我答：“看看再说吧。”

这个剧本是根据北影厂已故著名编剧海默同志的遗作《战马》改编的。

看过后，竟没看出什么“匠心”之处。凝思良久，又去资料室翻出原作细读。读罢，大不以为然了。海默同志的原作，写的是新疆剿匪时期，一名解放军排长的战马在战斗中牺牲，战马是骑兵的“第二战友”，思念之情深切。后来在战斗中击毙一匪首，获得一匹与自己的“战友”一模一样的雪白马，遂结“生死之交”，屡立战功。小说原作，确不失为一篇较好的作品。

我一向以为，从小说到电影，所谓改编应是“再创作”，要重新体现改编者自己的艺术处理和艺术构思。“再创作”意味着艺术性的“再升华”，思想性的“再开掘”，情节细节方面的“再组合”。不见这些，那改编便是平庸的改编，当一名编剧也就太省事了。而且，一篇短篇小说改编为电影，该补充多少改编者自己的生活和艺术方面的积累，是不言自明的。

基于这种艺术观点，我认为那剧本的改编是平庸的，这就与那些负责人的意见大相径庭了。

我又了解到，海默同志生前曾亲自改编过自己这篇小说，北影还曾打印，“文革”中“一扫而光”了。我便感到左右为难起来，不知该怎样写书面意见，索性拿着它找主任当面说。主任又问：“改编得如何？”

我说：“将小说‘断行’，不等于就算改编。”主任明白了我的意思，沉吟起来。

我又说："题材也有些陈旧。刚刚粉碎'四人帮'，人民希望看到正面或侧面反映十年内乱的电影。再者，便拍，也应拍海默同志自己改编的剧本，亦算对我厂著名编剧的一种追忆和纪念。"

看得出，主任也颇感为难，默默吸了一会儿烟，终于说："这样吧，再给副主任看看。刊物即将恢复，修改后发一下，也算了结了此事。"

副主任，一位德高望重，很有艺术判断水平的老同志，看后对我说："即使发表，也需让作者再认真修改几遍。"

我就打电话与作者联系，约他到厂里来听取我和副主任的意见。他嫌路远，希望到他家谈。

我想到副主任家离他家较近，为了老头少走许多路，应诺了。那时我们的副主任正在家中休病假。从北影厂到火车站，路是够远的。倒了三次车到了火车站，还要倒一次车，下了车还要走十分钟。那一带我到北京后再没去过，街道不熟，约定的时间又早：早上八点半。六点半便离厂，吃不上早饭，北京站附近买了一个面包，边走边吃。到了作者家中，我理所当然要请副主任先谈意见。老头看得很认真，用铅笔在稿纸格边作了许多记号，写了不少评语，一边翻阅，一边谈。

老头谈一条，作者"解释"一条。或曰："这里你没看明白。"或曰："这里不能照你的建议改。"或曰："我自己认为这里改得很好。"

我便有些看不下眼去，打断他说："我们尊重改编者本人的艺术见地，我们的意见也仅供你参考，要求你修改一稿不算过分。你修改后再寄我吧！"说罢起身，也不告辞，便往外走。

副主任也只好跟我走掉。走到街上，副主任批评我："干吗那么没耐心呢？”我说：“他干吗那么不虚心呢？”

副主任说：“他认为自己非一般作者可比嘛，这一点你还没看出来？”我说：“看出来了，因此我这一般编辑不愿给他这非一般作者当责编，另请高明吧！”

副主任笑道：“我们研究后，还非你当这责编不可呢！没吃早饭吧？到我家去吃，或者我们找个地方，我请你吃一顿。”数日后，剧本寄回。

我翻看一遍，除了我和老头勾出的几个错别字，毫无变动。再一项作者的“劳动”，便是用橡皮将老头在格边作的记号或评语擦掉了。

我心想：也忒吝惜自己的脑细胞了！搁置抽屉，看他怎样！仅仅隔了一天，就打来电话，质问：“你们到底做出决定没有？”我反问：“什么决定？”

作者说：“有关领导同志都很认真对待这个剧本，给予充分的肯定，北影厂厂长也无反对态度，你们为什么鸡蛋里挑骨头呢？”

我说：“那你就让他们直接下道生产令拍摄嘛！还给我这个责编打电话干什么？”说罢挂了电话。

六

十分钟后，第二次打来电话，说：“既然你似乎有很多意见，那一天你未开口，我想当面听你谈谈。”

我说：“我的意见，和我们副主任那天谈的意见是一致的。”

他沉默了一会儿，说：“我还是想同你谈谈。”我说：“我不到你家去谈了，路远，要谈你就到北影厂来谈吧！”他又沉默了一会儿，说："我明天就去。"

我说："请上午来。"因下午厂内放"观摩影片"，属于艺术学习，我不愿错过机会。他说："上午不行。我上午有事。"

我说："那你就改天来。下星期内哪一天都可以，上下午也请便。"他说："除了明天下午，我再哪一天也没有时间。"

我火了，答："哪一天都行，就是明天下午不行！"我啪地挂上了电话，骂一句："你他妈的！"真够矫情的！第二天下午，我便去看电影。原以为只放一部影片，却放了两部。

五天后，政治部主任拿着厚厚一封挂号信，找到我的办公室，说："小梁，有人写信告你。"我吃一惊，暗想我没做什么违法犯科的事呀？也没搞过什么不正当的男女关系，谁告我什么呢？因问："张冠李戴了吧？"

政治部主任说："没错，告的就是你梁晓声，你看看这封信。"我接过信一看，是那位非同一般的青年改编者写来的，历数我的罪状。不算洋洋万言的一封信，起码也有八九千字。

我真有些"怒发冲冠"了，就要将那封信撕个粉碎。政治部主任眼疾手快，夺过信去，说："别发火，讲讲，怎么回事？"

我强按怒火，将事情来龙去脉一五一十地述说一遍。正述说时，当时的一位厂党委负责人也找到了编辑部，由主任陪着，将编辑们召集一起，询问近期在处理稿件中，谁可有什么渎职行为。众编辑回答：绝无。

这位厂党委负责人说：肯定有。

原来，他刚参加过一个会。一位负责同志在会上点名北影厂，说："你们北影厂要热情对待业余作者嘛，不要将业余作者拒之门外嘛，不要像'四人帮'时期一样，搞得像个独立王国，针插不入，水泼不进嘛！”

众编辑听了，面面相觑，不知这话从何说起。只有我心中明白。

因为告我的那封信中写道：“我一无靠山，二无‘后门’（噫！与辛欣语同出一辙），全凭一片关心中国电影事业的热忱，写了这个电影剧本，竟受到种种刁难，被拒于北影厂大门之外。你们对一位业余作者是什么态度？！你们这种冷漠无情的态度，又如何能使中国的电影事业得以繁荣？！……”他的话同那位负责同志的话何其相似乃尔？

“拒之门外”——确属事实。

他下午来时，门卫没放他进厂。告诉他下午编导部门正进行艺术观摩研讨，请他改日再来。

故他在信中还写道：“我在凄风苦雨中徘徊于北影厂门外近一小时才离去。回家后感冒了，发烧三十九摄氏度。我的父亲和母亲，不得不放弃非常重要的革命工作，精心照料我……”是否真实，不得而知。

我对大家说：“负责同志对北影厂的批评，并非‘莫须有’，肯定是因我而发的。”政治部主任也说：“肯定是。”

于是当即，我、政治部主任、编辑部主任和副主任，那位厂党委领导，一起走到二楼小会议室，研究如何妥善对待来自上面的尖锐批评。厂长同志很重视这件事，也参加研究。

那位厂党委领导说：“我看就让小梁写份检讨，由厂党委转给上级。”我不禁拍案而起，吼道：“刀搁在脖子上，我也不检讨！我没什么可检讨的，要检讨你们自己检讨！”

编辑部主任说：“让小梁检讨，莫如让我检讨。”副主任问：

“检讨什么？我作为编辑部副主任，亲自到一个并不成熟的剧本的改编者家中，认认真真地谈过意见，还要我们怎么样？”政治部主任说：“我认为有的同志因为这件事而对北影厂作的批评，是言过其实的。”

厂长最后说：“不必检讨，谁也不必检讨。要是这也值得检讨的话，莫如我检讨了！因为我是厂长嘛！”转脸看着我，又说：“小梁，我要求你给领导同志写封信解释一下，你不觉得过分吧？解释，而不是检讨。”

我说：“这可以。”

回到办公室，铺开信纸，就欲写。忽而想到，并没指名道姓地批评我，我对他解释得着吗？决定不给那位负责人写信，而给他的儿子写信。

握着笔，我想到了两件事。

一件事是，曾有一位山西农村的二十一岁的青年，某日来到编辑部，由我接待。他解释随身带来三个电影剧本，请求我在两天内看完，并当面向他谈意见。我问他为何给我的时间这样短。他说他是自费来京的，专程送稿。舍不得花钱住宿，在火车站过夜。问何以不寄来，说希望当面听到意见。问年终“分红”多少，说一百余元。问岂不是路费就用去了一半吗，说值得。大受感动，留他在我宿舍同住了一夜（那时我已分到一间十平方米左右的小房间）。第二天，就集中时间和精力将三个剧本全部看完。那三个剧本实在不值得谈什么意见，但唯恐刺伤那农村青年的自尊心，与之委婉地谈了一个上午……

另一件事是，某日有一精神病患者在传达室纠缠，要求与编辑当面谈构思。传达室为难，组长也为难。传达室说，编辑部若无人出面，便只好找保卫科了。我便自告奋勇，前去进行安抚。我的哥哥也患精神病，我自信颇善安抚精神病人。

走入传达室，但见一个四十岁左右男子，像待审的犯人似的，双腿紧紧并拢，双手放在膝盖上，坐得那么规矩。规矩得可怜。他留中分头，一张瘦脸刮得干净。穿件新蓝干部服，连领钩也扣着。虽旧却熨出裤线的灰裤子。一双黄色塑料凉鞋，赤脚。表情安静。

瞧他那样，并不像精神病患者。可传达室内除了他再无别人。

我问传达室师傅："精神病患者在哪儿？"传达室师傅朝那人努嘴。

我不禁转身诧异地再次打量那人。他缓缓站起，文质彬彬地说："我不是精神病，我是来送剧本的。"

表情依然如故。我说："我找的不是你啊。你误会了。我是编辑室的编辑，你带来的剧本可以交给我啊。"

他打量着我说："我看你不是编辑。"我问："那你看我像干什么的？"

他一字一句地说："我看你像保卫科的。"我说："你错了。"掏出工作证递给他看。

他看了，似乎信了。还给我，从一个黄色的学生书包中掏出剧本，双手捧着，郑重其事地交给我。那表情，仿佛将千金至诚相托。我接过剧本，问："你的姓名？"

他从传达室的长椅下拖出一个口大底小的白铁桶，自内取出一卷红绸，默默展开来，红绸上梅花篆体赫然醒目地写着四个毛笔字——齐天大圣。我惑然。

他说："这就是我的名字。"我问："你住哪儿啊？"他指着桶内一条毯子，说：“盖天铺地。”那时他脸上才显出一种怪异的笑。我说：“外边在下雨啊，盖天铺地哪成？”他说：“行者苦中求乐。”

我便断定，他是属于那类主观狂想型精神病患者，一会儿明白，一会儿糊涂。这会儿是糊涂了。

传达室师傅便上前替我“解围”道：“你是‘齐天大圣’，这里可不是花果山，也不是天宫，剧本留下，你快走，快走。”他瞪目道：“你把我当成疯子？”

我赶紧说：“你若是精神病患者，我便也是精神病患者了！”又转身对传达室师傅说：“让我带他入厂，我要和他谈谈。”传达室师傅愕然地问我：“带他到办公室？”我说：“带他到我宿舍。”

传达室师傅不放心地看着我，低声说：“小梁，你何必……”我说：“不会发生什么事的。”见他还不放心，又说：“我哥哥也是精神病患者。”我带“齐天大圣”到我宿舍，待之为客，与之攀谈。他糊涂劲过了，又明白起来，谈吐很是文雅。

攀谈中，我知他是北大毕业生，一九五七年被打成右派，劳改六年。现虽已平反，重新分配了工作，单位却不要求他上班。无所事事，便写电影剧本。我心中对他充满了同情。

当晚，留宿我处。第二天，送至火车站，替他买了回河北的火车票。送入站内，又送至车上，与乘务员特别交代了一番，望着火车开走才返……

想起这两件事，我觉得，自己算得上一个有责任感的编辑。尤其对业余作者，从未劣待过，即使对方是一个精神病患者。

于是倍感大有回一封信的必要。

我在信中写道：“你的父亲是高级干部，你的靠山可谓固矣。你的剧本由各级负责人推荐，你的‘后门’可谓大矣。像大作这种水平的剧本，北影厂每年收到数千份。我厂委派了一位编辑部副主任和我这位编辑加以扶植，对你可谓另眼看待矣！你乃三十多岁人，感冒发烧，区区小病，你的父母便‘放弃非常重要的革命工作，精心照料’，也忒娇贵忒宝贝你了吧？老实讲，按一般稿件处理，你只能得到一张退稿笺罢了，而且将在三个月后……”

写完，装入信封，填了地址，怕自己忽然产生什么顾虑，立刻寄走。

之后，静坐片刻，想到文化部成立了一个什么“剧本委员会”，在部长同志直接领导之下，遂生一智，便又给“剧本委员会”写了一封信。

大意：该剧本系某负责人之子改编，且有文化部及电影局领导同志肯定之评语。我厂拍摄任务已满，现寄你们，你们指示其他兄弟厂拍摄，似更加顺理成章，成人之美……附在剧本之内，一并寄走。

仅仅五六日后，上演“完璧归赵”。剧本被“剧本委员会”退回，附函曰：“该剧本既然已经你们扶植，你们还是扶植到底吧！恕不提意见。”

碰上了和我一样不具慧眼，也无伯乐精神的编辑！走投无路，不再犹豫，不再顾虑，草草填了信封，便退。我想，主任要我来当这个剧本的责编，还真是选对了人。我自以为“不辱使命”。

我想，权力与文学艺术，恰如铁树与菊花，本非同科木，“嫁接”也难活。偏要移花接木，何类“狗扯羊皮”？

……

我顶讨厌文学艺术领域内现今种种假权势而压“文”、而欺“文”的风气。

动辄："这个电影剧本某某领导同志看过，给予肯定了！""这个电视剧本某某领导同志非常欣赏。""这篇小说某某领导希望发表并配合评论。"

文学艺术的圈子里，也真真有些俗不可耐之人。某某领导"看过""给予肯定"了又怎样？某某领导"非常欣赏"又怎样？某某领导的"希望"便一定要"照办"吗？某某领导究竟是"领导"，还是文学艺术工作者？

你是市长，我是公民，公民该尽哪些公民义务，我听你的。我是编辑，你是市长，市长写电影剧本，或写小说、写诗、写话剧什么的，对不起，你听我的。

这才对劲。

这叫"社会分工不同"，应该尊重彼此的分工。这也是我们的马克思主义的社会原则之一。一九七九年春，全国第四次高等教育会议在北京西苑召开。各新闻和文艺单位派代表列席参加。

我作为北影厂代表，参加了华南大组学习讨论。

会议最初几天，讨论内容是肃清"四人帮"极左教育路线的流毒，发言踊跃热烈。

"工农兵学员"——这新中国成立三十年来"高教"大树上结下的"异果"，令每位代表当时都难以为它说半句好话。而每一位发言者，无论从什么角度什么命题开始，最终都归结到对"工农兵学员"的评价方面。不，似乎不存在评价问题——它处于被缺席审判的地位。如果当时有另外一个"工农兵学员"在场的话，他或她也许会逃走，再没有勇气进入会议室。

我有意在每次开会前先于别人进入会议室，坐在了更准确说是隐蔽在一排长沙发后不易被人发现的角落。我负有向编辑部传达会议情况和信息的使命。我必须记录代表们的发言。

我是多么后悔我接受了这样一个使命啊！然而我没有充分的理由，要求领导改换他人参加会议。

第三天下午，还有半个小时散会，讨论气氛沉闷了。几乎每个人都至少发过两次言了。主持讨论者时间观念很强，不想提前宣布散会，也不想让半个小时在沉闷中流逝。他用目光扫视着大家，企图鼓励什么人做短暂发言。

他的目光扫视到了我。我偏偏在那时偶然抬起了头。于是我品质中卑俗的部分，一瞬间笼罩了我的心灵，促使我扮演了一次可鄙而可怜的角色。“你怎么不发言啊？也谈谈嘛！”主持者的目光牢牢盯住我。

多数人仿佛此刻才注意到我的存在，纷纷向我投来猜测的目光。大家的目光使我很尴尬。

坐在我前面的人，都转过身瞧着我，分明都没想到沙发后还隐藏着我这么个人。我讷讷地说：“我……我不是工农兵学员……”几乎是不由自主地这么说了。

这是我以列席代表身份参加讨论三天来说的第一句话，当着许多白发苍苍的老教授说的第一句话，当着华南大组全体代表说的第一句话。

谎话，是语言的恶性裂变现象。说一颗纽扣是一颗钻石，并欲使众人相信，就得编出一个专门经营此种“钻石”的珠宝店的牌号，就得进一步编出珠宝店所在的街道和老板或经理的姓名……

我说，我是电影学院导演系“文革”前的毕业生。某某著名电影导演曾是我的老师。

我说，如果不发生十年内乱，我也许拍出至少两部影片了……

为了使代表们不怀疑，我给自己长了五岁。

散会后，许多人对我点头微笑。“文革”前的毕业生，无论毕业于文、理、工学院，还是毕业于什么艺术院校，代表们都认为是他们的学生。

七

会议主持者在会议室门外等我，和我并肩走入餐厅。边走边说，希望我明天谈谈“四人帮”所推行的极左教育路线，对艺术院校教育方针教育方向的干扰破坏。我只好“极其谦虚”地拒绝。

我不是一个没有说过谎的人。但是，跨出复旦校门那一天，我在日记上曾写下这样的话：“这些年，我认清了那么多虚伪的人，见过那么多虚伪的事，听过那么多谎话，自己也违心地说过那么多谎话，从此我要做一个诚实的人……”

我这“要做一个诚实的人”的人，在许多高等教育者面前，撒了一个弥天大谎！那的确是我离开大学后第一次说谎，不，第二次。第一次是——我打了“电影童星”一记耳光而说是跟他“闹着玩”。

我第二次说谎，像一个谎话连篇的人一样，说得那么逼真，那么周正。

我内心感到羞耻到了极点。

一个毕业于名牌大学的青年，仅仅由于在某一个不正常的时期迈入了这所大学的校门，便如同私生子隐瞒自己的身世，在许多高等教育者面前隐瞒自己的“庐山真面目”，真是历史的悲哀！

就个人心理来说，这是十分可鄙的。

但这绝非我自己一个“工农兵学员”的心理。这种心理，像不可见的溃疡，在我自己心中，也在不少“工农兵学员”心中繁殖着有害的菌类。对于一个国家的高等教育来说，多么可悲！宛如太上老君的“炼丹炉”中倒出了“山楂丸”。

我的谎话，当晚就被戳穿了。我们编辑部的某位领导来西苑看望在华南组的一位老同事……我不晓得。

第二天，我迟到了十分钟。在二楼楼口，被一位老者拦住。

他对我说：“你先不要进会议室。”

我迷惑地望着他。

他又说：“大家已经知道了。”

我问：“知道什么了？”

“知道你是一个‘工农兵学员’。”他那深沉的目光，严肃地注视着我。我呆住了。他低声说：“大家很气愤，正在议论你。你为什么要扯谎呢？为什么要欺骗大家呢？”他摇摇头，声音更低地说，“这多不好，这真不好！有的代表要求向大会简报组汇报这件事啊！……”不但不好，而且很糟！在全国“高教”会上，在粉碎“四人帮”后，谎言和虚伪正开始从崇高的教育法典中被肃清，一位列席代表，一位“工农兵学员”，却大言不惭地自称“文革”前电影学院导演系的毕业生，这的确太令人生气了。

我垂下了头，脸红得发烧。我羞惭地对那老者说：“您替我讲几句好话吧，千万别使我的名字上简报啊！”他说：“我已经这样做了。”他的目光那么平和。平和的目光，在某些时刻，也是最使人难以承受的目光。我觉得他那目光是穿透到我心里了。他说：

“我们到楼外走走好吗？”我默默地点了一下头。我们在楼外走着，他向我讲了许多应该怎样看待自己是一个“工农兵学员”的道理。当他陪着我走回到会议室门前，我还是缺乏足够的勇气进入。他说：“世上没有一个人敢声明自己从未说过谎。进去吧！”挽着我的手臂，和我一起进入了会议室。那一天我才知道，这位令我感激不尽的老者，原来是老教育家吴伯箫。吴老是我到北京后，第一个引起我发自内心地无比尊敬的人。

“高教”会结束后，他给我留下了他家的地址，表示欢迎我到他家中玩。那时他家住沙滩。我到他家去过两次。第一次他赠我散文集《北极星》。第二次他赠我散文集《布衣集》，并赠一枚石印，上刻“布衣可钦”字。他亲自替我刻的。两次去，都逢他正伏案写作。一见我，他立刻放下笔，沏茶，找烟，对面与我相坐，与我交谈。他是那么平易近人，简直使我怀疑他是个丝毫没有脾气的人。他脸上的表情总是那么安详。与我说话时，眼睛注视着我。听我说话时，微微向我俯着身子。他听力不佳。我最难忘的是他那种目光，那么坦诚，那么亲切，那么真挚。注视着我时，我便觉心中的烦愁减少了许多许多。

那时他家的居住条件很不好。因附近正在施工，院落已不存在。他家仅有两间厢房。每次接待我的那一间，有十三四平方米，中间以木条为骨，裱着大白纸，作为间壁。里边一半可能是他的卧室，外边一半是他的写作间。一张桌子，就占去了外间的大部分面积。我们两人落座，第三个人就几乎无处安身了。房檐下，生着小煤炉，两次去他家都见房檐下炊烟袅袅，地上贴着几排新做的煤饼子。

我问他为什么居住条件这样差。他笑笑，说：“这不是蛮好吗？有睡觉的地方，有写作的地方，可以了。”告辞时，他都一直将我送到公共汽车站。我向他倾诉了许多做人和处世的烦恼。他循循善诱地开导了我许多做人和处事的道理。

他这样对我说过：多一分真诚，多一个朋友；少一分真诚，少一个朋友。没有朋友的人，是真正的赤贫者。谁想寻找到完全没有缺点的朋友，那么连他自己都不可能成为他的朋友。一个人有许多长处，却不正直。这样的人不能成为朋友。一个人有许多缺点，但是正直，这样的人应该与之交往。正直与否，这是一个人品质中最重要的一点。你的朋友们是你的镜子。你交往一些什么样的朋友，能衡量出你自己的品质来。我们常常是通过与朋友的品质的对比，认清了我们自己实际上是一个怎样的人……我们北影厂的一位同志，从前曾在吴老领导下工作过。他敬称吴老为自己的“老师”——他已经四十五六岁了。我常于晚上看见他在厂院内散步，却从未说过话。

有一次我们又相遇，他主动说：“吴老要我代问你好。”我们便交谈起来，主要话题谈的是吴老。

他告诉我这样一件事：当年他与六个年轻人在吴老直接领导之下工作，某一天其中一人丢了二百元钱，向吴老汇报了。吴老嘱他不要声张，说一定能找到。过了几天，六个年轻人都在场的情况下，吴老将二百元钱交给失主，说：“你的钱找到了。不知是哪位同志找到后放到我抽屉里了。”失主自然非常高兴。当天，又有二百元钱出现在吴老抽屉里。原来他交给失主的那二百元钱，是他自己的。但对这件事，他再也没追究过。六个年轻人先后离开他时，都恋恋不舍，有的甚至哭了……

“因为吴老当时很信任我，只对我一个人讲过这件事。”我那位北影厂的同事说，“吴老认为，究竟谁偷了那二百元钱，并不重要。重要的是，六个年轻人中，有一个犯了一次错误，但自己纠正了。这使我感到高兴啊！”

听了这件事以后，我心中对吴老愈加尊敬。他使我联想到了苏联教育家马卡连柯。

对年轻人宽宏若此，真不愧老教育家风范。

因吴老身体不好，业余时间又在写作，我怕去看望他的次数多了，反而打扰他，就再未去过他家。

我最初几篇稚嫩的小说发表后，将刊物寄给他。

他回信大大鼓励了我一番，而且称我“晓声文弟”，希望我也对他的作品提出艺术意见，使我愧怍之极。信是用毛笔写的，至今我仍保存。

半年后，我出差在外地，偶从报纸上看到吴老去世的消息，悲痛万分。将自己关在招待所房间里，失声恸哭一场……《北极星》和《布衣集》，我都非常喜爱。我们中学时期语文课本中的一篇《延安的纺车》，便收在《北极星》中。但相比之下，我更喜爱《布衣集》。

我将《布衣集》放在我书架的最上一档，与许多我喜爱的书并列。

吴老，吴老，您生前，我未当面对您说过这句话，如今您已身在九泉之下，我要对您说：您是我在北京最尊敬的人。不仅仅因为当年您使我的姓名免于羞耻地出现在全国第四次“高教”会的简报上，不仅仅因为您后来对我的引导和教诲，还因为您的《布衣集》。虽然它是那么薄的一本小集子，远不能与那些大部头的长篇小说或什么全集、选集之类相比，虽然它没有获得过什么文学奖。您真挚地召唤并在思想上、情操上实践着“布衣精神”。这种精神目前似乎被某些人认为已经过时了，似乎已经不那么光荣了，似乎已经是知识分子的“迂腐”之论了。

您在给我的信中却这样写道：“我所谓的‘布衣精神’，便是不为权，不为钱，不为利，不为名，不为贪图个人一切好处而思想，而行为，而努力工作的精神。知识分子有了这种精神，才会有知识方面的贡献。共产党人有了这种精神，才会有实现共产主义理想方面的贡献。因而‘布衣精神’不但应是中国知识分子的精神，尤其应是中国共产党人的精神……”

吴老，您是老知识分子，您亦是老共产党员。从这两方面，我都敬您。您是将“布衣精神”作为一个知识分子的品格原则的，也是作为一个共产党人的品格原则的。您对这种精神，怀着一种儿童般的执着锲而不舍。但愿我到了您那样的年纪，能有资格毫不惭愧地对自己说：“我不为权，不为钱，不为利，不为名，清清白白地写作，清清白白地做了一辈子人，没损害过侵占过或变相侵占过老百姓一丁点利益！……”

……

您正是在身后留下“布衣精神”的一息微叹，召唤着一种党风，召唤着一种党的干部之风啊！

现实真真有愧于您生前那儿童般执着的信念和寓言般朴素的思想啊！我们这个国家，我们这个民族，民族心理的积淀和种种历史渊源所致，一向是崇尚权力的。而封建王权便是以这种崇尚为其社会基础的。这是我们民族愚昧的一面。人类不应受王权的统治，而只应受知识的统治。这叫人类文明，或曰“精神文明”。有一个时期我们的社会似乎有一股崇尚知识的良好风气开始发端，但很快又被对金钱的崇拜涤荡了。

金钱，这个讨人喜爱的怪物，吞噬着某些中国人的灵魂，吞噬着某些中国共产党人的灵魂。

前一时期，省委书记兼某某公司经理，市委书记兼某某公司经理，地县委书记们对金钱趋之若骛，甚至连军区司令员、副司令员，也成了戴着红领章、红帽徽的买卖人。是为老百姓赚钱，还是赚老百姓的钱？更有他们的妻子儿女，假经商之名，堂而皇之地行走私之实。不走私，国外银行何以能够几万十几万地立户头？

连《参考消息》上都登了，总不至于是无中生有，是阶级敌人对共产党的诬蔑吧！不是说“先使一部分人富起来”吗？应该是先使人民中的一部分人富起来才对啊！倘我们共产党的干部们，都利用职权，着急忙慌地、争先恐后地先使自己富起来，还算什么“全心全意为人民服务”？

……

老百姓有句话——“再一再二不可再三”。这也是希望。中国的老百姓是全世界最仁义最厚道的老百姓。他们很通情达理。江山是老共产党人打下的，打下了江山的人们有资格伸手向人民要好处。人民给，而且人民已经给了……哪个国家的老百姓比中国的老百姓更仁义、更厚道呢？哪个国家的老百姓比中国的老百姓更善于忍耐，更善于在忍耐之中仍怀抱着不泯的希望呢？以权谋私者，一心只想自己先富起来，全不将人民利益放在心上者，是应该感到羞愧的。

就在几天前，哈尔滨市一家制本厂厂长来找我，还讲到这样一件事：他们厂要买一台某种型号的印刷机，难以买到，就有人好心地为他介绍了一位经商的干部子弟。

对方说：你们要买的印刷机我有，可以卖给你们，但你们得给我百分之十的“个人劳务费”。给，明天就可提货。一台印刷机十七万元，百分之十—— 一万七千元。问：“给开发货票吗？”

答：“‘个人劳务费’，开什么发票？”

拿国家生产的机器转手倒卖，一张口就敢一万两万的要“小费”，还美其名曰“个人劳务”，这叫干什么？！而且让人百思不得其解：持介绍信为扩大再生产买不到，怎的竟会在某些人手中囤积居奇？他们靠的是哪方面的权力？

一天，我正在办公室写作，父亲来叫我，说家中来了一位个子高高的外国人。我到北京后，素少交际，更从未结识过外国人，心中不免十分疑惑。回到家中，果见一外国人静坐以待——申·沃克！自从他离开复旦后，我从未见过他，以为他再也不会到中国来了。想不到他竟从天而降，我们彼此的高兴心情，不必赘述。我向父亲介绍道：“这是我的朋友，瑞典人。”沃克站起身，头触到了吊灯罩子，噼里啪啦掉下无数塑料饰穗。他脸倏地红了，立刻弯腰去捡。他那高个子，弯下去就很困难。只好屈一膝，跪一膝，像一个高高挑挑的外国小姐，正行着屈膝礼时一条腿抽筋了。我忍笑帮他捡。父亲则冷冷地瞧着他，又冷冷地瞧着我，不知我什么时候，在什么情况之下认识了这个外国人，而且称他为“朋友”。父亲是怕我出了点名，忘乎所以，犯什么“国际错误”。父亲习惯将“里通外国”说成“国际错误”。对与外国人交往这种事，父亲的思想认识仍停滞在“文革”时期，半点也没“开放”。

他常说：“别看那些与外国人交往的中国人今天扬扬得意的样，保不准哪一天又会倒霉，到时候哭都来不及。”沃克将那些被碰掉的塑料饰穗全部接过去，从容不迫地往吊灯罩上安装。我见父亲那种表情，怕沃克敏感，又补充介绍道："在复旦时，我们俩一个宿舍住过呢！"沃克安装完毕，对父亲笑笑，落座，也说："我和晓声是非常好的朋友，我在中国交往的第一个朋友。那时还是'四人帮'时期呢，我们的友谊是经过了一些考验的。"说着转脸瞧我，意思是问我——对吗？"正是这样。"我对他说，也是对父亲说。父亲"哦，哦"应着，退出屋去，再未进来。如今，一个中国人能称一位外国人为自己的朋友，倘若这外国人又是来自所谓西方世界，诸如瑞典这样一个"富庶国家"，并且还是一位年轻的博士，那么仿佛是某些中国人的不寻常的荣耀了。

我称沃克为自己的朋友，不觉得在名分上沾了他什么光。他视我为朋友，也肯定不会自认为是对我的一种抬举。他的博士头衔，在我看来也并不光芒四射。他获得这学位的论文——《中国古代民歌研究》，还是在大学时我帮他搜集资料、抄写卡片，在互相探讨之下完成的。

他这次是到驻中国的一个办事机构工作的。他从《中国青年报》上看到介绍我的小文章，才询问到我的住址的。

以后，他几乎每星期六晚上都到我家中来做客。他喜欢喝大米红枣粥，喜欢吃炸糕、黄桃罐头，还喜欢吃饺子。我们就每个月让他吃上两顿饺子，更多的日子只以粥相待。

八

榆树上有一种令人触目惊心的肉虫，我们北方人叫它"贴树皮"，又叫"洋瘌子"。寸余，黑色，有毛，腹沟两侧尽螯足。落在人衣上，便死死贴住，抖而不掉。落在人皮肤上，非揪之拽之不能去。虽去，则皮肤红肿，似被蜂刺，二三日方可消肿止疼。这一点类同水蛭，样子却比水蛭更令人讨厌。而且它还会变色，在榆树上为黑色，在杨树上为白色，在槐树上为绿色。

有些中国人，真像“贴树皮”。其所“贴”之目标，随时代进展而变化，而转移。研究其“贴”的层次，颇耐人寻思。先是贴“官”。“某某局长啊？我认识！”“某某司令员啊？他儿子和我是哥儿们！”“某某领导啊？他女儿的同学的妹妹是我爱人的弟弟的小姨子！”

七拐八绕，十竿子搭不上的，也总能搭上。搭上了，便“贴”。

此真“贴”者。

还有假“贴”者，虽也想“贴”，却毫无机遇，难以接近目标，在人前故出“贴”者语而已，为表明自己是“贴”着什么的。

我们在生活中，不是经常能看到一些人，为了巴结上某某首长或某某首长的儿子女儿，极尽阿谀奉承、钻营谄媚、讨好卖乖之能事吗？图什么呢？其中不乏确有所图者。也有些人，并无所图，仅获得某种心理安慰而已。仿佛“贴”上了谁谁，自己也便非等闲之辈，身份抬高了似的。

继而“贴”港客。港客本也黄皮肤黑头发黑眼睛，炎黄子孙，龙的传人，我们同胞。相“贴”何太急？盖因港客在“贴”者们眼中都挺有钱。有钱，现今便仿佛属“高等华人”一类了。其实，他们除了比一般内地人有些许钱，究竟“高”在哪儿呢？就钱而论，香港绝非金银遍地，香港人也绝非个个都腰缠万贯。“港客”中冒牌的“经理”、伪装的“富翁”，心怀叵测到内地来行诈的骗子，近几年内地被披露见报端的还少吗？

然而“贴”者们为了捞到点好处，明知对方是骗子，也还是要不顾一切地“贴”将上去的。骗子身上揩油水，更能显示其“贴”技之高超。

“贴”港客，比“贴”某某领导实惠。小则打火机、丝袜、化妆品、假首饰什么的，大则录音机、照相机、彩电、录像机等，只要替他们在内地效了劳，论功行赏，是不难得到的。港客还似乎比某某领导大方。你要从某某领导家拎走一台录音机？休想！一般情况下，他们是习惯了收受而不习惯给予的。“贴”领导干部者，实“贴”“权势”二字也。古今中外，权势都并非可以白让人“贴”的。得“上税”。以靠攀附上了某种权势而办成一般人办不成的事的，统计一下，不付出什么的有几个？“贴”港客者，实“贴”钱、“贴”物也。钱亦物，物亦钱，都是手可触眼可见的东西，“贴”到了，实实在在。

港客照我看也分三六九等。

一等的正派地办事业和正派地经商。

二等的就难免投机牟利。

三等者流，行诈行骗，不择手段，要从内地揣两兜钱回去吃喝玩乐罢了。

某一时期内地上穿港服者、留港发者、港腔港调者、港模港样者、“贴”港客者、假充港客者，着实使我们的社会和生活热闹了一阵子。

“贴”者为男性，不过令人讨厌；“贴”者为女性，那就简直越发令人作呕了。男性“贴”者凭的是无耻和技巧，女性“贴”者凭的是无耻和色相。凡“贴”，技巧也罢，色相也罢，总都得无耻一点。恰如馒头也罢，叉烧也罢，总都少不了要用点“面引子”

的。有一次我到北京饭店去访人，见一脂粉气十足的妖丽女郎，挽着一位矮而胖的五十余岁的丑陋港客，在前厅趋来复去。女郎本就比港客高半头，又足蹬一双特高的高跟鞋，犹如携着一个患肥胖症的孩子，实在令人“惨不忍睹”。那女郎还傲气凌人，脖子伸得像长颈鹿，“富强粉”面具之下就暴露出一段鹅黄色来。仿佛被她挽着的是拿破仑。真让你觉得内地人的脸，被这等男女“贴”者们丢尽了。

还有一次，我在一家饭店与我一位中学语文老师的女儿吃饭，邻桌有俩港仔，与几个内地“摩登”女郎举杯调笑，做派放肆。

其中一个港仔，吐着烟圈，悠悠地说：“我每分钟就要吸掉一角七分钱啦！”炫耀其有几个臭钱。

那几个女“贴”者便口中啧啧有声，表示无限崇拜，一个个眼角荡出风骚来。

另一个港仔，不时地朝我们的桌上睃视。终于凑过来，没事找事地与我对火。然后盯着我的女伴，搭讪道：“小姐，可以敬您一杯酒吗？”

她红了脸，正色道：“为什么？”

“因为您实实在在是太美丽了呀！我来到北京许多天啦，没见过您这么美丽的姑娘呀！”那种港腔港调，那种涎皮赖脸的样子，使我欲将菜盘子扣他脸上。

我冷冷地说：“谢谢你的奉承，她是我妻子。”对方一怔，旋即说：“真羡慕死你了，有这么美丽的一位妻子哟，一看就知道她是位电影演员啦！”

我的女伴的脸，早已羞红得胜似桃花。她的确是位美丽的姑娘，那几个女“贴”者与之相比愈加显得俗不可耐。“你的眼力不错。”我冷冷地说，决定今天扫扫这两个港仔的兴。

“咱们交个朋友好不好呢？我们是……”他摸出一张名片放在桌上，一股芬芳沁入我的鼻孔。

名片我也有，两百张。印制精美。我们编辑部为了工作需要，给每个同志印的，也是喷香的。我用手指轻轻一弹，将那张名片弹到地上，说：“你们可不配与我交朋友。”他打量了我一番，见我一身衣服，旧而且土，问：“您是什么人物哇？”口气中含着蔑视。

我从书包里翻出自己的作协会员证，放在桌上，说：“我是中国作家协会会员，虽然是小人物，可这家餐厅的服务员中，就必定有知道我的姓名的。”

一位服务员小伙子来撤菜盘，我问：“看过电视剧《今夜有暴风雪》吗？”那几天正连续播放。回答看过。我说：“我就是原作者。”小伙子笑了，说：“能认识你太高兴了，我也喜欢文学，就是写不好，以后可以去打扰你吗？”我说：“当然可以。”就从记事本上扯下一页，写了我的住址给他。那港仔讷讷地不知再啰唆什么话好，识趣地退回到他们的桌旁去了。那一伙俗男俗女停止了调笑，用各种目光注视着我们。我的女伴低声说：“咱们走吧。”我说：“不。饭还没吃完呢！你听着，我出一上联，看你能不能对——男‘贴’者，女‘贴’者，男女‘贴’者‘贴’男女。”她毫无准备，低下头去。我又说：“听下联——红苍蝇，绿苍蝇，红绿苍蝇找苍蝇！”说罢，站了起来。她也立刻站起。我低声说：“挽着我的手臂，咱们走。”她便顺从地挽着我的手臂，与我一块儿走了出去。走到马路上，走了许久，我一句话未说。她欲抽回手臂，然而我紧紧握着她的手。她不安地问：“你怎么了？”我这才说："听着，你知我将你当妹妹一样看待，你就要调到广州去工作了，那里这类港客也许更多，那类女孩子也许更多，如果你变得像她们一样分文不值，你从此就别再见我了。见了我，我也会不认识你！"她使劲握了一下我的手，低声说："你看我是那种女孩子吗？"

我知她绝不会变成像她们那样，我完全相信这一点。我常想，中国人目前缺的到底是什么？难道就是金钱吗？为什么近几年生活水平普遍提高了，中国人反而对金钱变得眼红到极点了呢？在十亿中国人之中，究竟是哪一部分中国人首先被金钱所打倒了？！社会，你来回答这个问题吧！

有一次，我在北太平庄碰到这样一件事：一个外地的司机向人询问到东单如何行驶路近。那人伸手毫不羞耻地说："给我两元钱就告诉你，否则不告诉。"

司机又去问一个小贩，小贩说："先买我一条裤衩我再告诉你。"司机长叹，自言自语："唉，这哪是在首都啊……"那天我是推着自行车，带儿子到北太平庄商场去买东西。儿子要吃雪糕，尽数兜中零钱，买了四支。交存车费时，没了零钱，便用一元钱向那卖雪糕的老太婆兑换。她却问："还买几支？"我说："一支也不买了，骑车，还带孩子，拿不了啦。"她说："没零钱。"将一元钱还我，不再理我。我说："我可是刚刚从你这儿买了四支啊！"她只作没听见，看也不看我一眼。倒是看自行车那老人，怪通情达理，说："算啦，走吧，走吧。"又摇首道："这年头，人都变成'钱串子'了……"所幸并非人人都变成了"钱串子"。否则，吾国吾民达到了小康生活水平，那社会光景也实实在在并不美好。

看来，生活水平高低与民族素质的高低，并不见得就成正比。门户开放，各种各样的外国人来到中国。“贴”者们又大显身手，

以更高的技巧去“贴”外国人。此乃“贴”风的第三层次。我看也就到此了。因为“火星人”三年五载内不会驾着飞碟什么的到中国来。据说“火星人”类似怪物——果而有的话，不论技巧多么高超的男女“贴”者，见之也必尖叫惊走。“贴”风有层次，“贴”者则分等级。

一等“贴”者，“贴”美国人、英国人、法国人、日本人、加拿大人、意大利人、瑞典人……二等“贴”者，就“贴”黑人。

在这一点上，颇体现了中国人的国际态度——不搞种族歧视。

三等“贴”者，只有依旧去“贴”港客了。一边“贴”住不放，一边又不甘心永远沦为二等，俗话说：“骑着马找马。”

有一次沃克对我说：“你们中国人如今在外国人面前怎么变得这么急功近利了啊？和外国人认识没三天，就会提出这样那样的请求，想摆脱，却纠缠住你不放……”

我虎起脸，正色道：“请你别在我家里侮辱中国人！”

他没想到我会对他说出如此不客气的话，怔怔地望了我片刻，不悦而辞。其后数日不至，我以为我把他得罪了。他终于还是来了，并诚恳地因那番说过的话向我道歉。

其实沃克的话，对某些中国人来说，是算不得什么侮辱的。他不过说出了一种常见的现象。

“贴”外国人者，已不仅是为了钱、为了物，还为了出国。“廉者不受嗟来之食”，我们的老祖宗自尊若此，实乃可敬。

有时不免胡思乱想，倘哪一个外国阔佬，别出心裁，在某地方大摆案条，置种种外国货于案上，大呼：“嗨，你们中国人来

随便拿吧！”会不会有千人万众，蜂拥而抢，挤翻案条，打破脑袋呢？

沃克常到我家来，而且每次开着小汽车来，就引起一些人对我的格外注意。

于是就有人问我：“能不能帮忙换点外汇券？”我总是干干脆脆地回答两个字：“不能。”

便被某些人认为太“独”，连点“方便”也不给予则个。我自己也不走这个“方便”之门。

那时，我的家里还没有录音机，没有电冰箱，没有彩电，只有十二英寸的黑白电视机。比较而言，电冰箱对我们的生活比录音机重要得多。北京夏季太热了，剩饭剩菜、孩子的牛奶，隔日必坏。电冰箱简直成了我们梦寐以求的东西。而电冰箱又脱销，实在不易买到。但“友谊商店”是有卖的，可我无一张外汇券。

妻不免经常对我说：“你就开口求沃克一次吧！咱们就求他一次还不行吗？凭你和沃克的友谊，求他用外汇券替咱们买一台电冰箱，难道他还会拒绝呀？咱们给他人民币……”连老父亲也说：“我看沃克会帮这个忙的，你开一次口，求求看。”

我想，只要我开口请求，沃克是肯定会答应的。

我向自己发誓，绝不对沃克提出这样的请求，以及类似的请求。

因为有一天晚饭后，喝茶时，沃克望着我在地板上搭积木的儿子，忽然说：“我第一次到你们家，小梁爽还不会单独玩耍，如今小梁爽已经会叫我‘沃克叔叔’了，可我连一件玩具还没送给他过。”面有愧色。妻说：“他的玩具可不少啦！”

沃克说：“我下次来，一定送给他一件玩具。”我说：“你何必这么认真呢。”

沃克看我一眼，说：“晓声，你是我结识的中国人中，唯一没向我提出过任何请求的。”

我说：“我们中国有句话——‘君子之交淡如水’，我不愿在你我的友谊之中，掺入任何一点杂质。”

从那天以后，我牢牢记住了沃克的话——“你是我结识的中国人中，唯一没向我提出过任何请求的”。

我不甚知道沃克——一位年轻的瑞典博士——在中国结识了多少中国人，也不甚知道这些中国人曾向他提出过怎样的请求。但有一点我是知道的，在他结识的那些中国人中，政府官员是不少的。而我，北京电影制片厂的一名编辑，在全部他结识的那些中国人中，是社会地位最低的一个。“如果你我不是复旦同窗，你我就根本不会结识。因为以你的性格，你不太可能进入我所结识的那些中国人的社会圈子。”——这是他对我说的话。

我相信他的话。

“我很尊敬你们中国的学者、专家和知识分子们，他们谦虚，普遍事业心强，在外国人面前不卑不亢。对他们提出的请求，我从来都尽力而为。他们提出的请求，很少涉及个人物质方面，都仅限于事业方面。我能帮助他们做某些事，心里常常感到很高兴。他们的事业，代表着中国的某些事业。事业与个人利益，文化科学知识与物质，这两类截然不同的请求，区别了我所结识的两类截然不同的中国人的素质。”——这是他对我说过的另一番话。

他的这些话，使我为某些中国人自豪亦为某些中国人悲哀。

有一次我故意问他：“在你结识的中国人中，有请求你帮助他们买电冰箱的吗？”

他说："岂止是买电冰箱啊！"

他告诉我，有一位局长，通过关系认识了他，然后多次主动请他到家中做客，并把自己的两位女儿介绍给他。再后来通过第三者向他暗示，希望他这位年轻的瑞典博士成为那局长的大女婿或者二女婿。"无论我爱上哪一个都可以。'两个之中任你挑'——他们的原话就是这么对我说的！"沃克那张英俊的、王子气质的脸上，呈现出极其鄙夷的表情。

我说："那你就挑一个呗！你不是希望寻找一个中国姑娘做你的妻子吗？"沃克愤愤地说："可我是要在中国自己寻找，而不是要别人向我兜售！"我说："你应该理解他们的心情！"沃克说："我当然理解，简直太理解了！我直言不讳地告诉他们，在那两个姑娘之中，我一个也爱不上！并劝他们死了这条心！我觉得他们是在侮辱我，可你猜他们继而又向我提出什么样的请求？"我说："猜不到。"沃克说："你认真猜猜。"我想了一会儿，摇头。沃克说："他们请求我将别的外国人介绍给那位局长的两个女儿！我问他们，中国男人那么多，为什么非要替自己的女儿找一个外国人做丈夫？他们回答得很坦率：'在北京，局长一级的干部多的是。而且这位局长快退休了，女儿们没什么大本事，找个外国人做丈夫，将来可以到国外去，幸福有个依靠。'你们某些中国人替自己女儿考虑的所谓的幸福，竟是找一个外国人做丈夫！"

他感到又失口了，连忙看着我说："请原谅。"我说："你的话有道理。"也许我的表情过于严肃，沃克的表情也郑重起来。他思考片刻，低声道："我今后再遇到这类事情，当面轻蔑他们不过分吧？"我说："随你。"妻接着我的话说："沃克，别听他的！他是存心想当'现行反革命'，我今年才三十二岁，对这类事连听也不听。我可不想当‘现行反革命’家属！”我说：“如果我说这番话便被打成‘现行反革命’，那中国算是没救了！”

妻用恳求的目光瞪着我，我不忍再增加她心中的不安，便换了个话题。

但接下来的交谈却显得非常勉强。

九

那天，沃克分明也是怀着一种不佳的心情告辞的。

我没料到父亲在门外偷听到了我与沃克的那番谈话。沃克走后，父亲进屋来，指着我狠狠地大声训斥：“你小子别烧包！你从北大荒到上海去念大学，又从上海分配到北京，每个月六十多元的工资拿着，连奖金算上起码七十元，比我当四级泥水工时的工资少不了几元，老婆也有了，儿子也有了，你还对这不满，对那不满，你还怂恿一个外国人去骂领导！……”

对于父亲的怒斥，我只有低头默默承受而已。

父亲还说：“我告诉你，以后你写文章，只许说共产党好，不许说共产党不好，一句不好都不许说！……”

我依旧默然而已。

有这样一位老父亲，我常感到在家中言论颇不自由。别说我脑后并无“反骨”，即便生着一块所谓“反骨”，有老父亲天天对我“警钟长鸣”，“反骨”也会渐渐变成软骨的。何况我对我们的党，没来由怀什么刻骨仇恨？不过是希望它更伟大更纯洁更光明更正确罢了。

为了向父亲表示我铭记了他的话，我就将儿子从地板上抱起，亲了一下，说："爸爸是绝不会被打成'现行反革命'的，爷爷的担心是不必要的。"

儿子却从我怀中挣脱向妻奶声奶气地说："妈妈抱，摸咂咂！……"

下一个星期六，沃克又来时，果然给儿子带来一个玩具，是一只黄色的、毛茸茸的、会叫的小狗。说是在友谊商店买的。

妻问："那里有电冰箱吗？"

沃克回答："有啊。有双开门的日立牌电冰箱，你们要买？"我瞪了妻一眼，妻立刻回答："不，我们已经托别人买了。"沃克说："要是买不到，我给你们买。"

我说："能买得到。"儿子从床底下拖出一个纸板箱，把里面的玩具一样样摆在地板上：飞机、火车、大炮、坦克、小狗、小猫等，摆了一长溜。儿子不知从哪儿翻出一个小盘大的毛主席像章，还挺新的。沃克用一串钥匙从儿子手中哄过主席像章，一边欣赏一边说："只听说中国'文革'中有这么大的毛主席像章，今天头一次见了！……"

我暗想：一代人有一代人的崇拜。这就是历史。历史有它自己的法则，不以人的意志为转移。将来儿子长大了，当然会知道毛泽东是一位什么样的历史人物的。但是会不会崇拜毛主席，那就很难说了。也许他会崇拜一位足球名将、电影明星、哲学家、艺术家、作家、歌星、音乐家，或者一位时装模特，或者一位改革者，或者一位非常有钱的人……

让他自己去选择吧！他那一代的精神和思想，应比我们这一代获得更大的自由。而精神和思想，所代表的全部人类社会的文明，其实只用两个字就可以概括：自由。没有精神的自由和思想的自由，所谓社会文明不过是写在布满灰尘的桌面上的词句，在擦桌子的时候便被抹布一块儿擦掉了。儿子受到我那一句喝骂，又见我欲打他，吓哭了，哭得十分委屈。妻便将他抱往邻居家去。沃克见我沉思，问："你想什么呢？"我说："我在想崇拜这个问题。"沃克又问："你至今仍崇拜毛主席？"

我沉思良久，说："崇拜是人类的童年心理，我们这一代人的崇拜季节已经过去了。"

于是，我们的话题很自然地谈到了毛主席的功过方面。我说："我依然认为毛主席是中国历史上从古至今十分伟大的人物，也是世界历史上十分伟大的人物。"

"可你刚才还说你们这一代人的崇拜季节已经过去了……"沃克表示不解。我一时不知如何才能向他解释清楚。我又陷入了沉思，在沉思之中回顾我们这一代人的心理历程和思想历程。我耳畔仿佛有千百万童声在齐唱着这样一首歌：

我们新中国的儿童，
我们新少年的先锋，
团结起来，
继承我们的父兄，
不怕艰难不怕担子重，
为了新中国的建设而奋斗，
学习伟大的领袖毛泽东……

我们这一代人，就是唱着这首歌长大的。红领巾是我们的骄傲。少先队队礼表达着我们对美好事物的崇高敬意。少先队队鼓使我们的童心激动无比。我们这一代中的人多数幼年、童年乃至青少年时期不知巧克力为何物。五十个人的玩具加在一起也没有儿子的玩具多。一件新衣服会使我们欢欣雀跃。新衣服是爸爸或者妈妈买的，可我们都普遍地认为最应该感激的是毛主席和共产党。没有毛主席，就没有共产党。没有共产党，就没有新衣服。我们的父辈虔诚地在我们的头脑中打上这种“胎记”。全社会唯恐我们忘却了我们来到这个世界上并且生存下去的意义只有一个——知恩图报。后来我们长大了。我们就开始唱另外一首歌：

> 我们年轻人，有颗火热心，要为真理而斗争，哪里有困难，哪里有我们，赤胆忠心为人民，不怕千难万险，不怕山高海深，高举革命的大旗，激浪滚滚永向前，永向前！……

我们唱着这首歌经历了“三年困难时期”。我们这一代大多数人的胃，消化过野菜、草籽、树叶，而人造肉、豆饼、糠皮在我们看来是好东西。可我们唱那首《青年进行曲》时声音嘹亮，并不气短。

……

于是，我们的热爱之情、感激之情，集于一人一身，明白而又明确。

于是，在“文革”中我们这一代的热爱、敬仰、崇拜、服从便达到了“无限”的“光辉顶点”。这是整整一代人的狂热，整整一代人的迷乱。而整整一代青年的迷乱与狂热对于社会来说，是飓风，是火，是大潮，是一泻千里的狂澜，是冲决一切的力量！当这一切都过去之后我们累了。当我们感到累了的时候，我们才开始严峻地思考。当我们思考的时候，我们才开始真正长大成人。当我们长大成人了，我们才感到失落。当我们失落了，我们才感到愤怒。当我们愤怒了，我们才感到失望。当我们感到失望了，我们才觉醒。当我们觉醒了，我们才认为有权谴责！试问，有什么比这一代人精神上所造成的失落更空洞？有什么比这一代人所感到的失望更巨大？有什么比这一代人的谴责更激烈？

然而今天，当中国的历史又翻到崭新一页的时候，我与我的同龄人谈到毛主席的时候，几乎所有的人都说过这样的话："毛主席是一个伟大的人物。"

历史的评价是那么公正地体现在我们这一代人身上。我们不再是历史的奴仆。我们拿历史来作我们的眼睛。我们用我们的思想来做中国这一段历史的终结。它将不仅仅是用文字写在种种历史的或政治的教科书上，而是用我们昨天的和明天的社会行为写在我们的心理历程和思想历程上。

我对沃克讲到这样一件事：不久前我到河南某市某工厂去体验生活，见一车床前竖立一木牌，上写"光荣车"三个红字。我以为操作这台车床的青年工人是劳模，一问却不是。原来某领导同志到这个工厂来视察过，同这个工人握过手，说过几句话。我问："谁让竖这块牌子？"

答曰："厂党委决定的。"

又问："不影响视线吗？"

答曰："当然影响。"

再问："出了事故怎么办？"那青年工人默然。

问："你并不喜欢在自己车床前竖这块牌子吧？"说："叫我如何回答你呢？"我对他讲，他应该向领导阐明利害，建议领导去掉这块牌子。他说："这样的建议怎么能向领导去提呢？"我说："那我替你去向领导提。"他慌了："千万别，领导会以为我对你说了什么不该说的话。"我说："你放心好了，我只字不提你。"我便去找这个厂的领导们，希望他们去掉那块木牌。他们大不以为然，都用不乐意接受的目光瞧我。我说："这不仅是我的希望，也是我的批评。每一个中国人在今天都有权对这一类事情提出批评。第一，那块牌子竖在车床前，一天不擦，就会积满灰尘，有碍观瞻。天天都擦，使工人增加了一件小小的麻烦事。他们嘴上不说，心里并不高兴。崇敬若非出于自愿，定适得其反。第二，它挡住光线，也挡住工人的视线，违反安全生产条例，也许会成为什么不幸事故的隐患。第三，中央领导同志肯定不知道你们这种做法，知道了也会批评你们。第四，它早早晚晚是要被去掉的。早去掉，主动。晚去掉，被动。晚去掉莫如早去掉的好。第五，它竖立在那里，没有任何实际意义。"他们面面相觑了一阵，其中一个说："我们将那块牌子竖在那儿还没多久。竖在那儿的时候，无须解释什么，人人明白。再由我们决定去掉，总得解释几句吧？不解释不太像话吧？可又叫我们如何向工人们解释呢？"

传统是一种无形的力量。照"传统"去做什么事，人们大抵心安理得。但某些"传统"也往往是一种腐朽的力量……

我想，他们在车床旁竖起那块木牌时，内心里的虔诚无疑是要比迷信的老太婆拜菩萨少得多的，否则他们绝不会对我说出那么一番左右为难的话。他们不过是习惯地按照"文革"中的一种"传统"行事罢了。没竖起之前是木头，竖起之后就成了"圣物"。若再去掉则有亵渎之嫌。我想了一会儿，便对他们说："不必为难，小事一桩。我有三全其美之策，保证做得使你们满意。"

几日后我离开那工厂时，他们主动问我，那“三全其美”之策落实没有？

我回答落实了。

他们继而追问何策。

我告诉他们，我已给中央办公厅写了一封信，请他们转中央领导，由领导批示，他们照办就得了。

他们尽数哑然、怔然、愕然。

我笑盈盈道：“由中央领导同志亲自批示去掉‘光荣’牌，显示了中央领导同志以身作则地反对个人迷信，反对个人崇拜的共产党人风范，此谓一美。你们坚决照办，坚决执行，只需向工人传达此示即可，不必作任何解释，此谓一美。工人们受一次反对个人迷信，反对个人崇拜的现场教育，此又谓一美。故谓‘三全其美’，难道你们还有什么不满意吗？”沃克听我讲到这里，忍俊不禁，大笑起来。

一个月后，我陪沃克到八达岭游玩。正值京郊万山红遍的季节，风和日丽，天高云淡，站在万里长城之上，俯瞰四野，极目远眺，心旷神怡，顿生叹人间沧桑，发思古之幽情。我斜倚长城堞口，吸着烟，向沃克讲了孟姜女万里寻夫，哭倒长城的故事。

“太美了，太悲了，爱得太伟大了！孟姜女的爱情，是应该与长城共存于后世的！”年轻的瑞典文学博士竟大受感动，泪水旋旋欲坠。

沃克要为我拍一张照片，忽然有一人鬼鬼祟祟地凑到我们跟前，低声问沃克：“买毛主席像章吗？要外汇。”“你卖毛主席像章？”沃克惊讶地反问。

那是一个年轻人，身材很高，穿一件驼色毛料西服，皮鞋闪闪发光，几乎一尘不染。发式也很潇洒，架宽边珐琅框眼镜。样子颇有几分书卷气。我早已见他在游览长城的外国人中周旋，以为他是陪同翻译，未格外加以注意。我问：“你是干什么的？”

他乜斜了我一眼，说：“你刨根问底的干吗？我是在和这位外国先生做买卖，又不是和你！”转对沃克说：“先让您见识见识货色！”便解开西服扣子，将衣襟对迈克一敞——在他的西服里子上，在他的毛衣上，缀挂了大大小小、各式各样的毛主席像章，向我们展示了一个“琳琅满目”。“一手交钱，一手交货，人民币一分不要！”对方说着，关上了他的“商品橱窗”。斯文的瑞典文学博士，突然用极其粗野的中国话骂了一句……

“不买拉倒，你怎么骂人？！”对方慌乱地扣着衣兜。我说：“你真是生财有道啊！快滚，要不对你可没好处！”“我滚，我滚，何必呢？买卖不成仁义在嘛……”那人嘟哝着转身怏怏地溜掉了。

我和沃克互相望着，游兴一扫而光。

沃克低声说：“我想回去了。”

我说：“那我们走吧。”

我们默默走下长城，乘沃克的小汽车离开了长城。

作为一个中国人，我在自己的外国朋友面前，心中已不复是感到羞耻，更加感到悲哀。

人类有一种不良的心理，我们叫它“报复”。历史有一种无情的规律，被历史学家们解释为“逆转”，被哲学家们解释为“走向反面”，被迷信者们解释为“轮回”。

……对金钱的贪婪必定迷乱一个民族的心智。建设“中国式的社会主义”是对“以阶级斗争为纲”的“社会主义”的反思，但物质文明并非与精神文明天生连体的双胞胎。所以我最反感各种报纸，宣扬“时间就是金钱”这种观念。

时间是历史，是生命，是无尽的永远接续的成功与失败的记录，是一个国家、一个民族的命运。时间意味着一个人、一个民族、一个国家的存在，而后者存在的真正意义绝不是用金钱覆盖地球。

时间不等于金钱。“时间就是金钱”却等于说“金钱就是一切”。于是我想到了北京流传的一句话——“十亿人民九亿‘侃’，还有一亿在发展”。

“侃”者——“侃大山”之谓也。虽然夸大其词到了耸人听闻的地步，却道出了现实的某一“剪影”。

富则兴许富得很快，却未必会使中国人变得更像二十世纪八十年代的现代人。一路望着车窗外飞闪的树木，我的头脑中闪生着许多思想的碎片。

与沃克分手时，他说：“当着你的面骂中国人，我总感到对你是一种严重的伤害。”我说：“别介意。”他笑了，我却笑不起来。他告诉我，他要到重庆去一次。我问他公事私事，多长时间，他说一切待他回来后向我“汇报”。半个月后，沃克又出现在我家里，我用枣粥、炸年糕款待他。我不主动问他到重庆干什么去了，虽然我那么想知道。不探问别人的私事——我尊重这种西方的礼貌。不知为什么，我断定他到重庆去是为了某件私事。他脸上洋溢着发自内心的快乐，似乎更年轻了，也似乎更潇洒了。

吃过晚饭，我吸烟，他喝茶。他不吸烟，正如我对再好的茶也不感兴趣。他跟我谈最近的几场足球赛。我在电视里看足球赛时，无论如何激动不起来。我坦率地告诉他，能够使我激动起来的只有两件事——看书和打斗片，再谈一次恋爱都白搭。他表示大为怀疑地问："你也看打斗片？"

我说："太爱看了！不知为什么，我走在马路上的时候，经常产生一些极其古怪的念头，比如一掌击断一根水泥电线杆，运用气功使一辆疾驶的大卡车骤然停住什么的……"他就开心地笑。笑罢，瞧着我的脸，忽然问："你为什么不问我？"我佯装莫名其妙，反问："问你什么？"

他说："问我到重庆干什么去了啊。"我说："你说过回来后向我'汇报'的。"他说："我不'汇报'，你便不问？"我说："是的。"他说："我现在希望你问我。"我说："如果是这样，那么我问——你到重庆干什么去了？"他说："为了爱情。""爱情？"这我可万万没想到。"我爱上了一个重庆姑娘。"他庄严地说。我这才看出，洋溢在他脸上的，不仅是快乐，而且是由衷的幸福。他问："你还记得我们当年离别时，在上海朱家角小饭馆的谈话吗？"我回答："记得。"

是的，我记得。他曾说他如再到中国来，希望寻找到一个能做他妻子的中国姑娘，而且望我帮他寻找。我认为爱情靠的是机遇，靠的是命运。所以我从未履行自己当年的承诺。沃克毕竟是个外国人，将一个优秀的中国姑娘介绍给一个外国人做老婆，总有点不当。

十

据我所知，目前凡做了外国人老婆的中国姑娘，大抵凭的是脸蛋和身材。外国人可不会因为一个中国姑娘"心灵美"而爱她。

选择带有物质属性的东西便要讲求质量。只有漂亮的脸蛋和美好的身材那不过是“包装美”，算不上十分优秀。拿这样的标准来衡量，就我所知的几例，不过是“输出”的“花瓶”而已，物质属性为主的东西。

我无法猜测到沃克爱上了一位什么样的重庆姑娘，希望他爱上一个优秀的，他到底还是我的朋友。沃克见我一言不发，忍不住又说：“你为什么不问我爱上了一位什么样的姑娘？”我说：“我想她一定很漂亮。”沃克说：“比刘晓庆还漂亮。”

我说：“我认为刘晓庆是位出色的电影演员，可从来也不认为她是个漂亮女人。”沃克说：“影迷们不是都认为刘晓庆很漂亮吗？”我说：“道理很简单，刘晓庆如果不是电影演员，就不会有那么多影迷认为她漂亮了。”

沃克大为扫兴，情绪有些低落。我其实并不愿扫他的兴，便问他怎么与那姑娘认识的。

他含糊地告诉我，是在一位干部家中认识的。“她报考电影学院表演系，没考上。被那位干部的儿子看上了，我就与她的情人展开了一场争夺，结果我大获全胜。”我一声不吭。

我知道，电影学院或戏剧学院或其他什么剧团歌舞团招考时期，正是纨绔子弟们“采花逐蝶”的季节。文明点的就“凤求凰”“蝶恋花”，肆无忌惮的就“王老虎抢亲”。考场上被淘汰的姑娘们，就转向情场上去碰碰运气。当不成演员，能做某某大人物的儿媳妇、孙媳妇或近乎的什么角色，虚荣心理也获得了些许满足。世界从来分为两大阵营——男人和女人。某些姑娘的美貌在她们自己看来不过是“通货”，是“股票”。可悲的是不能存入什么银行，吃点“利息”。岁月无情，时间总使美貌贬值，不趁行情看涨换点什么是最大的浪费。

沃克见我半天不语，低声问："你是不是认为我……不道德？"

我说："争夺者的胜利从来都是被争夺者的最终选择。我不过是在考虑你碰到的究竟是不是一个好的。"他说："小雯当然非常好！不但漂亮，还很……"嗫嚅地不说下去。

"还很性感？"我替他说完。

"是的。"他脸微微一红，又说，"就是文化太低，才小学水平，字也写得太糟糕。不过这不要紧，我会帮助她提高文化水平的，还要教她学外语。我想在我的帮助下，她以后至少能掌握两门外语——英语和瑞典语。"他有些兴奋起来，接着便对他的小雯大加赞美。

我的外国朋友对我赞美一个中国姑娘，而且这姑娘又将成为他的妻子，我心中自是很高兴的，这总比他当着我的面骂中国人好，但他的许多赞美之词使我心中产生忧郁。一个才小学文化水平，字也写得太糟糕，还想当电影演员，当不上了就成为一个素昧平生的纨绔子弟家中的寄宿客，最终又倒入一个外国人怀抱的中国姑娘，总有令人感到不那么可爱的地方。

于是我就说："沃克，百闻不如一见啊，哪天你带她来玩吧！"沃克说："我怎么能不带她来呢？下个星期六我们来，一定！"

沃克告辞后，我的情绪一直忧郁。妻问："你又怎么了？"我反问："你觉得沃克与小雯的结合会美满吗？"妻说："你脸上的皱纹够多了，省点心吧！"

我想也是，就开始跟儿子疯一阵。我一边给儿子当马骑，在地板上奔跃驰骋；一边不可摆脱地继续想——将来我的儿子长大了，我是无论如何绝不允许他给我搞回来一个才小学文化水平，字也写得太糟糕、一心想当电影演员的儿媳妇的。这种姑娘怎么也不能引起我的好感，当客人对待也觉得别扭，更别说当儿媳妇了！

星期六，妻提前半天下班，从三点多钟就开始忙忙碌碌地做饭炒菜，预备款待沃克和他的小雯。我拿本书，带着儿子在厂院玩。

忽然一辆小汽车在我身旁停住，我认出是沃克那辆乳白色的旅游小汽车。车门开处，沃克春风满面地钻出，打开后车门，牵着手引下一位姑娘来，向我介绍她便是小雯。她身材窈窕，穿件样式美观大方的藕荷色连衣裙，一双咖啡色高跟皮鞋，长发披肩，化了妆，不算过分。颈上挂着一串金项链。对我笑笑，脸腮上梨窝浅现。我暗想：还可以。没看出多少明显的俗来，但也说不上如何漂亮。北影厂漂亮姑娘我见得多了，对美貌的评价就有点苛刻。

她可不像二十四岁的姑娘，倒像一位颇有风韵的少妇，也许正因为如此，在沃克眼中，才很性感，这是女人们对付男人们的强大武器。我想沃克肯定已受“内伤”。还有她那笑，也说不上妩媚，也说不上娇娆，更说不上天真烂漫。怎么说呢？总之令我觉得放射出一种独特的魅力，也显示出性感的成分。

这可真是挺要命的！笑非表情，而属武器，在女人身上可怕的意味就大大超过可爱的意味了。

我已在电影制片厂工作多年，对这类女人和她们的笑颇有研究，这是一门学问。掌握了这门学问，就不太容易被她们迷乱了。

她们尽是一元一次方程，你不必列式便能解出“根”。

虽然表面看不太俗，却分明不属优秀。我心中暗暗替沃克悲哀，我深知我这位外国朋友并非到中国来寻花问柳的，他是要找一个妻子。可他对所谓“东方女性美”却有点书呆子的盲目崇拜。殊不知这玩意目前已成了“大熊猫”。我抱起儿子，陪他们回家。

儿子却要叫“阿姨”抱。她便将儿子抱了过去。儿子不回家，要进小汽车里玩。她说：“那我就陪孩子先在车里玩会儿吧。”

沃克见我的儿子很喜欢他未来的妻子，特别高兴，同意了。我们上楼时，沃克问：“你看她怎么样？”我说：“挺好，挺好。用你们西方人的话讲，挺性感的。”

却暗想：沃克，沃克，你是太求妻心切了些呵！沃克说：“你一定没看出来吧？她非常爱生气呢！前天我陪她逛友谊商店，她看到一件貂皮大衣，要我买下来，我没买。她就生气了，晚上不理我。今天我把钱都带出来了，是她先陪我到你这里，还是我先陪她去友谊商店，我和她争论了半天，最后我大获全胜！”他脸上洋溢出一种快乐，仿佛女人的脾气对他是特殊的受用。

我说：“博士先生，女人的脾气永远和男人对她们的爱成正比，这一点你都不懂吗？我看她是个很聪明的女人，会掌握分寸，不超过极限的。”

沃克笑了，说：“想不到你对女人很有见解。”我说：“别忘了我是作家，研究女人是我的职业本能。”

上了楼，妻正在做饭。妻急切地要见到小雯是个什么样的姑娘。关了煤气，停止了操作。我和沃克连屋也没进，又陪同妻走下楼来。这两个女人的见面，好像两位外交官夫人的初次结识。

妻腰里还扎着围裙，将小雯当成老朋友似的，拉着手亲亲热热地说话。小雯则显得那么矜持，矜持中流露出几分高傲。那种对于男人是武器的微笑，在妻面前又变为盾牌，遮掩着只有女人们之间才能敏感地看出的什么。

她的高傲在我内心里引起了一种潜在的厌恶。虽然什么也没交谈，我却觉得已经将她看透了。我心中忽然产生一个念头，趁她还没与沃克结婚，我应该坦率对沃克讲出我的直觉印象，否则对不起朋友。如果沃克只是一时迷乱地爱上了一个女人而不打算与之结婚，我的话未必起什么作用，但他是要娶一个女人做自己的妻子，我的话对他肯定会发生重大影响。我知道这一点。

妻和沃克却分明什么也没看出来。既没看出小雯那种令我厌恶的高傲，也没看出我内心有所活动。他们都高兴得太早了。沃克的高兴，无疑是因为感到幸福。妻是因为沃克高兴自己才高兴。

儿子不肯从小汽车上下来。

小雯提议，让沃克带着她和我的儿子去兜兜风。沃克征询地看着我，我点头表示同意。儿子早已与“沃克叔叔”厮熟，会乖乖地听他的话。

他们开车走后，我和妻回到家中，首先交换印象。妻说：“挺漂亮的。”我说：“包装如此。”将心中的念头告诉了妻子。妻说：“你可千万别作孽啊！”

我就有些犹豫起来，不知对沃克讲算作孽，还是不讲算作孽。我帮妻将饭菜做好，沃克“伉俪”还不回来。我一次次蹬着自行车到厂门口去迎，终不见他那辆小汽车的影子，心中不悦。

妻一遍遍嘱咐我：“他们回来后，你可千万别给人家冷脸看啊！”两个半小时后，他们才回来。沃克抱着儿子，儿子抱着一个电动火车，小雯拎着一个纸板衣箱。

儿子一被放到地上，就将全副注意力集中在那辆电动火车上。它呜呜呜地叫，在地板上跑来跑去，儿子在它后面爬来爬去。我相信那时对儿子说电动火车要用爸爸来换，他也会舍得我的。妻问小雯："买了件什么衣服？"小雯回答："貂皮大衣。""貂皮？那得多少钱呀？"妻不胜惊羡。小雯淡淡一笑："才三千九百多元。""天！……"妻瞪大了眼睛，就请求小雯打开衣箱让她欣赏欣赏。我瞪了妻一眼说："吃饭吧！"这顿饭吃得并不怎么欢快。刚刚吃完，小雯便看手表。妻问："你们今晚还有别的事？"小雯说："去海员俱乐部参加舞会，瑞典大使馆举办的。"我说："那我就不留你们了。"沃克看着小雯说："再坐会儿吧？"小雯不语，他只好站起。妻送小雯下楼，沃克有意缓步，对我说："三天后我们将在海员俱乐部举行婚礼。我希望你们夫妻能抽出时间去参加。你知道，我的中国朋友不多。你是我在中国留学时期的同学，是我最好的中国朋友，又是一位年轻的中国作家，你能参加我会感到特别高兴的。"

我说："到那天再说吧！有没有时间参加，我会提前打电话告诉你的。"他从皮包里拿出一份打印着中英文的精美请柬，郑重地交给我。

那时刻我真想将一直盘绕在头脑中的念头说出来，但努力克制了。沃克又说："你了解的，我们瑞典人，对性的观念是很开放的。我之所以要在中国与小雯举行婚礼，而不在瑞典，为的是让人们知道，我是按照中国的观念娶妻的。将来我也要尊重中国这一观念。你相信吗？"

我说："相信。"是的，我完全相信。沃克是位对待爱情和婚姻比较严肃的外国人。正因为我完全相信，心中才忧郁。

我没去参加他们的婚礼。几天后收到沃克一封短信，知他与小雯完婚后第三天，便双双回瑞典探望他的父母双亲去了。信中说他们要在瑞典住一个月。

但是三个半月后他才又出现在我家里，内心里似乎藏着许多难言之隐。我问他为什么不带小雯一块儿来。他说："小雯今晚跳舞去了。"我便不再问什么。以后他又恢复了单身时的习惯，每个星期六晚上必开着车到我家来吃晚饭，却再也没有带小雯来过一次。他的快乐消失了。他内心的烦恼似乎越来越重了。

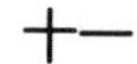

一九八五年的除夕之夜，沃克也是在我家中度过的，仿佛他仍是单身汉。那天我们喝酒了。他带来一瓶外国酒，我拿出的是中国红葡萄酒。他喝得有些醉了。

我忍不住开诚布公地说："沃克，你再也不能对我隐瞒什么！你和小雯之间究竟发生了什么事？我要求你告诉我！因为我是你在中国最好的朋友，我有责任了解！""我真没想到，她会是那样的女人！"沃克盯着酒瓶说，"她严重地践踏了我的自尊和人格，我恨她！她什么都不肯学。她自私。她认为有了美貌就有了一切！她以我的妻子的身份整天出入各种社交场合，认识的外国人比我认识的还多！她居然背着我接受其他外国人送给她的贵重首饰！这是我无法忍受的！她还与人约会，情书往来。""什么人？"我简直不能相信。

"美国人。""什么身份？""记者。"

“哪家记者？”沃克说出了美国一家大报。“你胡说！”我吼道，“你在用谎话欺骗我！……”

“我？……胡说？……”沃克的眼睛定定地瞧着我。“对！就是这样！”我站了起来，在房间里来回走动，最后站在沃克面前，大声说，“你在中国耐不住单身汉的寂寞了，你希望有一个中国姑娘能在中国合法地晚上陪你睡觉，在你感到无聊的时候为你解闷儿！如今你对她腻烦了，就编造出这些谎话，为你抛弃她在我面前制造口实！如果你拿不出充分的证据证实你的话，你就不再是我的朋友！你在我心目中就与那些欺骗和玩弄我们中国姑娘的外国佬没什么两样！……”

在地板上搭积木的儿子抬起头，不安地瞧着我，不理解我何以突然对“沃克叔叔”大光其火。

“你这是干什么？！你怎么能这样对沃克说话？！”妻严厉地制止我。沃克呆望着我。

“对不起，我有些醉了。”我因自己的失礼感到羞愧，重新在沃克对面坐下。“你没醉。”沃克低声说，从衣兜里掏出一封信递给我：“你看吧！既然你把我想象得那么坏，你看吧！如果你刚才不对我说那样一番话，我绝不会将这样一封信给你看的。我的自尊心不允许我这样做。”

我犹豫了一下，接过来看。那是一封情书，是小雯的字。在沃克送给我的他们的八寸结婚彩照背后，有沃克的签名，也有她的签名。

我认出了信上确是她的字迹。笔画歪歪扭扭、紧紧巴巴的，像蜷缩在母腹中的婴儿。满纸难看的中国字，写的尽是不知羞耻的词句。确是写给美国人的。不，一个美国人。

看完后，我半天不知对沃克说什么好，也找不到能够安慰他的话。妻从我手中拿过那封信去看。看完后，愤愤地说："沃克，离婚！你和她离婚！这样的女人，怎么还配做你的妻子？你不肯离的话，我们可就太瞧不起你了！……"

沃克说："不，我不能。这正是她巴不得我作出的决定。只要我一与她离婚，那个美国人就会想方设法将她带到美国去的。我就会遭到耻笑！那个美国人比我有钱，有地位！这件事会使我的父母感到难堪，也会影响到我回国后谋求职业……"他拍了一下桌子，显得那么冲动。我和妻都同情地望着他。一阵长久的沉默之后，沃克又低声说："也许我不该对她讲实话。"

我问："什么意思？"他说："我告诉她，也许在中国的这两年，是我以后十几年内经济情况最好的两年。因为我在中国享受的是专家待遇。虽然我获得了博士学位，但回国后得自谋职业。如果没有地方聘用我，我就会成为一个失业者。所以我劝她，为了我们今后的生活，不应要求我给她买那么多奢侈而无用的东西。在我同她进行了这样一场严肃的谈话后，她才结识了那个美国人。就是这样，我什么都如实地告诉你们了……"

我说："你能不能将她带来一次，让我同她谈一谈？"他说："这我办不到。这根本不可能。虽然你是一位作家，但在她心目中毫无地位。她瞧不起你，正如你瞧不起她这一类中国姑娘一样。她对文学不感兴趣，她对一切艺术都不感兴趣。她崇拜的只是金钱。她感兴趣的只是社交、舞会、服装首饰和吃喝玩乐……"

妻忍不住打断他的话说："那么对她就毫无办法了吗？"他又沉默了一会儿，喃喃自语地说："只有一个办法，我在中国的合同一到期，就带她立刻回瑞典。摆脱了那个美国人的纠缠，她也许会变好……”

一九八五年的除夕，我们过得一点也不愉快。沃克十一点之后才忧虑地告辞。我和妻躺在床上，熄了灯，还一直在谈论他和小雯的事。妻后悔地说：“当初我真不该反对你阻止沃克与小雯结婚。”我什么都没说。

我在想：金钱、金钱、金钱，它使多少中国姑娘将自己的青春和美貌，廉价地奉献给了某些外国人啊！或者一次性地“拍卖”，或者“零售”。她们在这种交易中显得那么匆匆忙忙，那么迫不及待，仿佛“机不可失，时不再来”。她们简直有点“不惜血本大牺牲”。在这种交易中，她们的青春和美貌是秤砣。爱情，如果有的话，不过是秤星。为了金钱，舞蹈演员嫁给浑身铜臭的鄙俗商人。为了金钱，电影明星甘做外国佬的“厨房夫人”。小雯像外国人玩弄中国姑娘一样，玩弄了一个外国人！是一报还一报吗？不过它落在我的外国朋友申·沃克头上，有欠公允，也不仁义。

小雯使我联想到了巴尔扎克笔下的“贝姨”“搅水女人”，左拉笔下的“娜娜”。外国人在中国廉价地得到了多少，总有一天他们也将为此付出多少！就好比火药从中国传到外国，八国联军的洋枪队再利用它入侵中国一样！这是观念对观念实行的报复，生活方式对生活方式实行的报复。金钱——美貌能够兑换金钱，不妨也可视为金钱——对金钱实行的报复。小雯以特殊的方式向到中国来寻花问柳的外国人警告：小心报复！

只是我多么为沃克悲伤！

枯干的树枝被月辉投映在窗帘上，像动脉、静脉、毛细血管。野猫在天棚乱窜，发出一阵阵令人惊悸的叫声……整整两个月，沃克没有再来我家。

他最后一次来时，车内放着一台二十英寸日立牌彩色电视机。

他告诉我，他在中国工作的合同已经期满。办事机构对他的工作很满意，希望他延长合同，他没有答应。他要回瑞典，机票已订好了，第二天离开。

“我唯一感到欣慰的是，一直到我离开中国，你都是我的朋友。两年多来，你们夫妻一直视我为最受欢迎的客人。每次到你家，我都体会了这一点。十年内，也许我不会再到中国来了，这辆小汽车、这台电视机，送给你们作纪念吧！……”他真挚地对我说。

我表示接受他的好意，却不能接受他的小汽车和电视机。

我拿出储蓄存折给他看——我的存款当时已足够买三台彩色电视机，不过有黑白的看着，不急于买。

至于小汽车，我不会开，没处存放，更弄不到汽油，它只能给我带来许多麻烦。

“我真傻，”沃克说，“明知你不会接受，可我还是……”我说：“沃克，记住两句话：‘君子之交淡如水’‘不轻受一文，不敢忘一粥’。这是我们更多的中国人做人的原则。我们要努力保持我们中国人的民族自尊。我们不但靠发展经济，也靠保持民族自尊，才能自立于世界各民族之林。接受了你的小汽车和电视机，我作为一个中国人的心理，将会感到永远失去了平衡。希望你能谅解我……”

我将预先买下的一对景泰蓝花瓶送给了他……沃克回国一个半月后，我才收到他的信。

信中说：我在中国，按照中国的观念与小雯结婚。我在瑞典，按照瑞典的法律已与小雯结婚。她将在瑞典居住半年以上，然后获得瑞典国籍。请你不必为她的处境担忧，按照我们瑞典的离婚法，半年内我将担负她起码的生活费用。她很善于交际，周围已经开始有了一些新的朋友。她还有“本钱”。我倒有点佩服她了，一个重庆街道小工厂每月三十多元工资的保育员能到瑞典；继而将去美国，不靠权势，不靠关系，她不是很了不起吗？我已不再恨她。我重新评价她、认识她。我觉得她身上有一种西方女性的冒险精神。以前不少西方人到中国冒险，如今某些中国姑娘到西方冒险的世纪似乎开始了，用你们中国人的话说，她算不算一个“女强人”呢？但愿她在美国交好运……

我回信说：目前的中国，政策对外开放，几乎使每个中国人都渴望扩展自己精神的、思想的、观念的、经历的和生活的天地。更多的中国人凭的是天才、学问、知识、勤奋，在国外获得荣誉和学位，使全世界相信中国人的普遍智商一点也不比西方人低。他们是真“强人”。而小雯，不过是一个商品化了的女人。因而她的冒险精神，不过是“通货膨胀”现象。这种女人，中国有，瑞典有，美国也有。过去有，现在有，将来还有。

半年后，沃克从英国给我来信，告知他经朋友推荐，在英国某大学任教。附带一笔，小雯已获瑞典国籍，到美国去找那个美国人了……

我就想到了《娜娜》这本书结尾的两句话：打到巴黎！打到巴黎！……

算来她已经二十五岁了。小学文化水平，字写得很糟糕，没有任何才情，只有一张漂亮的脸，只有一具女人的身体，再从纽约“打”到巴黎，她又能混得怎样呢？作为一个将自身当成征服世界的武器的女人，她永远达不到“娜娜”那么“辉煌”的顶点。

我将沃克与她那张彩色结婚照翻了出来，一剪刀从中间剪下了她，撕碎后扔进了纸篓。

她已不再是中国人，也不再是我的外国朋友的妻子，我没理由在我的影集中保存这一“商品”的“广告”。

除了沃克，我还与几位外国人有过友好交往：三位日本人、一位美国人。三位日本人是北京大学中文系留学生佐藤素子、外语学院留学生原田秀美、日本综研化学株式会社工程设计事业部中国室室长味方重雄。那位美国人是美国加州大学圣地亚哥分校中国研究课程主任毕克伟教授。

门户开放，身在文学艺术界，谁没几个外国朋友呢？我引以为荣、引以为傲的，从来都不是我的作品。我深知它们在中国当代文学史中的档级。我值得自傲的是，在我与外国朋友的交往中，我遵循着老祖宗们的一句古训——“不轻受一文”。我从来没有向外国朋友提过任何请求，诸如出国啦，从国外带什么东西啦，兑换外汇券啦……对于为了得到某些洋货，为了出国，为了其他种种个人好处和欲望，而忘记自己应该怎样做一个中国人者，我——一个共和国的同龄人，大声对你们说：我一概瞧不起你们！

我这人今后可能会犯三类错误：因为写了一篇什么不合时宜的作品而受批判；违反交通规则而被罚款；有朝一日失去理智堕入情网而播“逸事”于文坛，传垢柄于世人。

即使在我犯了这三类错误以后，我也还要对你们说：我瞧不起你们！

噫！不好了！

打住！打住！我这篇笔记是该就此打住了！言多必失！而且我已“失”过几次了！就在前不久，有同志要求我去给中央党校研究生班讲点有关文学的知识。本不愿去。到中央党校，我算个人物吗？配去讲吗？但那诚意实很难却。断然拒绝，又未免显得过于“高傲”。拖了几次，终拖不过。便去了。便讲了。结果就生出是非来，有人写信至某中央领导同志，说是梁晓声大谈自己不是一个共产党员，并且永远不想加入中国共产党！于是中央领导同志指示：查查这个梁晓声平时表现如何，查查是谁“请”他到党校去。果有其事，要严肃处理。于是就有调查人员到中央党校去调查。

安有其事？

我们的党毕竟正在恢复着实事求是的作风。调查结果是“梁晓声的讲话基本上还是进步的”。一个非党员作家在中央党校的讲话，“基本上”是“进步”的，也就可以了吧？如今谁敢说自己的话句句都正确无比？

党的实事求是的作风保护了我。人生易老天难老。

屈指算来，我成为北京公民已经九个年头了。九年内，我们的国家发生了许多重大变革。我们北影厂的大门，架上了民族风格的牌楼。我由二十八岁而三十六岁。跻身于热热闹闹的文坛，离群索居，苦心经营地“爬格子”，同时往自己的瘦脸上刻皱纹。

今天，我在昌平的一座园林招待所里写下这篇散记的最后文字，这地方叫“红泥沟”，附近有个小村叫“虎峪村”。时已入冬，西北风从大山深处窜出来，猛烈地呼啸着、嘶嚎着，从树枝上往下掠着枯叶。整个招待所大院里，算服务员在内，只五六人，几排空房，门扉作响，仿佛闹鬼。还没来暖气，我的房间冻手冻脚，呼气可见。桌上，几枝月季，插于瓶内，蓓蕾维持着最后的生命力。是我白天剪下来的，不忍它们于寒冷过后，落红满地。

稿纸旁放着一封无落款地址的匿名信——编辑部转来的，刚刚读罢。信中说："梁晓声，你小心点！像《溃疡》那类狗屁小说，奉劝你今后少写！用小说和我们对着干，没你什么好结果！有朝一日看我们如何整治你！……"

充满威胁的一封信，倒不怕，就是有点冷。

冷也还是要写下去。我们毕竟是社会主义国家。他、他们，是否也沿用一颗子弹夹在信中，向一个作家挑战？

好吧，我就应战！手在抖，心在寒。不是因为冷，是因为愤怒……北京，北京，我在心中呼唤着你，像呼唤母亲一样。我多想依偎在你的怀中，暖暖我的身子，暖暖我的心！同时，让我倾听母亲的心脏——是在怎样有力而安稳地跳动着。母亲心脏的动音，对我来说是一支摇篮曲。

也是我们时代的沉重的鼓音。我仿佛倾听到了，沉重，然而多么有力！母亲，母亲，我爱你！

我们爱你……

第一次去深圳

深圳林立的高层建筑的确使我非仰视不可。然而未能使我惊异。高楼不过就是很高的楼而已，不过就是金钱的立体结构而已。除了高并不能说明其他的。一座城市不但需要高楼，还需要其他的。我想深圳作为一座城市是太缺少其他的了。那也许对于一座城市是很重要的。我想一个人选择深圳这样的城市生活挺不错。但小说家在这样的城市里也许会感到窒息。文学绝对需要一种文化的传统和氛围来养育。深圳它太新了，新得使人难以寻找到一点文化的痕迹。

曾有好心的朋友怂恿我调往深圳——我一经踱入它到处闪耀着马赛克光泽的门户，便从此打消了投靠它的念头。我觉得它和我格格不入。我本能地疏远它，对它怀有戒心，并且抵御它可能对我产生的诱惑，好比抵御一个脂粉气太重的女子可能对我产生的诱惑。也许它肯慷慨地为我提供住房？可是我猜想我在“她”的怀抱里会感到灵魂无倚。人的灵魂总还是需要一点儿温馨的。所谓现代文明对现代人的危害恰在于此。故现代人在匆匆忙忙地拥抱现代文明的同时，其灵魂将无处逃遁。现代化与现代文明之间的深刻的关系在于——与其说现代人拥抱现代文明，毋宁说现代文明纠缠住现代人；与其说现代文明是现代人的“舞伴”，毋宁说后者更是前者的“舞伴”。如果不是时代跟着人的感觉走，而是人跟着时代的感觉走，那人是可悲的。人终究还不过是时代的奴隶。最典型的消费城市是最缺少温馨的。“夜总会”和“卡拉OK”里的温馨情调本质上是虚假的，是人付出了真实之后，为了安慰自己制造的。我觉得大多数深圳人太跟着深圳的感觉走了，而深圳你又在跟着一种什么感觉走呢？你真的就那么感觉良好吗？……

那天晚上我在两座立交桥之间迷路了，转了一个多小时，就是回不了我住的招待所。不得已坐上了一辆出租小汽车。十五元坐了五分钟。司机显然有意兜了一个小圈子，否则三分钟也到了。可是我问他路时，他却不告诉我。晓红同情地说这十五元的车费就由编辑部来报吧。我说完全是我自己的过错，不能由编辑部来报。我没将票据给她。她说晓声你太认真了。我说这些方面我愿意认真。

第二天我们一人带了两个面包去沙头角。九点半到达。通过检查站，我们便融入了小小一条街的人流，不时彼此呼唤才能免于失散。我提议还是分开行动，都自由些。陈大姐和晓红同意了。我们确定下午四点在检查站外相聚。

我半小时便走完了那条街。什么也没买。没什么可买的。我在一家书店转了几分钟，希望发现一两本别处买不到的书。却连这一小目的也落空。那条街上最多的是衣服。女性的时装或准时装，我没看出款式有什么别致的，漂亮的女人绝对不是非穿漂亮衣服不可的女人。衣服首先因女人漂亮才漂亮。时装因穿它的女人的风格才具有了风格……

招待所
招待所
出租车

那天晚上我在两座立交桥之间迷路了，转了一个多小时，就是回不了我住的招待所。不得已坐上了一辆出租小汽车。十五元坐了五分钟。司机显然有意兜了一个小圈子，否则三分钟也到了。可是我问他路时，他却不告诉我。

我又用了半小时第二次走完那条小街，便觉得再没兴趣走第三次，时间却还早着呐！

幸而我发现在这半边街的后方有电影院。放映的是我们北影厂的一部影片——在我记忆中似乎是《金镖黄天霸》。

黄天霸就黄天霸了！在北影厂我没看过。编剧又是作家张弦，就在这儿看看吧。

于是，我买票进入电影院。空荡荡的，才百十来观众，尽管是新片。

看完《金镖黄天霸》，买了两个杧果吃，时间仍早得很。就又买了一张票，又看了一遍《金镖黄天霸》。

编剧张弦和导演李文化，真是该感激我这么热心为功夫片捧场的观众啊！

看完第二遍《金镖黄天霸》，饿了，找了个僻静地方，吃掉两个面包，我就毫不留恋地离开沙头角，出了检查站。检查人员见我手中连个塑料袋都没拎，大大地起了疑心，对我的士兵书包非常认真地检查，不过是字典、身份证、一本《世界之窗》、一包烟。

他翻我的身份证，朝我笑笑："作家？"

我也笑笑。

"什么都没买？"他好生奇怪，"这里的金首饰是可以买一两件的。内地不是抢着买吗？"

我说："下次来再买吧。"沙头角——我没情绪再来了。

那么一条小破街，没给我留下什么特殊的印象。

我买了一本《世界趣闻》，坐在自行车棚一块砖头上看。跟看自行车的老头儿聊起来，才得以混入老头儿的小屋子。殷勤地向他接连敬了两支烟，进而被允许躺在他的小竹榻上。

枕着我的书包，我睡着了。出门在外半个月，那一觉我睡得最安稳、最香甜。醒来一问老头儿，五点半多了。赶快告辞，就往相聚的地方跑。

老远便见陈大姐焦急地举目四望——晓红又回到沙头角那条街上找我去了……她们以为把我丢了呢。一会儿，晓红从检查站口出来，为找我找得满头是汗……她问我到哪儿去了，我说早就出来了。陈大姐问我有什么收获，有什么感想，我说在里边看了两遍我们北影厂拍的《金镖黄天霸》，在外边睡了一觉。陈大姐顿足道："嘿，你呀！辜负了老杜一片心意，我看就凭这一点你成不了大作家！"晚上，我和晓红冒雨买返回广州的火车票，结果只买到了两张。在深圳火车站，离开车时间还有一个多小时，我自告奋勇去补票——当日当次的票已卖光。

陈大姐说可以上车补票。书生气十足的晓红说似乎车站执行规章很严格，不可以的，还是先找站长之类人物批个条才稳妥。晓红她根本不是那种很闯荡的女性。我也没那股闯荡劲儿。但我是男的，我想这种事应该我去办。作家呀作家，在许多时刻，普遍地总那么不愿说出自己是作家。不说，人家也就没理由非照顾你一次……

我又没手表!

在我对几位像站长其实并不是站长的人磨嘴皮子的时候，那一列火车已进了站。陈大姐对检票的说了几句陪同一位作家等的话，人家就放行了。可是她们又找不到我……

待我沮丧地回到检票口，列车已开走。晓红问："怎么样？"

我说："没门儿！"她叹了口气："唉，你这个男人啊！陈大姐几句话，检查的就高抬贵手了！……”我说：“那好啊！”她说：“好什么啊？陈大姐在车上等，我在这儿等，车已经开走了！陈大姐的票在我这儿，她在车上还得补一张票……”她亮开手掌——两张昨夜冒雨买的票，在她手中攥得湿漉漉的……她苦笑道：“都作废了……”我惭愧地说：“我真笨……”我很惭愧自己在这些方面真是太笨了！太多的时候，我们做人都做得太老成了。我相信我如果说明我是《雪城》的作者，一切都很顺利，因为候车室正反复播放着“天上有个太阳”。回到广州，老杜告诉我，福建《中篇小说选刊》来电话，请我务必去一次福建，说有对文坛、对作家们极好的事要我去尽义务……我猜不到那该是一件什么事。但既然对文坛、对作家们极好，又是一种义务，那我就去吧……于是第二天我告别了广州。

深圳随想

有野心的深圳人

我虽没有长住过深圳，却也接触了不少深圳人，感觉他们大多是有点“野心”的。

我将“野心”这个词打上引号，意在强调含有赞赏，不带贬斥的。

“野心”这个词，按照《现代汉语词典》的权威性解释，指——对领土、权力或名利的巨大而非分的欲望。

但是，细细一想，不会有哪个人是为了占有一片领土而成为深圳人的。中华人民共和国的土地法早已宣告得清清楚楚，九百六十万平方公里的每一平方米土地，其归属权都是归国家和集体所有的。即便你是亿万富翁，你也只能在二三十年内，最长六七十年内，用金钱买下一小片土地的使用权。所以，可以肯定地说，怀着占有领土的“巨大而非分的欲望”成为深圳人的人，不是疯子，也是傻瓜。“炒土地”者的本质的动机和最终目的，并非分企图占有它，而只不过是企图在“炒”它的过程中赚取金钱。

为了权力成为深圳人的人，我想也不是太多。因为仅就权力舞台而言，深圳毕竟太小了。太小的深圳的权力舞台，怎能满足对它怀有“巨大而非分的欲望”之人的心理呢？除非是在别的权力大舞台上失意又落魄，才会转移向一个权力小舞台寻求安慰。何况，深圳从一开始便确定了向商业城市（包括高科技与市场经济接轨的战略方针）发展的蓝图。而商业城市的特征之一，便是政治权力保障并服务于商业的规律。在一个商业时代典型的商业城市，第一位的骄子是成功的经商者，第二位才是从政者。一个对于政治权力怀有“巨大而非分的欲望”之人，在深圳怕是找不到什么良好感觉了！

为了名到深圳去的人大概也是不多的。想来想去，除了歌星们，还会有谁呢？他或她，也不过是将深圳当成较理想的演习场或集训营。积累了经验，提高了素质，便会从深圳这块跳板纵身一跳，跳往北京的……

更多的人，之所以从全国各地奔赴深圳，主要是为了一个“利”字吧？

古人云：“天下熙熙，皆为利来；天下攘攘，皆为利往。”

这个“利”字，我强调的，并非它的商业内涵的一面，而是它社会学内涵的一面。

人既然生活在社会中，那么谁都是一个社会人。一个社会人，不可能不考虑自身利益。它包括保障一种相对体面的物质生活的收入，选择能发挥自己某项专长或才智的职业的充分自由，参与公平竞争的激情和冲动，便于实现自我价值的社会环境……

我想，肯定地，更多更多的人，是被这样的一个社会学内涵方面的“利”字而驱动而吸引，才由别处的人毅然决然地“变”

成深圳人吧？

如果，这样的一个社会学内涵方面的“利”字，是可以不太确切地用“野心”这个词来谈论的话，那么具有这一种“野心”，对于当代中国人而言，实在是值得欣喜的事呢。尤其是对于当代青年而言，倘连这么一点儿起码的“野心”都没有，那又实在不是一个国家、一个民族、一个时代的幸事。

对一个国家、一个民族、一个时代而言，如果它的大多数人，尤其大多数青年，皆能有相对以上那么一种“野心”，它将必是安定昌盛、高速发展的，前途也将是美好光明的。

在我看来，深圳是中国的第一座典型的“移民城”。也许，它还是全国青年最多的城市和知识结构最高的城市吧？尤其后两点，和深圳的年轻，和深圳的现代观念为主体观念，是很匹配的，可以说相得益彰。

八十年代初，我的一位大学同学，在宁夏颇有名气的一位作家，曾打算调往深圳。后来由于种种愿望以外的因素，至今没有去成，什么时候谈起来什么时候都遗憾得不行……

我的另一位大学同学，贵州人民出版社的编辑部副主任，也曾因打算调往深圳，来寻求我帮助，后来也是由于种种愿望以外的因素没去成，至今“贼心不死”……

而我自己，一九八八年底从北影厂调到童影后，住房窘况大大改观，才最终灭了由北京人变成深圳人的念头。否则，尽管我觉得我与深圳缺少缘分，但也可以划归到“贼心不死”者中去。可见，曾想去深圳成为深圳人的人，比已经去了深圳成为深圳人的人，少不了许多吧？

我曾应邀到渤海油田讲过文学创作课，结识了那个地方的一批男女青年文学爱好者。某天我收到一封从深圳寄来的信，困惑地打开一看，是其中一位女孩写来的。告诉我她已经调往深圳了。而且，是因为陪她父亲到深圳旅游，一下子就被深圳吸引住了。用她的话说，是“我找到了某种感觉，某种缘分”，于是坐地就成了深圳人。去时是父女俩，回渤海时是她父亲一个人。她老父亲也特理解她，支持她，“自告奋勇”承担了回原单位替她办理辞职手续的任务。她那封信，字里行间充满了洋洋自得的人生信心。仿佛待字闺中的女孩，忽一日红鸾星动，相中了一位“白马王子”或被“白马王子”相中似的……

一位包头的文学青年，某天也出乎我意料地从深圳打来电话，说已受聘于深圳某一公司矣。也说找到了“某种感觉”“某种缘分”。先是，他的一位同学去了深圳，受公司委派，回包头办子公司，将他从单位硬“挖”了出来。后来，深圳方面派人去包头考察，发现他那位同学志大才疏，不善经营管理，将他那位同学“炒”了鱿鱼，宣布解体了子公司。同时在与他的几次接触中，发现他倒挺有能力，问他愿不愿到深圳谋求自身“发展”。他自是喜出望外，于是跟随到了深圳……

我问：“干得顺心吗？”

答曰：“我已经从那一家公司‘跳槽’，换了一家公司干了。”

我替他担忧地说：“那么，是在第一家公司干得并不太顺心了？”

他在电话里笑了，说：“你别替我操心。我在第一家公司干得也很不错，但第二家公司的待遇更高些。人往高处走嘛！在深圳工作变动是寻常事！”

有一次，我在南京签名售书，遇到了我的一位“兵团战友”。

他竟也装模作样排队买我的书。

他说他已不是哈尔滨人了。我问：调到南京了？

他说：调到深圳了。我一怔，忙问他“感觉”如何。他莫测高深地一笑，说：“人挪活，树挪死嘛。起码的感觉——我挪活了！”签名售书活动的第二站是西安，又遇到了我的一位中学老师排队买我的书。二十多年不见，她白了头发。我毕恭毕敬地站起，问老师近况怎样。老师说，她已退休了，已调到深圳了，受聘于女儿和女婿的单位，当一名老业务员。我奇怪，问老师：深圳也欢迎您这般年纪的人吗？老师一笑，说：“深圳那地方，不以年龄和资格论人，看重的是实际工作能力。我也没承想我自己教了一辈子书，一朝下海，居然还能扑腾几下子！”

一不留神，你生活的周围，就会有一两个你熟悉的人说变就变成深圳人了。一旦他们变成了深圳人，给我的印象是，仿佛都年轻了几岁，都对人生增添了几分自信和乐观，都自我感觉好起来了似的……

许多中国人碰到一起，总不免首先抱怨一通自己的工作单位，接着抱怨自己生活的那座城市、那个省，进而抱怨整个中国。那么多人备感自己怀才不遇，备感自己的才智和能力受到压抑，备感活得窝囊、活得委屈……

据我想来，他们的抱怨，也许不无各自的理由和根据。

然而，深圳人一般却不这样。他们很少抱怨深圳。也许是因为他们自己当初乐于去的吧？可又分明不完全是，分明还是一种“深圳人”共有的恪守的什么原则似的……

我不信去到了深圳的人，没有人仍觉得怀才不遇；没有人仍觉得才智和能力受到了限制与压抑；没有人仍觉得与他人比起来，自己仍活得窝囊活得委屈活得累……但真的，我所接触的深圳人，一般都不抱怨。

在今天，与普通的中国人比较，这一点尤其显得难能可贵。他们的不抱怨，似乎都向人表明他们自己的另一种自尊和自信……仿佛，深圳像一种学校，它教育出着另一种当代中国人……

很远的深圳

有些朋友知道，我曾去过深圳一次。目前为止，仅仅一次。

这些朋友却不知道，我曾很想调往深圳。最终彻底打消念头，原因之一——深圳对我这个北方人来说，似乎太远了，远到不只是南方，简直就像是“国”外，原因之二恰恰是我到过深圳一次。

先说第一个原因：我出生在哈尔滨，直至下乡前，没离开过它。如今，我的老母亲和两个弟弟、一个妹妹，都在哈尔滨。弟弟妹妹都已成家，老母亲轮流和他们生活在一起。哈尔滨还有我诸多的同学和兵团战友。亲情加上友情，据我想来，便该是所谓家乡观念或家乡情结的最主要的内涵了吧？无论世人对此如何评说，我们这一代人的一个“代”的特征，正是家乡观念或家乡情结的依重，难以解脱。我甚至进一步认为，这是贫穷在我和我的大多数同代人心理上与情感圃林中投下的阴影。父母辈在贫穷年代为我们付出得太多太多，可谓含辛茹苦。我们总希望生活在他们周围，起码是生活在离他们不算太远的地方，以图能够更好地尽我们做儿女的义务和拳拳孝心。

一九七七年，我从复旦大学毕业之际，有三个分配选择——哈尔滨、北京、上海。我毫不犹豫地填了去哈尔滨的志愿。我坚决表示不同意留在上海。一些阴差阳错的因素，使我成了北京人。这在当时对我而言，是离家乡、离父母和弟弟妹妹，离亲情和友情最近的选择了。说来人们也许不信，尽管从北京到哈尔滨只需坐十七八个小时火车，可十四五年内，我不过只回去了七八次。几乎两年才回去一次。足见对一个太依重家乡的人，远或近，有时似乎更是一种心理距离……

我是在一九八六年去深圳的。当时到广州花城出版社改稿，改毕，编辑部主任陈大姐和我的责编——一位典型的广州姑娘陪我去深圳。到时已是下午，在市内转了转，第二天去了沙头角，天黑才回到深圳。第三天一早便离开了。所以在我的印象中，仿佛去的更是沙头角，只不过途经了深圳似的。

我只用了一个小时就在沙头角走了个来回，与陈大姐她们走散了。在沙头角买了两个杧果吃，其他什么也没买。我既不觉得那条小街的东西真的有多么便宜，也不觉得有什么东西格外吸引我，能勾起我买的冲动，甚至竟有点儿后悔。一个极其缺乏购买热忱和欲望的人，要在那么一条小街上消磨掉整整一个下午的时间，仅仅靠闲适的心情是不够的。于是我在那条小街中方这一侧的一个电影院，唯一的一个电影院，看了两场电影。第一场是《金镖黄天霸》，第二场还是《金镖黄天霸》，都是我们北京电影制片厂拍的（当时我仍在北影厂）……

在深圳的短短的时间里，我抽空儿拜访了一位从家乡调到深圳美术馆的画家。在哈尔滨，他一家四口住两间阁楼。而在深圳，他住四室一厅。住址环境相当优美，附近有集市，买什么相当方便。尤其海味和副食、蔬菜，在我看来，丰富极了，价格也并不比北京贵多少。当然，最令我心向往之的，是友人的居住面积，大约一百平方米。对他而言，在哈尔滨是不可企及的，恐怕只能是幻想。对我而言，在北京也是不可企及的，恐怕也只能是幻想。当时我在北影厂，只住十三平方米的一间筒子楼。

我非常坦率地承认，我几次萌发调往深圳的念头，主要是幻想能住上宽敞的房子。我是一个从小在低矮的泥土房中长大的人，宽敞的房子对我来说，直至一九八六年，一直是个美丽的梦。

深圳给我留下的印象是很新，很现代，也很深刻。它新得好像没有一条老街陋巷，没有像门牙缺洞一样的胡同，没有南方所谓“棚户区”或北京所谓“危房区”。这大概也是令许许多多人心向往之的吧？对我而言，它现代，是指在那么有限的，还不如北京半个区大的范围内，耸立着那么多高楼大厦，而且外观又都那么新颖。北京当年可能也还没有盖起那么多，盖起了的也很分散……

但是，我觉得，深圳当年新得还谈不上有任何意义的历史，也还没有形成起码的文化氛围。即使单讲文娱吧，仿佛除了电影、刚刚出现的录像厅，就再谈不上其他了……

我竟没找到一家书店，只偶然地见到了一个书摊。书摊上只有花花绿绿的刊物，而没有一册文学刊物，没有一本文学书……哦，对了，也不能说没有一本文学书，有从香港贩入的《金瓶梅》，也是洁本。还有几种字典，包括英汉字典……

我当时想，看来深圳不适合我。尽管我丝毫也不怀疑，如果我投入它的怀抱，它肯定也会回赠我较好的居住条件。

我常反省，作家是些古怪的人，或是些很有毛病的人。所选择的生存地，历史太悠久了，不见得是好事。悠久的历史会将作家的思想压扁、变形。完全没有历史似乎也不行，会使作家感到，思想和观念仿佛一只无锚的船，轻飘无所定位。文化氛围太浓厚了不好，那样文学就将被大文化湮没。完全没有文化氛围似乎也不行，因为那样作家会感到寂寞，感到窒息。作家的创作激情，有时是要靠文学的氛围去激励和鞭策的……

当年我主要的患得患失的思想，便是这些。

我离开深圳时，心里默默对自己，也是对它说：别了，深圳，看来我们没有缘……

我内心里竟不免地有几分感伤——好比离开的是一位姑娘，她有令我动心之处，但是，她似乎不适合做我的终身伴侣。我们结不成婚。一往情深，凭着一股冲动结婚，我看不到乐观的人生前景……

有文化的深圳人

令我惊讶的是，深圳的文化和深圳的经济，几乎是在以同一种速度同步发展的。如果说它十几年前是一个海边小村的时候，并没有什么所谓文化环境可言，那么伴随着经济发展，它的文化的骨骼也已经开始形成，这与许多经济高速发展的地区和国家的情况恰恰相反。几乎可以认为这一事实带有某种奇迹性。我想，这可能主要因为——深圳拥有相当一大批有文化的深圳人吧？

真的，我所结识的深圳人中，十之八九是受过高等教育的，有些甚至是毕业于名牌大学的硕士或博士。

一九八六年我到深圳之前，那时全国掀起了一股仅次于“出国热”的“闯深圳热”。那时对于一批中青年知识分子而言，深圳还是一个令他们望而却步的地方。尽管它已经变得相当“热闹”，但那一种“热闹”，似乎是另外一批人营造的。

哪些人呢？——雄心勃勃的个体户，“打一枪换一个地方”的时代淘金者，在社会竞争中被挤没了位置的落魄者，生活遭际中的受挫者、失意者……

“在深圳开饭馆，比在全国任何一座城市开饭馆的税收都低！只有白痴在那儿开饭馆才会赔……”

“在深圳，连农村女孩儿找到一份工作，每月也至少能挣五六百元，何况我们，膀大力不亏的！……”

“是我妻子的女人我不爱她，我爱的女人又和我结不成婚，感情疲软了，只图远远地离开我生活的那座城市……”

“孩子没考上大学，沮丧得要命。一时心血来潮，非要到深圳去撞撞运气。去就去吧，也许有什么好运气正在那儿向他招手呐……”

有许多人曾到我家里跟我商议过，希望倾听我的坦率的看法，希望我支持他们的决定和选择。驱使他们作出决定的动机往往那么简单，简单得常常令我为难，不知究竟是该支持他们还是该劝阻他们……

不管我支持或劝阻，他们当年是都去了。但有的人很快又回来了，既没在深圳实现什么个人愿望，也没在深圳获得什么心理安慰。有的后来在深圳奇迹般地发了大财，摇身一变成了大款。有的后来在深圳亏了血本，前功尽弃，从此变成一蹶不振的人……

而最近几年，情形则大不相同了。到我家来跟我商议他们的决定的人，更多的是大学毕业生，或者大学毕业已经工作了多年的人。他们不再是一些落魄者和失意者。他们中相当一部分人，甚至有着令别人羡慕的事业成就或职业。他们宁愿放弃已经谋取到的人生利益而义无反顾地去深圳……

这是一批有文化有更高层次的人生追求的人。我想说，正是他们，使深圳这一座城市，在短短的十年内形成了它的文化的骨骼。

有知识分子的地方，便有知识的需求，便有文化的需求。世人往往将“文化”和“娱乐”这两个概念根本不同甚至可以说截然相反的词，连在一起说成“文化娱乐”。此中其实包含着一种荒唐。须知没有知识分子的地方，便可能只有娱乐，没有文化。知识分子极少的地方，极有限的文化需求便可能被大面积的娱乐需求覆盖、吞没。只有在知识分子从数量上占有了不可忽视的存在的时候，文化才会同时有了立足之地。

一九八六年我去过深圳一次以后，凡有深圳人到我家，我总是问：“深圳现在有了书店没有？”

如今深圳电视台已经推出了几部在全国反映较好的电视剧或专题片……

如今深圳影业公司，已被列为全国十六家有独立拍片资格的电影厂家之一……

如今深圳有了它的刊物和报纸，它们正在进一步向全国报刊业证明着它们的存在……

至于书店，深圳的朋友们告诉我，不但有了，而且售书环境还不错，书的品种还不少。又据说在内地某些城市行情不那么看好的科技书、纯业务性质的书，在深圳似乎尤受欢迎……

深圳

深圳未来的主人，将最终从总体上属于有文化的深圳人，属于在不断扩大的深圳知识分子队伍。原始积累的时期，在短短的十年内已经宣告差不多该结束了。它以后的历史，该由科学加文化的大笔来书写了。

我想说，深圳的文化骨骼的形成，将在以后的若干年中验证这样一个事实——深圳正处在它的主人们的更替阶段，并将以很“现代”的时间概念，加速这一过渡阶段的完成。

我不知道首几批深圳的人们，我指的是他们中某些文化素质先天不足，仅仅靠当初的冒险的勇气，或者靠金钱投机的运气和手段发了横财，成了“大款”的人是否开始意识到了这样一种威胁？——深圳未来的主人，将最终不可能是他们中的大多数，而是后来者中的大多数。深圳未来的主人，将最终从总体上属于有文化的深圳人，属于在不断扩大的深圳知识分子队伍。原始积累的时期，在短短的十年内已经宣告差不多该结束了。它以后的历史，该由科学加文化的大笔来书写了。单有文化的历史，而没有经济发展的腾飞伴舞，无论对一个国家、一个民族乃至一座城市而言，其实是可悲的。单有经济发展的腾飞，而没有文化的陪衬，无论对一个国家、一个民族乃至一座城市而言，也同样是可悲的。“大款”们的钱不能自行地变成文化，这是他们自身的悲哀。如果金钱使当代人的生活变成了极其简单的两种内容——占有它和消费它，尤其是以贪婪的方式占有它并以穷奢极欲的方式挥霍它的时候，连“大款”们自己都会对现实生活产生沮丧和厌倦的。有文化的深圳人接下来对深圳的历史使命，毫无疑问地也包括将“大款”们从他们迟早会感到厌倦的生活态势中拖出来，并肯定地将影响他们、教会他们如何更文明地支配他们的金钱，做对深圳的将来有益，也对改变他们自身生活态势有益的事。如果他们拒绝，那么，他们只不过会变成深圳原始积累时期遗存下来的一小批活化石而已。等待他们的只有一个结局——在消费他们的金钱的日子里自生自灭……

时至今日，到我家里来的形形色色的人们，仍常常和我谈他们的念头——“我想到深圳去！……”对于他们，支持抑或劝阻，我比以前明确多了。文化层次较高、有专业专长者，我往往热忱地支持他们去，甚至为他们尽一些联系和介绍的义务……文化层次较低，又没有什么专长者，我往往劝阻他们去，甚至不惜时间讲清我的道理……因为，深圳已经不再是十年前的深圳，已不再是某些人想象的那样——一个经济原始积累时期的大市场……

它仿佛已在向世人发出它的忠告——文化和才能，你拥有什么？请思考好了再来。如果你二者一无所有，那么你将难以长久成为一个有为的深圳人……

进一步深化改革，人们眼盯着深圳，期待深圳拿出什么称得上是“新思路大手笔”的举措……反腐败，人们眼盯着深圳，期待深圳给中国人一个无话可说的说法……

整顿金融秩序，整顿房地产市场，整顿开发区投资环境，人们眼盯着深圳，有人巴望从深圳曝光什么大丑闻或大黑幕，没有发生便怀疑这世界太不真实；有人暗暗担忧深圳能不能经受得住一次又一次“洗礼”，担忧这面世人瞩目的改革开放的南方旗帜，还能不能继续飘扬招展下去？还能举多久？举多高？……

打开电视，几乎每天都有为深圳各行各业制作的广告和关于深圳的新闻或专题报道……翻开报纸，几乎每天都有关于深圳的内容……深圳，在它成为一座城市不久，便似乎命中注定它是一座大有争议的城市了。现在依然是。将来一个时期内，我看也必然是。争议已从官方蔓延至老百姓的心里了。我经常听到类似这样的对话——“为什么不能像深圳那样……”“像深圳那样？！……”即使我自己，观念也由深圳的影响变得相当矛盾，相当分裂。有时我主张或赞同什么，往往会说：“深圳便是那样的！”有时我抵触或反对什么，也往往会说：“能像深圳那样吗？！”

深圳的种种信息、种种举措、种种现象使许多国人担忧，也使许多国人鼓舞；使许多国人迷惘困惑，也使许多国人心潮亢奋；使许多国人仿佛看到了中国的沮丧的明天，也使许多国人仿佛看到了中国的乐观的前景……

深圳，这座有争议的城市，就是这样子，进入普遍的中国人的视野内了。它传播着种种关于它的信息。这些信息经常地，有时甚至是很猛烈地影响着许多国人的观念，冲击着许多国人的观念，改变着许多国人的观念，更新着许多国人的观念。深圳似乎毫不在乎国人对它的争议，似乎还因此而自豪。如同一首流行歌曲所唱——“不管别人怎么说，我要作出自己的选择”。非但如此，并且它依然故我，经常制造出某些别出心裁的、惹得传媒界追踪报道的“热门话题”。比如，在一九九三年十月内热了一阵的“文稿竞价”活动。

说来最初我还是这次活动的“监事”呐。我允诺做“监事”，是很虔诚的。我想，这是一次典型的“深圳式”的做法。这做法未必不值得尝试。成功了，也给书刊市场提供了一条有益的经验，而中国各方面的事情，需要的便是可贵的经验，缺少的便是可贵的经验。

后来我和几位作家又辞去了“监事”的角色。决定辞去之前我也是很认真地想了一下的。这次活动是可以那样“操作”的吗？我困惑了，觉得它和我预先想象的初衷不一致了……

其实呢，也许并没变。也许一开始举办者们的初衷便是那样的。也许一开始我预先想象的初衷，便是太典型太传统的“北京文人”的思维方式的产物……

典型的“北京文人”的思维，与典型的“深圳式”的活动合不上拍了。

我很“传统”吗？古今中外，许多文人活着时拍卖过自己的文稿。要不怎么叫文人是“卖文为生”之人呢？证明我并不代表着“传统”。

典型的“深圳式”的活动太“现代”了吗？精神产品之版权的拍卖，似乎也不是一件谈得上“现代”到哪儿去的事啊……

这是我个人之观念和所谓“深圳式”观念的第一次直接碰撞，也导致我自己已然变化了的那一部分观念和仍固守着的那一部分观念的碰撞……

是的，正是观念这种东西，它跨越了空间，使我觉得深圳变得离我由远而近了。观念，这是最能够在同一空间里并置的东西，也是最足以消弭所谓“历史感”的东西。在今后的时代里，它的存在方式，可能也是最“后现代主义”的存在方式吧？

而深圳的今天已然有了自己的历史。如果不算它的“史前史”，它已然有了十年多的历史。正是从这十年多的历史中，派生出种种典型的“深圳观念”。这有时是意会胜于言传的。好比我们说一个上海人“太上海人”了，就能领悟许多言语之外的含义一样。当然，这里我绝没有暗讽“深圳观念”的意思，也没有对上海人不敬的意思，仅只是举个例子罢了……

对于一座城市，十年多的时间，就可称为“历史”了吗？

又使我想起了毛泽东的著名诗句：“多少事，从来急；天地转，光阴迫。一万年太久，只争朝夕。”

是的，也许“历史”这个词对我们的后代人而言，将是一个大大压缩了的时间概念吧？细想想，我们每个人只能活上七八十年，我们干吗要臣服于悠久的历史呢？日新月异，十年一史，这对于我们现代人分明只有好处，绝无坏处。

深圳又是以它大大压缩了的历史，使它离我和许多世人近了，更近了，近得仿佛它是一个人，我们感觉到“他”的呼吸，嗅到“他”的体味儿，不管你是否像我一样，只去过一次，抑或根本还没有去过……

小街啊小街

一

其实，此文题并非初衷。我原本要起的是“小街无语”或“小街断想”之类。然而，落笔现字，却觉意犹未涵。沉思默想，几经斟酌，仍难确定。于是，只有“啊”。

中国许多城市中的许多小街，早已先后在“城改”中名存实亡。城市旧貌换新颜，乃近二十年来的发展成就，造福祉于百姓，其好甚大。对那些简直就是贫民窟的小街的消失，若竟生什么凭吊似的感慨，除了说明文人的矫情，再并不能说明别的什么。

但我还是很有些感慨。若别人认为便是凭吊，我也无言可辩。

有时想来，每个人的一生，可以由多个方面来划分阶段。比如年龄阶段，比如婚前婚后，比如从事这种工作以前、从事那种工作以后，等等。

然而我的人生，确切地说，我的城市人生，也可以由三条小街来划分。其一曰安平街，其二曰光仁街，其三曰健安西路。

我的五十七年的生命[1]，除了下乡六年，大学三年，在原北京电影制片厂院内的一幢老旧的筒子楼里住过的十一年，总共二十年，另外三十七年，只不过被三条小街全部占有了去。或换一种说法，被三条小街牢牢地拴住了。或再换一种说法，与三条小街发生着命里注定似的人生关系。

人生竟也是如此简单的一种加法。

我心难免因而愀然。

“啊”，主要是由此而发的。

先说安平街——它是半个多世纪以前的哈尔滨市边角地带的一条小街。岁月催人老。我竟讲起半个多世纪以前的事了，且是自己的人生的一部分，不由得感慨。

在半个多世纪以前，在哈尔滨市的那一处边角地带，数条小街曾以“非”字形存在。一条纵的有缓坡的较宽的土路，将分别叫安平街、安心街、安宝街、安国街、安顺街、安达街等六条小街排列两旁。我已经记不清那一条土路叫什么路了，更无法确切地说出安平街是它的六小“横”中的哪一“横”。

安平街长五六百步。街路自然也是土路。在当年的哈尔滨市的边角地带，几乎一切的街路全都是土路。安平街宽三十余步。无论与南方某些城市里的小街相比，还是与哈尔滨中心区的某些小街相比，它实在算得上是一条够宽的小街了。这乃因为，居住在那一带的哈尔滨市的先民，其实没几户是中国人家，十之八九是苏联“十月革命”之后流亡中国的沙俄的侨民，被红色政权不容的那样一些沙俄人。苏联的电影《列宁在十月》中，有一段列宁和他的贴身卫士瓦西里的对话——

① 此文约写于2006年。

瓦西里：我们起初想把那些地主富农全都杀掉……

列宁：唔？……

瓦西里继续读他的农村老乡写给他的信：但我们又一想，那样做太不人道了。我们革命者是应该讲人道的。所以我们将他们赶跑了……列宁：唔？赶到哪里去了？瓦西里：我们将他们一直押到边境，赶到别的国家去了……列宁：对！这样做很对。这一封信写得很好啊。很有水平啊！……

列宁所称赞的，并不是将自己国家的地主富农赶到别的国家去了有多么对多么好，而是竟没有采取一了百了彻底消灭的方式"把那些地主富农全都杀掉"。

而那"别的国家"，主要便是中国。

沙俄的某些贵族，在"十月革命"之风声鹤唳之前，便有不少逃亡到了哈尔滨。他们从国内带出的金银财宝，足以使他们在当年的哈尔滨继续过着富有的准贵族的生活。在哈尔滨市的道里、道外、南岗三大中心市区，他们兴建楼宅，投资商场，依旧活得来劲儿。道里区的所谓"外国头道街"至"十二道街"，亦即现在成为步行街的"中央大街"及两旁的街道上一幢挨一幢的美观的俄式建筑风格的楼房里，所居住的便是他们。至于从老俄国逃亡出来的一些小地主和富农，他们挤不进本国逃亡出来的贵族们在哈尔滨市占领了的地盘，便只有在城市边角地带重建家园。我想，有些事，他们肯定是共同出资，比较齐心协力地来做的。否则，当年遗留下来的那些街路，断不会那么宽，那么直，那么平坦。那起初显然是经过压道机反复碾压过的一些沙土混合而成的街路。路面两旁有排水沟。沟宽约一米，其上铺木板。下雨天，人若怕弄脏了鞋，是可以走在排水沟的木板上的，就像走在人行道上。如果谁穿的是后跟钉了铁钉的皮鞋或靴子，走在其上，木板也会发出空洞造成的声音。挺好听。在两道排水沟的内侧，无一例外的是围在各式各样的窗前的大小花园。俄国人，现在又应该这么称呼他们了——他们对于家宅的窗，是很讲究的。每一扇都具有审美的特征。尤其早晨，当一扇扇美观的护窗板对开以后，仿佛一册册装帧精美的书翻开了。俄国人也是喜欢花的，有些花，比如被哈尔滨人叫作“扫帚梅”的一种其茎能长到一人多高的好看的花，据说就是由他们将花籽带到哈尔滨的。“扫帚梅”开有红、白、粉三色，是一种根本无须侍弄的花。只要哪一年在哪一处地方曾生长出几株，那么来年那地方准会开出一片来。它是一种哈尔滨人特别熟悉也特别喜欢的花。

当年，那些俄国人的家都是独门独院的。有的院子大到如同小学校的操场。依我想来，那些俄国人家大约是逃亡出来的地主吧？他们的院子里甚至有马棚，有漂亮的带顶罩的俄式马车和高大的洋马匹。而那些院子较小住宅也较小的人家，则大约是从老俄国逃亡出来的富农。富农之所以是农也富，几乎全靠比贫农多一些土地。大抵，他们仅富在农业产品的秋后拥有方面。一旦离开了曾属于他们的土地，他们往往也就不再富了。富农这一概念和富人的概念是很不同的。估计他们当年没有多少钱财能从老俄国带出来。老卢布作废了，他们当年确有些钱也都成了废纸。所以，他们当年不能在哈尔滨过上食积服蓄而又高枕无忧的日子。他们必须为他们的生活做些事情。然而，他们是农民出身的人，不会什么可以依赖着挣钱的手艺和技能。于是，他们在不甚大的院子里养奶牛、奶羊，或养兔和鹅。在沙俄爆发“十月革命”的前后，当年中国哈尔滨市的那一地带，基本上是他们那样一些逃亡到中国的俄国人的居住地，或曰避难所。哈尔滨市的那一地带的人居状态，实际上是一种俄罗斯的乡村情形。

借助于苏联的出兵，黑龙江省在一九四七年就已经“光复”了，比全中国的解放提前两年。黑龙江省“光复”之前，一批俄国人又仓皇地继续逃亡到蒙古国去了。“光复”后，在苏联的要求之下，也有一批被遣送回他们本国去了。那时，才有些中国人家开始定居在那一地带。许许多多带大小院子的俄式房屋由他们的主人贱卖，或由哈尔滨市的有关官员监督着进行公开的拍卖。当年买一处独门独院的不十分大却也绝不算小的俄式住房，那价格真是便宜到了今天的中国人难以想象的程度。这是一个千载难逢的好机会。在当年，闯关东的人家，借钱也要买下一处家园啊。机不可失，时不再来啊。一户人家买不起一处宅院，便几户人家合着将这买下来。原先认识不认识，已经变得不重要。便宜到什么程度才是下决心的前提。更有那富人家，趁机广置房产，租给终究还是买不起住房的穷人家。

及至我两三岁时，也就是一九五一年或一九五二年前后，哈尔滨市的那一地带，人家已经变得相当稠密了。从前一户俄国人住的院子，至少已经住着两三户中国人家了。有的房屋多的大院子，甚至住着十一二户人家。街名，也是在那一时期取定的。

两三岁的我开始记事了。我的家住在安平街十三号。那是一个长方形的大院，包括我家在内住着八九户闯关东来到哈尔滨的人家，皆山东各县的人家。整个院子是由一户人家买下的，邻居们都是租住户。我家住着院子最里边的一处小房屋，两间。大间十五六平方米，小间十一二平方米。还有一个五六平方米的护门小屋，哈尔滨人叫“门斗”。虽是俄式房屋，但毕竟相当老旧了。

当年我家五口人：父亲、母亲、哥哥、我，和刚出生的三弟。

在我的记忆中，那是一段相对幸福的日子。父亲才三十几岁，身体强壮；哥哥学习很好，特别懂事又特别有礼貌；母亲是那么勤劳。我们征得了房东的同意，在自家屋后养了两头猪。

安平街上，依然有几户俄国人家住着。安平街上的俄国教堂，每天早晨依然会有大钟敲响。教堂的院子与我家所住的那个院子，仅仅由一道木板障子隔着。两个院子都是安平街上最大的院子。

在我的记忆中，每天早晨大钟敲响以前，先是远近雄鸡的啼鸣；大钟敲响以后，该听到一串串的俄语。或男人的声音，或女人的声音。那几户俄国人家，要趁早遛遛他们养的奶牛或奶羊，就像如今养宠物狗的人家遛狗那样。他们的牛羊如果不每天走走，大约是会被圈出病来的。他们倒也比较懂得公德，带着撮子和铲子，会将牛羊粪干干净净地铲起来。如果他们不那样，街道组长便会找上门去，严肃地批评他们。街道组长的批评对于中国人家并不是一件值得不安的事。有时不服，与之顶撞的情况是经常发生的。但对那几户俄国人，街道组长的批评是必须认真对待的事，他们往往显出诚惶诚恐的样子。总之样子肯定是那么一种样子。内心里如何，则不得而知了。他们在中国住久了，听和说中国话，都已基本上不成问题。套用今天我们中国学生英语考级来比喻，说他们都差不多具备汉语四级的听说水平，大概不算是夸张。

六点到六点半时，如果是夏天，如果那时我醒了，可以听到院子里的男女大人在互相打招呼。互相打招呼的男人，大抵又同时是在家门前漱口、洗脸。家家户户的门前都有一张简陋的长凳，或者有一块被砖石垫高的长木板，它的功用就是专为放脸盆全家人在外边洗脸的。夏天的晚上，一家人往往也会坐着它把脚都洗了……

七点到七点半之间，院子里和街上便会接连不断地响起自行车清脆的铃声——那是家家户户的男人们上班去了。哈尔滨市的这一地带当年没有工厂，男人们都要到别的区域去上班。当年公共交通路线也没有通到这一地带，自行车对于男人们是必不可少的。当年国产的自行车或许还没生产出来，他们骑的皆是二手的外国牌子的自行车，日本造、俄国造或德国造。那是外国人仓皇而去之前卖给中国人的，据说有时便宜到和一件旧衣服的价格差不多。男人们很在乎他们的车铃响得清脆不，那似乎意味着体现他们阳刚之气的一部分。

父亲们上班去了以后，院子里随之出现孩子们的身影。他们在上学之前须将家里的尿盆倒了，那通常是他们的家庭义务。等他们也上学去了，女人们才终于有空从家里走到院子里。街上的每个院子里自然都会有一处公共厕所。女人们一出家门，往往地，径直便向厕所走去。她们便在那时相互说些话，无非是“上班的打发走了吗？”或“全家都吃过吗？”——倘厕所里有人，两个女人便会在厕所外继续说话。厕所里的人一出来，两个等着的女人之间还会互相礼让一番……

“你先。你家有老人。”

“你先嘛，你家不是活多吗！”

如今回忆起来，那情形是很好笑的。

而几分钟以后，便有胖胖的俄国“玛达姆”推着小车逐院卖牛奶了。有时，卖牛奶的也会是一个漂亮的俄国姑娘。我们的母亲们，往往会一起逼着漂亮的俄国姑娘唱歌跳舞。都说，否则不买牛奶。那是她们的一乐。俄国姑娘只得唱和舞。而孩子们一听到歌声，便争先恐后跑出家门围着看，那是我们孩子最初的文娱欣赏。

一个多小时以后，也就是上午九点钟左右，院子里也罢，街上也罢，归于平静。

那一种平静，是今天的城市里人所无法想象的，也是今天的城市里人所梦想奢望的。尤其街上，不但平静到没有任何声音，也会很长时间不见一个人影。

尽管人口密度已经大大地增加了，但相比今天的城市，同样范围内的人口，那也还是少得多。

确乎地，当年哈尔滨市的那一地带，虽然属于城市的一个地带，却更像乡村。所谓都市里的乡村。中国都市里的俄国特征显然的乡村。

如今我一回忆起安平街，似乎还能闻到那一条小街的气息——家家户户临街的窗前那些小花园里各种花粉的气息；从某些人家的板障子后边将丫杈探向街上的榆树的气息；俄国人住的院子里散发出来的料草的气息；牛粪羊粪散发的潮湿的中药般的气息；还有泥土本身的气息……

如果是在雨后，一切气息混合了，时浓时淡的，细细地嗅闻，竟有点儿甜似的。即使是住在安平街上的一个盲人，仅凭那气息，也会知道自己是走在安平街上的。相比于其他几条安字头的街道，安平街是格外具有气息的一条街。因为一处东正教堂在这一条街上；因为这一条街上临街的花园多，几乎无窗没有花园；还因为这一条街上始终住着几户俄国人，他们也始终养着牛、羊和马……

我在安平街上度过的学龄前的童年时期，乃是我人生中最快乐的时期。家里生活尽管清贫，但在那个年代，无论大人还是孩子，对生活质量的要求是极低极低的。这样的人类自然是容易快乐的。我的回忆使我至今相信——如果说人类的不快乐有三分之二是清贫所致，那么也许有三分之一恰恰是由于对享受式的生活太过奢望而自造自加的烦恼吧？

我上小学以后，安平街几乎可以说是迅速地变成了一条老朽的街。另外几条安字头的街，亦是如此。首先，是因为人口密度迅猛增加，这儿那儿，自建的小屋满目皆是了。它们占据了街道，街道变窄了。花园的面积是可以私下里成交卖钱的，所以街两旁的小花园也几乎全都不见了。街道两侧排雨水的水沟，成了众多人家倾倒泔水甚至屎尿的地方。人口密度迅猛增加了，街上却还没有多盖起几处公共厕所。变窄了的街路，每年都向沟里塌土，有些沟就被塌土填满了。一到雨季，街路整段整段地被雨水终日浸泡，变得泥泞不堪了。而那些俄式的房子，斯时存在于中国地面上的岁月，都有四五十年那么长久了。它们又普遍是些铁皮顶板泥结构的房子，每年都需进行维修。它们的主人变换成清贫的中国人以后，又大抵是维修不起的……

在我读小学五年级时，最后的几户俄国人也被遣送回国了。教堂归公了。公家也不知该如何利用这些房屋和院子，所以任房屋闲置着，院子荒芜着，教堂钟楼上的钟，就再也没被人敲响过……

我上小学六年级时，安平街上兴建一座铁丝厂。教堂被拆除了。我们那个大院里的人家全都成了动迁户，先后搬走了，最后仅剩我家和隔壁的陈大娘家了。

院子是没有了。

那厂房盖盖停停，三年还没有完工。我家和陈家的房子，被建筑工地的垃圾堆四面包围，连一条通向街上的路都没有了。那几年的夏季雨多，工地上到处挖的地基坑，变成了一个又一个大水坑。坑里的水无处排流，连我家和陈家的屋里都渗出一尺多深的水来了……

厂方原本是想节省两处房子，不动迁我家和陈家的。陈大娘的丈夫早已去世，只她和两个女儿、一个儿子；而我父亲，当年已到四川工作去了。“把我们两家的家院搞成了这样，却还不打算动迁我们，这明明是欺负我们两家没有能和他们进行理论的男子呀！”好性情的母亲终于忍无可忍，生气了。生气了的母亲，在一个月里，代表陈大娘家找了三次市委……

二

光仁街是一条宽仅七步半的小街。是的，宽，仅七步半。而且，是以一个少年的步子来踱量的。倘它不叫“街”，叫什么胡同，那就不能算窄了。但它明明是叫街。我和母亲第一次出现在那条街上时，母亲站在街的中央，左右扭头望望，踟蹰不前地说：“这条街，太窄了。”于是，我就默默地迈步来量它，之后告诉母亲：“七步半。”我的意思是——七步半呢，不窄了。但我却希望母亲并不那么觉得。我已经陪着母亲看过几处地方的房子了。显然，铁丝厂的人认为，如果给我们家这样一户动迁户安排了一处说得过去的房子，那他们就太吃亏了，也太让我家占便宜了。所以我们去看过的房子，不是紧挨着肮脏的街头厕所，就是由铁道线边上的一些临时工棚马马虎虎改造的。终于看中了一处房子，母亲又主动让给陈大娘家了。母亲这样做，我和哥哥也都是支持的。陈大娘于我有如第二位母亲，我愿一辈子含辛茹苦的陈大娘晚年能住上较像样的房子。然而我早已满腹怨言了。因为帮母亲拿这等大主意的本该是哥哥，可哥哥是中学里的学生干部，没时间，所以母亲只有每次拉上我给她做参谋。可我才是一名小学生，并不能实际地起到参谋的作用。在我看来，每一处住房都是我们全家应该立刻搬去住的，哪怕后窗对着厕所的门，哪怕一天要听无数次载货列车过往的噪声。因为我们的家早已不像是住的家了，而更像一处被建筑垃圾包围着的两栖动物的穴。臭水淹了床脚，泡着炉壁，屋里搭着使人不至站在臭水里的踏板，我家的人可不很像水陆两栖的动物嘛！我巴不得能早一天离开那样的穴。

然而母亲终究是一位母亲。肯定的，在她想来，那也许是她为全家选择一处住房的唯一一次机会，而且也将会是她这一辈子的最后一处家。她试图为我们全家人考虑得周到一些是理所当然的。

“儿子你看，那儿更窄了，街两边的人都开了窗可以隔街聊天了！”

母亲对光仁街表达着不中自己意愿的看法。

我反驳道：“那又有什么不好？”

母亲又说：“咱们从前的安平街多宽啊！”

我光火了，气不打一处来地抢白她：“安平街是咱们的吗？它再宽那也是从前！”

母亲瞪我一眼，不理我了，径自慢慢地往前走去，边走边左看右看的。分明地，街两旁低矮的东倒西歪的房屋，给她留下的是极其糟糕的印象。

然而，光仁街十三号，却是一个不小的院子。院中的房子倒也齐整，起码不东倒西歪的。外墙都刷了白灰，窗框门框都刷了绿油。那样的房子，在我眼里，简直够得上美观了。

母亲脸上终于露出了满意的表情。

她问我："你觉得这个院子怎么样？"

我说："好！"

母亲却说："也有一点不好。比街面低不少呢！夏天，街上的雨水肯定会往院子里流的。"

我又生气地说："都搬来好多家了，别人家都不担心，怎么就你担心！"母亲复瞪我一眼，又不理我了。说那个院子不小，是相对于光仁街而言的。比起我家在安平街住过的那个院子，那还是小多了。院中公有的空地，只有前者的五六分之一。三面是住房，一面是各家各户的煤棚。有两扇对开的院门，门旁是公厕。全院只剩一处空房子了——两间。大间十五平方米，小间八九平方米，带门斗，前后窗。母亲在空房子里时，一个女人走出家门，主动和母亲打招呼。她家也是安平街上动迁过来的，和母亲认识。她说："要是看中了，趁早搬过来吧，正好咱们两家成了住一个院子的近邻。"母亲说："当家的远在外省，我得和孩子们商议商议。"我立刻说："妈，我同意！"那女人笑道："真是你妈妈的好参谋！"母亲看我一眼，也不由得笑了，还抚摸了一下我的头……就这样，我家从安平街搬到了光仁街。那时已是九月。穷家易搬。厂方给出了一辆卡车，仅一车就搬了个一干二净。我们在新家过的国庆节。里间外间都搭了床，全家六口分两张床睡，我从没睡得那么宽绰。母亲的心情也从没那么好过，脸上经常浮现满足的微笑。国庆节那一天，她还有极好的情绪率领她的四儿一女逛了一次动物园。两个月后，冬季来临了。那一年的冬季可真冷啊！正是备战的年份，有的煤不好烧，炉膛里的火总是半燃半熄的，往往连一顿大楂子粥也不易煮熟。那一个冬季，母亲和我们几个孩子全都被冻感冒过。春节的日子里，轮到我发高烧。然而我也还是在年三十儿那一天晚上将地板刷了一遍。不是刷油，是用刷子蘸肥皂水刷裸纹的地板。终于又住上有地板的房子了，干吗不将它刷得清清洁洁的呢？发高烧又有什么呢？谁又没发过高烧呢？

尽管我们的新家冻手冻脚的，然而我们有珍藏的旧年画用图钉按在墙上；有母亲的巧手剪成的拉花悬在天花板上；所有的门两旁，还贴着哥哥用工整的毛笔字写的对联。大年初一邻居们相互拜年时，都夸我们的家里最有过春节的气氛。漫长的冬季总算挨过去了，母亲和我们对春天的到来显出异乎寻常的欢喜。五月份，大地一开始变得松软，我便向邻家借了一辆小推车，动员了两个弟弟，每天一放学就这里那里到处去发现黄土堆，然后用小推车一车一车地往家里推。有时，要到离家很远的地方。

七月，我小学毕业了。我和两个弟弟脱出了百余块土坯，并且把它们都已经晒得干干的了。八月是我小学阶段的最后一次暑假。在这个月份里，我为我家的两间屋子盘成了两铺火炕。炕面和炕墙糊了一层又一层的旧报纸。我是瓦匠的儿子，那些活对我并非难事。试烧了几天，烟路通畅。母亲见我们那么能干，一高兴，手就松了，居然舍得花两元多钱允许我买了一盒油漆。我极为节省地用光了一盒绿色的油漆，于是两铺炕成了绿色的。我在盘火炕时，不小心弄穿了一面墙的墙根。其实也不能怪我不小心。那墙它实在是一面骗人眼睛的墙。原来，那院子本是一个加工纸盒的街道小厂。小厂开不下去了，就被铁丝厂收购了去。把全院的房子草草伪装了一番，用以应付动迁的人家。我家的房子是最后一套，干那种活的人们更是应付了事，仅仅用些草绳就马马虎虎编了一面墙，里外抹上泥，人眼又怎么看得穿呢？我怕母亲发现真相，后悔搬到这个院子里来，趁母亲不在家里的半天，把那堵墙根推倒，用剩下的土坯重砌起来。等母亲回到家里，我已大功告成。

九月，父亲回来探家了。父亲对我们的新家也很满意。新邻居们的关系相处得特别友好，这令父亲对生活产生了满心怀的感激。他说："等我退休了，能在这个院子里养老，岂不是我前世修来的福吗？"他对我盘的两铺火炕，也予以郑重其事的表扬。他为我家的前后窗都围起了小院子。我家的房子虽然在全院是最小的，却因为是最把头的一套，前后窗前都有属于我家的空地。母亲向街坊要了几种花，而我趁夜从一所疗养院的院子里盗挖了一株槲树苗。于是，我家前窗外有花，后窗外有树，使邻居们大为羡慕。

我们这一家的小百姓生活，似乎已开始过出了几分诗意。我的理解，幸福的生活似乎并非梦想了。

但父亲临走时却大发了一顿脾气——他不同意哥哥考大学，要求哥哥找工作。可哥哥却一心渴望上大学，母亲暗中支持着哥哥。事情还惊动了校方，哥哥的班主任老师陪同一位副校长来到家里，批评了父亲一通。

父亲走的那一天，恰是哥哥大学考试的第一天。

哥哥谎说去找工作，没送父亲。

我代表全家将父亲送到了火车站。

父亲辩解似的对我说："爸开始老了，实在是没能力供一名大学生了啊！"

列车一开，我看到父亲眼中流下了泪……

我先收到了中学录取通知书；几天后哥哥收到了大学录取通知书；又过几天母亲被选为街道组长。

我家这一户新搬到光仁街上才一年的人家，因为母亲是街道组长，因为出了一名大学生，成了一户颇受尊敬的人家。对于哥哥考上大学，我一点儿都不奇怪，那是我预料之中的事。哥哥之善于学习，正如我之善于脱坯盘火炕。但母亲居然被选成了街道组长，却是我怎么也想不到的事。在短短的一年里，她怎么就赢得了几十户人家的好感呢？我百思不得其解。

那些日子里，母亲脸上经常浮现着微笑。我看得出来，她特有成就感。

对于我来说，我家的幸福生活，来得未免太顺利了。

那一年的冬季我家里温暖如春。

那一年的春节我把家粉刷了一遍，四壁滚上了好看的花样。我把我们小小的温馨的家当成了一个王国。父亲远在外地，哥哥上大学去了，我就是国王。我可以随心所欲地对我们的家施行美化性的改造，母亲只偶尔地“垂帘听政”。倘我不向她伸手要钱，母亲从不反对我的任何主张。

当年秋末，哥哥被大学给护送回来了——他患了精神病。

从此，我家的生活不再有丝毫的诗性可言，幸福一去不复返。父亲和母亲，也永远地失和了。我想，他们可能一直到死，都谁也没有真正地原谅了谁——父亲认为母亲支持哥哥考大学是绝对错误的；母亲则认为，哥哥得了精神病，纯粹是由于父亲施加给他的心理压力太大了……

弟弟妹妹们失去了欢乐……

我成了班级里学习成绩最差的学生……

两年后，我为了替家里挣份钱，无怨无悔地报名下乡去了。依我想来，要治好哥哥的病，前提是得有钱。只有治好了哥哥的病，母亲脸上才会重现微笑；弟弟妹妹们才会重享欢乐；父母才会彼此和解；诗性才会回到我们的生活中来，幸福才会回到我们的生活中来……

我那时当然还不明白，精神病是无法根治的。

我下乡以后，从地理上讲，父亲离我是更遥远了。从心理上讲，我离父亲反倒像是更贴近了。因为我终于也和父亲一样，成了一个能够挣钱养家的人。而这正是我梦寐以求的事情。

光仁街十三号，它成为我和父亲的共同的意识中枢。我和父亲每月各自将钱汇往这个地址。我们的目光，从东北边陲和西南的大山之间，共同关注着光仁街十三号——这个院子里有家啊！

我和父亲相见一面更难了。

父亲从四川回到哈尔滨市的光仁街十三号，往往需要六天；而我从北大荒回到光仁街十三号，一路顺利，不住店也得经历一个白天和一个夜晚。

我和父亲不容易在同一年的同一个月里请下探亲假。我和父亲见上一面特别难了。

在我下乡的六年多，光仁街一天比一天破落了。它的姊妹街光义街、光礼街、光智街、光信街，也全都一天比一天破落了。因为那些街道，原本就不曾怎么的像过街道的样子。新中国成立以前，那儿只不过有一处日本兵营、一处日本军妓馆，旁边是一幢日本军官们住的小二层楼。那么，新中国成立以前，中国的老百姓谁敢在那儿安家呢？新中国成立后才逐渐有老百姓建家院，从四面八方迁住到那个被城市荒弃的地方。刚解放的老百姓，尽是一穷二白的老百姓。当初自建的家院有多么简陋可想而知。那些后来被文化人起了很文化的街名的街道，当初只不过是一种自然形成的家与家、户与户、屋与屋、院与院的距离而已……

我上大学那一年，途经哈尔滨，在家里住了两天。那两天大雨中雨小雨接连不断，立体的光仁街笼罩在雨中；平面的光仁街浸泡在水里，像一只不知被雨水从哪儿冲过来却又被什么东西挂住了的破鞋子。

不少人家的房屋倒塌了。

我家也塌了一面墙。

我走时，哭了……

“文革”结束后，两个弟弟、一个妹妹成家了；父亲退休了；起先住五六口人的家，东接出几米，西盖出几米，成了四个家庭三代人共同拥有的一个阴暗潮湿的半地上半地下的窝。我自然是经常想家的。然而，一旦批下了探亲假，我又往往会愁眉不展。回到家里，可叫我睡哪儿呢？跟谁睡在一起呢？直到一九九六年，所有那些“光”字头的街道，才由市政府整合了各方面的资金，一举推平了。住在那一带的老百姓们，才终于熬出头了……

三

我现在住在健安西路原中国儿童电影制片厂的宿舍楼里，是一幢一九八四年盖的楼，算是一幢旧楼了。

我曾在北京电影制片厂院内的一幢危楼里住了十一年。那原是一幢小办公楼，未经改造便分给了北影厂的一些员工，家家户户都没厨房，都在走廊里占据一小块地方做饭，共用公厕。我有幸在那一幢楼里分配到一间十三平方米的阴面房间。

儿子上小学二年级时，也就是一九八八年十月中旬，我从北影调到童影，于是住进了一九八八年底还很新的单元楼房。其实，我主要是为了能使父母在有生之年享受到住单元楼房的福气，才毅然决然地从北影厂调到童影的。

我对童影始终深怀感激。因为童影使我的愿望提前实现了，而且实现得比我的预期更加令我心满意足。事实证明我的决定完全正确——旧家具在新家里刚刚摆放稳定没几天，父亲便接到我的信又来北京了。那一年我已虚岁四十。那一年父亲已是七十七岁的老人。那一年健安西路还是一条白天晚上总是寂静悄悄的小街。那一年童影门前的马路上过往车辆还很少；学知路口那儿也没有立交桥；元大都土城墙遗址只不过是一道杂草丛生的土岗而已……

那一年的十二月，父亲在我的新家病逝。作为新中国的第一代建筑工人，他终于在生命的最后五十几天里住上了楼房，尽管每一天都在单元楼房里忍受着癌症的疼痛。但他确确实实地是感到享了福了——一辈子从未享过的福。阳台，室内厕所，管道天然气，私家电话……一切使他觉得恍如置身梦境似的。

他曾对我说："如果我才六十几岁，也没生病，那多好啊！"

我第一次从我父亲的口中听到了一句非常留恋人生的话。

父亲那一句话令我大为愀然……

屈指算来，如今，我在健安西路上已生活了十七个年头。

如今，元大都土城墙遗址已建成海淀区最美的一处公园。虽然我一年三百六十几天里难得有几次去公园里悠闲地散步，但一想到我是全北京住得离这一处公园最近的人之一，不由得备感幸运。隔窗而望，我能清楚地来数公园里一棵老杨树的叶片。十七个年头里，我眼见它一番夏绿秋黄，对它已是十分稔熟，就像它是一位一天里见好几次面的老朋友。

前年的夏季，有一天夜里，那老杨树被雷劈断了一杈小盆头般粗壮的斜枝，仿佛一个人被砍断了一臂，让我看着替它伤心。我以为它受了那么严重的创击，只怕以后活不了多久了。没想到，今夏它那一树肥大的叶片更加油绿。断枝被锯掉后，反而显得树形更美观了。

在哈尔滨，路是比街大的一个概念。路，普遍地很长，较宽。而街，只要区别于胡同就算是了。比如光仁街那类街，人们并不会认为它不该叫街。

所以，我总觉得，健安西路之谓路，实在是有些名不副实的。当我将它与长安街相比时，尤其觉得它作为“路”，未免太袖珍了。故凡是初来我家的人，我总是会在电话里这么解释：“那只不过是一条小街。”

是的，健安西路，只不过是一条小街罢了。严格地说，又只能算是半条小街。因为它的另一端是被院落堵死了的。它的一边，依次是童影的一幢宿舍楼、北影厂的两幢宿舍楼和总参干休所的两幢宿舍楼。都是二十世纪八十年代初建成的。而它的另一边，自然便是著名的元大都土城墙遗址了。包括两边的人行道，此路宽十四五米。

从电影学院和童影（现在是电影频道）门前那一条马路上拐入这一条小街，小街的第一个标识是一家饭店。它已易了几次主人。每易一次，改一次名。现在的店名是“咱家小吃”。它旁边是一家规模很小的洗浴中心，但起了一个特雅的名——“伊丽尔美容美发休闲中心”。既然叫作“伊丽尔”，就谢绝男士入内了。我家刚搬到这条小街上住时，“伊丽尔”的原址便是类似的地方了，但那时叫“清水大澡堂”，曾是个吸引不少男人光顾的地方。不管叫作什么，我从没进入过。

对我个人而言，最佳的休闲方式乃是关了电话，卧床看书。或美睡一大觉。倘不靠安眠药，后一种享受对我已不可能。然静静地躺在床上，闭目养神，我也很惬意。至于洗澡，除了开会住宾馆时，我一向只习惯于在家里。

在“伊丽尔”的旁边，是“禾谷园”，快餐店的一处分店；其旁是一家杂货铺；再一旁是影协表演艺术学会办的培训学校；又一旁是一家小餐馆；最左边是一家卖麻辣串和烧烤的小铺面……

所有那些商家的招牌首尾相连，组成一列，但总长也不过二十几米。表演艺术培训学校的招牌恰居其中，给人一种“鹤立鸡群”“出类拔萃”似的印象，也给人一种艺术之神沦落风尘似的印象。在那些招牌的下面和店铺的门前，还有二三处卖水果卖菜蔬的摊位。

对我而言，它们便是家门口的“商业区”了。我的绝大部分日常商品需求，赖于它们的存在。除了“禾谷园”，它们的主人，多是靠小本生意来京谋生计的男女。而表演艺术培训学校的学生们是他们的“上帝”。倘若不然，仅靠我一家所在的小区的居民们的消费指数来支撑的话，大约皆会倒闭的。

而那些表演艺术培训学校的学生，大抵是每年报考电影学院的落榜生。依我想来，培训学校是他们的临时收容所。他们无不希望经过培训，获得点儿经验，重振信心，来年再参与激烈的竞争。他们中某些男孩和女孩，也还算有几分姿色和帅气，这又使他们仿佛有那么几分准明星似的自我感觉。好像说不定哪一天，一旦时来运转，自己便会是明星无疑了。他们中有些孩子，自然是女孩子，竟是拥有跑车的，那使她们在自我感觉方面更良好了。

每每地，看见那些孩子，我便会庸人自扰一厢情愿地替他们也替他们的家长备感忧虑。因为他们的文化水平，想来仅在初中的程度。万一将来当不成明星，长久的人生不知还能转向何业？但我内心里有时是对他们心存感激的。许多青春期的脸庞和身影出现与活动于某一小区，无疑地会使某小区“活力在线”——在视线。否则，我经常所见，将十之七八是老年人的寂寞脸庞和蹒跚身影……

我在“禾谷园”常与那些孩子隔案用餐，有时我还会看到他们的父母。那些外省市的父母望着自己儿女们的目光充满爱意和希冀。天下父母之心的仁慈溢于言表，每使我大为感动。感动之余，自亦感慨多多。

我还经常在“禾谷园”发现电影频道的领导和员工们。我认识的后者较少，但身居领导层的人士，皆与我稔熟，也可以说皆与我有着友好的关系。

我们相互看见了，总是会端着盘子、碗往一块儿凑。所谓同类相吸，边吃边聊，话题也总是离不开电影和电视。我从他们口中能获得不少关于电影和电视的最新信息，也常能从他们口中听到真知灼见和新颖观点。那时，我忍不住会说：“等等，再说一遍。”

他们便笑我认真。如果说某些招牌是该小区的标识的话，那么有一个人物也是该小区的“标识”，便是在我家所住的那幢楼边上修自行车的人。我不知他多大年纪了。也许该有三十五六岁了吧？甚或，年龄还要大些也说不定的。他身材挺高，将近一米八，也挺壮，肩圆背厚的。据我所知，他还单身着。又据我所知，他的父亲是北影厂的一名老制景木工，早已去世了。他的母亲有没有工作我不清楚，但我听说她身体不怎么好。修自行车的人与母亲相依为命。修自行车是他养活自己和母亲的唯一收入。我曾问过他的收入情况，他说平均下来每月七八百元，又每笑道："还能勉强维持生活。"他的笑，绝非苦笑。他这个人，只要一和人说话，便笑。那么可以说他是一个很爱笑的男人。但我却从没见他苦笑过。他总是一个大男孩般天真而又无邪地笑。无论春夏秋冬，我从没见他穿过一件较像样子的衣服。没人修自行车时，他便安安静静地坐在一块石头上看小报。与对面的摊位相比，他所占的地盘更小。我家搬到健安西路不久，他便是那两平方米不到的地盘的主人了。十几年来，他渐渐在我心目中形成了一种佛般的印象。北影厂家属区后门开在健安西路上，每有"奔驰""宝马"一类名车驶来驶往。另一些人的另一种生活，谁想装作浑然不知几乎是不可能的。

然而一切人生状况的巨大反差，似乎从来也没入过他的眼。他一向是那么平静而又友善地看待周边的世相。天真而又无邪地笑对之，似乎便是"淡泊"二字的活的人体字形。是的，他常使我联想到"立地成佛"一词。我每欲得知他头脑里究竟有着怎样一种人生观。他既是一个人，我想，人生观必定也是有的吧？但我从来也没试探地问过他。他极敬我，每次看见我，都主动地微笑地打招呼。我想，他肯定并不知道，我对他怀有的敬意，远超过他对于我的。他那一种据地数尺，甘事小技，总是笑度日子的心里定力，着实令我自愧弗如。对于我，健安西路仿佛是一部经书，天天翻开在我面前，天天给我以点点滴滴的人生思索和启发。对于我，那修自行车的人，仿佛是我的一位教父。他经常以他的存在暗示我——人其实无须向人生诉求得太多。理当满足仍不满足的人，那也许是上苍在折磨他们的欲望……比起来，我在健安西路这一条小街上居住的年头最长久。十八年，只比我的人生的三分之一少一年。它也是我住过的最像样子的一条小街。我相信，以后它的路面和人行道重铺一次的话，更会是一条闹中取静的体面小街了。那么，我即使在这一条小街上终老一生，也算是上苍眷顾于我了啊！我想，所谓人生，看得再通透些，似乎也是可以这样来理解的——

人在特定时空里的几个阶段的剪辑。对于大多数人，也不过便是三五个阶段而已。这还是往多了说……

紧绷的小街

迄今，我在北京住过三处地方了。

第一处自然是从前的北京电影制片厂院内。自一九七七年始，我在这里住了十二年筒子楼。往往一个星期不出北影厂大门，家、食堂、编导室办公楼，白天晚上数次往返于三点之间，像继续着大学生的校园生活。出了筒子楼半分钟就到食堂了，从食堂到办公室才五六分钟的路，相比今天在上下班路上耗去两三个小时的人，上班那么近实在是一大福气了。

一九八八年底我调到了中国儿童电影制片厂，次年夏季搬到童影宿舍。这里有一条小街，小街的长度不会超过从北影厂的前门到后门的距离，很窄，一侧是元大都的一段土城墙。当年城墙遗址杂草丛生，相当荒野。小街尽头是总参的某干休所，所谓“死胡同”，车辆不能通行。当年有车人家寥寥无几，“打的”也是一件挺奢侈的事，进出于小街的车辆除了出租车便是干休所的车了。小街上每见住在北影厂院内的老导演老演员们的身影，或步行，或骑自行车，或骑电动小三轮车，车后座上坐着他们的老伴儿。他们的名字在中国电影史上举足轻重。当年北影厂的后门刚刚改造不久，小街曾很幽静。

又一年，小街上有了摆摊的。渐渐地，就形成了街市，几乎卖什么的都有了。别的地方难得一见的东西，在小街上也可以买到。我在小街买过野蜂窝，朋友说是人造的，用糖浆加糖精再加凝固剂灌在蜂窝形的模子里，做出的“野蜂窝”要多像有多像，过程极容易。我还买过一条一尺来长的蜥蜴，卖的人说用黄酒活泡了，那酒于是滋补。我是个连闻到酒味儿都会醉的人，从不信什么滋补之道，只不过买了养着玩儿，不久就放生了。我当街理过发，花二十元当街享受了半小时的推拿，推拿汉子一时兴起，强烈要求我脱掉背心，我拗他不过，只得照办，吸引了不少围观者。我用十元钱买过三件据卖的人说是纯棉的出口转内销的背心，也买过五六种印有我的名字、我的照片的盗版书，其中一本的书名是《爱与恨的交织》，而我根本没写过那么一本书。当时的我穿着背心、裤衩，趿着破拖鞋，刚剃过光头，几天没刮胡子。我蹲在书摊前，看着那一本厚厚的书，吞吞吐吐地说：“这本书是假的。”

卖书的外地小伙子瞪我一眼，老反感地顶我：“书还有假的吗？假的你看半天？到底买不买？”

我说我就是梁晓声，而我从没出版过这么一本书。

他说：“我看你还是假的梁晓声呢！”

旁边有认识我的人说中国有多少叫梁晓声的不敢肯定，但他肯定是作家梁晓声。

小伙子夺去那本书，啪地往书摊上一放，说：“难道全中国只许你一个叫梁晓声的人是作家？！”

我居然产生了保存那本书的念头，想买。小伙子说冲我刚才说是假的，一分钱也不便宜，爱买不买。我不愿扫了他的兴又扫我自己的兴，二话没说就买下了。待我站在楼口，小伙子追了上来，还跟着一个小女子，手拿照相机。小伙子说她是他媳妇儿，说："既然你是真的梁晓声，那证明咱俩太有缘分了，大叔，咱俩合影留念吧！"人家说得那么诚恳，我怎么可以拒绝呢？于是合影，恰巧走来人，小伙子又央那人为我们三个合影，自然是我站中间，一对小夫妻一左一右，都挽我手臂。

使小街变脏的首先是那类现做现卖的食品摊——煎饼、油条、粥、炒肝儿、炸春卷儿、馄饨、烤肉串儿，加上卖菜的，再加上杀鸡宰鸭剖鱼的……早市一结束，满街狼藉，人行道和街面都是油腻的，走时粘鞋底儿。一下雨，街上淌的像刷锅水，黑水上漂着烂菜叶，间或漂着油花儿。

我在那条小街上与人发生了三次冲突。前两次互相都挺君子，没动手。第三次对方挨了两记耳光，不过不是我扇的，是童影厂当年的青年导演孙诚替我扇的。那时的小街，早六七点至九、十点钟内，已是水泄不通，如节假日的庙会。即使一只黄鼬，在那种情况之下企图窜过街去也是不大可能的。某日清晨，我在家中听到汽车喇叭响个不停，俯窗一看，见一辆自行车横在一辆出租车前，自行车两边一男一女，皆三十来岁，衣着体面。出租车后，是一辆搬家公司的厢式大车。两辆车一被堵住，一概人只有侧身梭行。

我出了楼，挤过去，请自行车的主人将自行车顺一下。

那人瞪着我怒斥："你他妈少管闲事！"

我问出租车司机怎么回事，他是不是剐蹭着人家了。

出租车司机说绝对没有，他也不知对方为什么要挡住他的车。

那女的骂道："你他妈装糊涂！你按喇叭按得我们心烦，今天非堵你到早市散了不可！"

我听得来气，将自行车一顺，想要指挥出租车通过。对方一掌推开我，复将自行车横在出租车前。我与他如是三番，他从车上取下了链锁，威胁地朝我扬起来。

正那时，他脸上啪地挨了一大嘴巴子。还没等我看清扇他的是谁，耳畔又听啪的一声。待我认出扇他的是孙诚，那男的已乖乖地推着自行车便走，那女的也相跟而去，两个都一次没回头……至今我也不甚明白那一对男女为什么会是那么一种德行。

两年后"自由市场"被取缔，据说是总参干休所通过军方出面起了作用。

如今我已在牡丹园北里又住了十多年，这里也有一条小街，这条小街起初也很幽静，现在也变成了一条市场街，是出租车司机极不情愿去的地方。它的情形变得与十年前我家住过的那条小街又差不多了。闷热的夏日，空气中弥漫着腐败腥臭的气味儿。路面重铺了两次，过不了多久又粘鞋底儿了。下雨时，流水也像刷锅水似的了，像新中国成立前财主家阴沟里淌出的油腻的刷锅水，某几处路面的油腻程度可用铲子铲下一层来。人行道名存实亡，差不多被一家紧挨一家的小店铺完全占据。今非昔比，今胜过昔，街道两侧一辆紧挨一辆停满了廉价车辆，间或也会看到一辆特高级的。

早晨七点左右"商业活动"开始，于是满街油炸烟味儿。上班族行色匆匆，有的边吃边走。买早点的老人步履缓慢，出租车或私家车明智地停住，耐心可嘉地等老人们蹒跚而过。八点左右街上已乱作一团，人是更多了，车辆也多起来。如今，买一辆廉价的二手车才一两万元，租了门面房开小店铺的外地小老板十之五六也都有车，早晨是他们忙着上货的时候。太平庄那儿一家国美商城的免费接送车在小街上兜了一圈又一圈，相对于并行开两辆小汽车已勉为其难的街宽，国美那辆大客车行在街上显然是庞然大物。倘一辆小汽车迎头遭遇了它，并且各自没了倒车的余地，那么堵塞半小时、一小时是家常便饭。国美大客车是出租车司机和驾私家车的人打内心里厌烦的，但因为免费，它却是老人们的最爱。真的堵塞住了，已坐上了它或急着想要坐上它的老人们，往往会不拿好眼色瞪着出租车或私家车，显然他们认为一大早添乱的是后者。

傍晚的情形比早上的情形更糟糕。下午六点左右，小饭店的桌椅已摆到人行道上了，仿佛人行道根本就是自家的。人行道摆满了，沿马路边再摆一排。烤肉的出现了，烤海鲜的出现了，烤玉米、烤土豆片儿地瓜片儿的也出现了。时代进步了，人们的吃法新颖了，小街上还曾出现过烤茄子、青椒和木瓜的摊贩。最火的是一家海鲜店，每晚在人行道上摆二十几套桌椅，居然有开着“宝马”或“奥迪”前来大快朵颐的男女，往往一吃便吃到深夜。某些男子直吃得脱掉衣衫，赤裸上身，汗流浃背，吆五喝六，划拳行令，旁若无人。乌烟瘴气中，行人嫌恶开车的；开车的嫌恶摆摊的；摆摊的嫌恶开店面的；开店面的嫌恶出租店面的——租金又涨了，占道经营等于变相地扩大门面，也只有这样赚得才多点儿。通货膨胀使他们来到北京打拼人生的成本大大提高了，不多赚点儿怎么行呢？而原住居民嫌恶一概之外地人——当初这条小街是多么幽静啊，看现在，外地人将这条小街搞成什么样子了？！那一时段，在这条小街，几乎所有人都在内心里嫌恶同胞……

而在那一时段，居然还有成心堵车的！

有一次我回家，见一辆“奥迪”斜停在菜摊前。那么一斜停，三分之一的街面被占了，两边都堵住了三四辆车，喇叭声此起彼伏。车里坐着一男人，听着音乐，悠悠然地吸着烟。

我忍无可忍，走到车窗旁冲他大吼：“你聋啦？！”

他这才弹掉烟灰，不情愿地将车尾顺直。于是，堵塞消除。原来，他等一个在菜摊前挑挑拣拣买菜的女人。那一时段，这条街上的菜最便宜。可是，就为买几斤便宜的菜，至于开着“奥迪”到这么一条小街上来添乱吗？我们的某些同胞多么令人难以理解！

那男人开车前，瞪着我气势汹汹地问：“你刚才骂谁？”

我顺手从人行道上的货摊中操起一把拖布，比他更气势汹汹地说：“骂的就是你，混蛋！”

也许见我是老者，也许见我一脸怒气，并且猜不到我是个什么身份的人，还自知理亏，他也骂我一句，将车开走了……

能说他不是成心堵车吗？！

可他为什么要那样呢？我至今也想不明白。

还有一次，一辆旧的白色“捷达”横在一个小区的车辆进出口，将院里街上的车堵住了十几辆，小街仿佛变成了停车场，连行人都要从车隙间侧身而过。车里却无人，锁了，有个认得我的人小声告诉我在对面人行道上，一个穿T恤衫的吸着烟的男人便是车主。我见他望西洋景似的望着堵得一塌糊涂的场面幸灾乐祸地笑。毫无疑问，他肯定是车主。也可以肯定，他成心使坏是因为与出入口那儿的保安发生过不快。

那时的我真是怒从心头起，恶向胆边生。倘身处古代，倘我武艺了得，定然奔将过去，大打出手，管他娘的什么君子不君子！然我已老了，全没了打斗的能力和勇气。但骂的勇气却还残存着几分。于是撇掉斯文，瞪住那人，大骂一通混蛋王八蛋狗娘养的！

我的骂自然丝毫也解决不了问题。最终解决问题的是交警支队的人，但那已是一个多小时以后的事了。在那一个多小时内，坐在人行道露天餐桌四周的人们，吃着喝着看着“热闹”，似乎堵塞之事与人行道被占一点儿关系都没有……

十余年前，我住童影宿舍所在的那一条小街时，曾听到有人这么说——真希望哪天大家集资买几百袋强力洗衣粉、几十把钢丝刷子，再雇一辆喷水车，发起一场义务劳动，将咱们这条油腻肮脏的小街彻底冲刷一遍！

如今，我听到过有人这么说——某时真想开一辆坦克，从街头一路轧到街尾！这样的一条街住久了会使人发疯的！

这条小街，不仅经常引起同胞对同胞的嫌恶，经常引起同胞对同胞的怨气，还经常造成同胞与同胞之间的紧张感。互相嫌恶，却也互相不敢轻易冒犯。谁都是弱者，谁都有底线。大多数人都活得很隐忍，小心翼翼。

街道办事处对这条小街束手无策，他们说他们没有执法权。

城管部门对这条小街也束手无策。他们说要治理，非来“硬”的不可，但北京是“首善之都”，怎么能来“硬”的呢？

新闻单位被什么人请来过，却一次也没进行报道。他们说，他们的原则是报道可以解决的事，明摆着这条小街的现状根本没法解决啊！

有人一次次地打市长热线，最终居委会的同志找到了打电话的人，劝说——容易解决不是早解决了吗？实在忍受不了你干脆搬走吧！

有人也要求我这个区人大代表应该履责，我却从没向区政府反映过这条小街的情况。我的看法乃是每一处摊位，每一处门面，背后都是一户人家的生计、生活甚至生存问题，悠悠万事，唯此为大。

在小街的另一街口，一行大红字标志着一个所在是“城市美化与管理学院”。相隔几米的街对面，人行道上搭着快餐摊棚。下水道口近在咫尺，夏季臭气冲鼻，令人作呕。

城管并不是毫不作为的。他们干脆将那下水道口用水泥封了，于是，那儿摆着一个盛泔水的大盆了。至晚，泔水被倒往附近的下水道口，于是，另一个下水道口也臭气冲鼻，令人作呕了。

又几步远，曾是一处卖油炸食物的摊点。经年累月，油锅上方的高压线挂满油烟嘟噜了，如同南方农家灶口上方挂了许多年的腊肠。架子上的变压器也早已熏黑了。某夜，城管发起“突击”，将那么一处的地面砖重铺了，围上了栏杆，栏杆内搭起“执法亭”了。白天，摊主见大势已去，也躺在地上闹过，但最终以和平方式告终。

本就很窄的街面，在一侧的人行道旁，又隔了一道八十厘米宽的栏杆，使那一侧无法停车了。理论上是这样一道算式——斜停车辆占路面一点五米宽即一百五十厘米的话，如此一来，无法停车了，约等于路面被少占了七十厘米。两害相权取其轻，不得已而为之的办法，一种精神上的“胜利”。这条极可能经常发生城管人员与占道经营、无照经营、不卫生经营者之间的严峻斗争的小街，十余年来，其实并没发生过什么斗争事件。斗争不能使这一条小街变得稍好一些，相反，恐怕将月无宁日，日无宁时。这是双方都明白的，所以都尽量地互相理解，互相体恤。

也不是所有的门面和摊位都会使街道肮脏不堪。小街上有多家理发店、照相馆、洗衣店、打印社，还有茶店、糕点店、眼镜店、鲜花店、房屋中介公司、手工做鞋和卖鞋的小铺面，它们除了方便于居民，可以说毫无负面的环境影响。我经常去的两家打印社，主人都是从农村来的。他们的铺面月租金五六千元，而据他们说，每年还有五六万的纯收入。

这是多么养人的一条小街啊！出租者和租者每年都有五六万的收入，而且或是城市底层人家，或是农村来的同胞，这是一切道理之上最硬的道理啊！其他一切道理，难道还不应该服从这一道理吗？

在一处拐角，有一位无照经营的大娘，她几乎每天据守着一平方米多一点儿的摊位卖咸鸭蛋。一年四季，寒暑无阻，已在那儿据守了十余年了。一天才能挣几多钱啊！如果那点儿收入对她不是很需要，七十多岁的人了，想必不会坚持了吧。

大娘的对面是一位东北农村来的姑娘，去年冬天她开始在拐角那儿卖大楂子粥。一碗三元钱，玉米很新鲜，那粥香啊！她也只不过占了一平方米多一点儿的人行道路面。占道经营自然是违章经营，可是据她说，每月也能挣四五千元！因为玉米是自家地里产的，除了点儿运费，几乎再无另外的成本。她曾对我说："我都二十七了还没结婚呢，我对象家穷，我得出来帮他挣钱，才能盖起新房啊！要不咋办呢？"

再往前走十几步，有一位农家妇女用三轮平板车卖豆浆、豆腐，也在那儿坚持十余年了。旁边，是用橱架车卖烧饼的一对夫妻，丈夫做，妻子卖，同样是小街上的老生意人。寒暑假期间，两家的各自都是小学生的女孩也来帮大人忙生计。炎夏之日，小脸儿晒得黑红。而寒冬时，小手冻得肿乎乎的。两个女孩儿的脸上，都呈现着历世的早熟的沧桑了。

有一次我问其中一个："你俩肯定早就认识了，一块儿玩不？"

她竟说："也没空儿呀，再说也没心情！"

回答得特实在，实在得令人听了心疼。

"五一"节前，拐角那儿出现了一个五十来岁的外地汉子，挤在卖咸鸭蛋的大娘与卖鞋垫的大娘之间，仅占了一尺来宽的一小块儿地方，蹲在那儿，守着装了硬海绵的小木匣，其上插五六支风轮，彩色闪光纸做的风轮。他引起我注意的原因不仅是他卖成本那么低、挣不了几个小钱的东西，还有他右手戴着原本是白色、现已脏成了黑色的线手套，一种廉价的劳保手套。

我心想："你这外地汉子呀，北京再能谋到生计，这条街再养得活人，你靠卖风轮那也还是挣不出一天的饭钱呀！你这大男人脑子进水啦？找份什么活儿干不行，非得蹲这儿卖风轮？"然而，我多次地看到他挤在两位大娘之间，蹲在那儿，五月份快过去了他才消失。

我买鞋垫时问大娘："那人的风轮卖得好吗？"

大娘说："好什么呀！快一个月了只卖出几支，一支才卖一元钱，比我这鞋垫儿还少五角钱！"

卖咸鸭蛋的大娘接言道："他在农村老家干活儿时，一条手臂砸断了，残了，右手是只假手。不是觉得他可怜，我俩还不愿让他挤中间呢……”

我顿时默然。

卖咸鸭蛋的大娘又说，其实她一个月也卖不了多少咸鸭蛋，只能挣五六百元而已，这五六百元还仅归她一半儿。农村有养鸭的亲戚，负责每月给她送来鸭蛋，她负责腌，负责卖。

“儿女们挣的都少，如今供孩子上学花费太高，我们这种没工作过也没退休金的老人，”她指指旁边卖鞋垫的大娘，“哪怕每月能给第三代挣出点儿零花钱，那也算儿女们不白养活我们呀……”

卖鞋垫的大娘就一个劲儿点头。

我不禁联想到了卖豆制品的和卖烧饼的。他们的女儿，已在帮着他们挣钱了。父母但凡工作着，小儿女每月就必定得有些零花钱。城里人家尤其是北京人家的小儿女，与外地农村人家的小儿女相比，似乎永远是有区别的。

我的脾气，如今竟变好了。小街日复一日年复一年地教育了我，逐渐使我明白我的坏脾气与这一条小街是多么不相宜。再遇到使我怒从心起之事，每能强压怒火，上前好言排解了。若竟懒得，则命令自己装没看见，扭头一走了之。

而这条小街少了我的骂声，情形却也并没更糟到哪儿去。正如我大骂过几遭，情形并没有因而就变好点儿。

我觉得不少人都变得和我一样好脾气了。

有一次我碰到了那位曾说恨不得开辆坦克从街头轧到街尾的熟人。

我说：“你看我们这条小街还有法儿治吗？”

他苦笑道：“能有什么法儿呀？理解万岁呗，讲体恤呗，讲和谐呗……”

由他的话，我忽然意识到，紧绷了十余年的这一条小街，它竟自然而然地生成了一种品格，那就是人与人之间的体恤。所谓和谐，对于这一条小街，首先却是容忍。

有些同胞生计、生活、生存之艰难辛苦，在这一条小街呈现得淋漓尽致。小街上还有一所小学——瓷砖围墙上，镶着陶行知的头像及“爱满天下”四个大字。墙根低矮的冬青丛中藏污纳垢，叶上经常粘着痰。行知先生终日从墙上望着这条小街，我每觉他的目光似乎越来越忧郁，却也似乎越来越温柔了。

尽管时而紧张，但十余年来，却又未发生什么溅血的暴力冲突。

这也真是一条品格令人钦佩的小街！发生在小街上的一些可恨之事，往细一想，终究是人心可以容忍的。发生在中国的一些可恨之事，却断不能以“容忍”二字轻描淡写地对待。“为之于未有，治之于未乱。”——老聃此言胜千言万语也！

万里家山一梦中

什么叫乡情?

乡情便是一个离乡很久之人没有机会说说自己的家乡，他就很难开心得起来了；而一旦有了说的机会，于是说起来收不住话匣子，神采飞扬。

我读胜友那一篇篇关于家乡亚布力的散文，每被字里行间浓得像野生蜜的乡情感染、感动。其情如亚布力野生的“三莓”果，一嘟噜一嘟噜的，一串一串的；也如“甜秆”，“细吮里面的浆汁，那种甘甘的甜味，一直流到肚里，爽在心头”。

胜友是我老乡，我出生于哈尔滨市；胜友的童年和少年，显然是在亚布力的林区度过的。而亚布力这一北域小县城，距哈尔滨仅一百四十多公里……

但我下乡之前，是没去过亚布力的。

并且至今，也还是没去过。

当年不像现在，旅游这一件事，对于普通人家的孩子，是连在梦里都不敢一想的。

实际上，胜友散文中写到的关于亚布力的种种内容，我下乡后也终日可见，习焉不察了。故读的时候，眼前仿佛过电影，什么什么，皆扑面呈现。

北大荒也有林场的，我是知青时，还在林区伐过木。自然，也住过些日子。当年我对山林的感受，也是颇多新奇的。但山林之于我，终究没有如胜友般的乡情联系着。

由是想到，倘一个人的童年和少年时期是在北方的山林中度过的，倘那里的生活还不算太艰苦，那么未尝不是好事呢。

林区有趣的事物，比于大大小小的城市，多得不胜枚举啊！一个人自幼接触了许多有趣之事，并且是大自然中的有趣之事，几乎可以算得上是一种幸运了啊！起码，中年以后，身居北京这样的闹市去回忆往事，是一种情感享受呢！也许还能安慰别的思乡的人们。

为什么我偏偏强调是“北方的山林”呢？因为北方的山林比于南方的山林，不那么湿气弥漫。除非雨季，北方的山林一向是干爽的。到了秋天，北方的山林色彩缤纷，那一种赏心悦目的美，非南方的山林终年单调的绿可比的。固然，绿养眼，但终年所见除了绿还是绿，确乎也会使人觉得色彩单调的。北方的山林，四季分明，一年里可见四种如画的美景。

胜友的这些散文中，有不少是关于童年和少年时期的回忆的，怀旧之意味浓矣。如果一个人的童年和少年并非浸在苦水里，那么怀旧是愉快的，也是自然而然的事。

我从胜友的散文中也读到了那种愉快。

难得他如此有心，将小时候的游戏也一一写来。比于今天的孩子们沉迷电脑游戏，我觉得倒是从前的、生活在大自然怀抱中的孩子们，他们那些简单的、进行在大自然环境里的游戏，似乎

林区有趣的事物，比于大大小小的城市，多得不胜枚举啊！一个人自幼接触了许多有趣之事，并且是大自然中的有趣之事，几乎可以算得上是一种幸运了啊！起码，中年以后，身居北京这样的闹市去回忆往事，是一种情感享受呢！也许还能安慰别的思乡的人们。

更叫作游戏。

一言以蔽之，读了胜友的这些散文，我想，我再回哈尔滨时，当往亚布力一去了——不知现今的亚布力县城以及林区，又是一番怎样的情景……

《边境村纪实》补白

当我在稿纸上写下了“人民”两个字的时候，我认为我也就是写下了“和平”两个字。

全世界的人民都是热爱和平的。中国人民是热爱和平的，苏联人民也是热爱和平的。这一点无须论证。人类历史上发生的一切大大小小的战争，从来都不是起端于人民的。而战争所造成的一切灾难，又从来都是直接降临在人民身上的。这一点也无须论证，比一加一等于二还要明确。

我生长在哈尔滨市，它曾经是一座中苏友好之城。到了二十世纪六十年代末，它成了“反修前哨”。按照领袖的预言——“中苏大战，早晚要打，早打比晚打好”，于是，哈尔滨成了一座被战争氛围空前笼罩的城市。

没有哪一座城市的人民，比哈尔滨市的人民更能忧郁地体会到，战争一旦发生意味着什么。在那些不寻常的日子里，这座城市的全部人民，几乎每天都生活在对战争的惶恐之中。防空演习，“深挖洞”，疏散人口……家家户户的窗玻璃上都贴了米字形纸条，某些中小学校的学生们，衣服上还缝了白布，写清自己的性别、姓名、年龄，为了一旦死于中苏大战，人们会从这片白布上辨明自己的尸体……

我就是在这样一种氛围之中离开哈尔滨市上山下乡的。而我所在的生产建设兵团一师一团团部，离黑龙江不到三十里。我们团离江边最后的一个连队只消半小时。我几乎每个月都要到黑河镇去一次。它就坐落在黑龙江边，彼岸是苏联远东重市“海兰泡”。晴日里，可以望见对面高楼上悬挂的列宁头像。与哈尔滨市恰恰相反，边境线上的战争迹象和战争氛围并不严峻。就是在珍宝岛事件之后，黑龙江上的苏联船只驶过，他们的人民仍向我们招手。在黑龙江上，边境冲突事件也是发生过的。但与其说那是“挑衅行为”，毋宁说是双方人民在战争预感下的“心理冲突”。

时至今日，中苏大战并没有成为历史事实。现在边境线上恢复了和平景象。一九八五年春节，苏联一位将军带领几位随员来到中国，与中国边防军民联欢，黑龙江电视台转播了这一新闻。人民并没有对此感到惊诧。这使我明白，人民理解和平，是比理解战争更深刻也更情愿的。

怀着对中苏两个国家、两国人民之间和平友好的愿望，我在与人合作了《兴凯湖船歌》《高高的铁塔》之后，又写了《边境村纪实》《鹿心血》《非礼节性访问》《鸽哨》。还有许许多多同类题材可写，也值得一写，但身体不好，心有余而力不足。

此次回哈尔滨市，原想沿乌苏里江和黑龙江进行采访，也因身体虚弱，家事所阻，未能成行，心中怅怅然抱憾不已。

在离开北京之前，看了苏联影片《幼儿园》。这是一部反映苏联卫国战争时期人民苦难的诗电影。其中有这样的镜头——身着工作服的男人们肩扛着步枪，离开工厂，表情冷静而严峻地奔赴抗击德国法西斯的前线。旁白声说："问问我们的人民，问问这些父亲、丈夫和儿子们，苏联人民是好战的吗？……"

我被感动了。如果说这是一种宣传，那么我承认我相信了这种宣传。这部苏联影片中的这段旁白也完完全全代表中国人民。我是被人民的和平愿望感动的。我相信的是发自人民心底的和平宣言。

我在哈尔滨市曾经遇到这样一件事：一个苏联青年在哈工大前的人行道上拦住过往行人，用俄语问："会俄语吗？能够用俄语与我交谈吗？"我以为他问路，便凭着自己中学时学过的几句俄语上前与之搭话。他对我说的是"和平""友好""伟大的转折"……

在站前广场和国际旅行社对面，耸立着两座苏联红军烈士纪念碑。我在碑下看到了中国人民敬献的花圈……

听人说，尚志大街上有一段当年挖的洞塌陷了百余米长。我亲自去看了，情形很惨。自然，塌陷证明这些洞并不能够起到防备现代战争的作用。许多楼房的地基受到损害。这座城市四化建设的宏伟蓝图也受到干扰。"深挖洞"所耗巨资，相当于重建一座中小型城市。但是，比起战争本身来，这又实在不算什么了……

以上就是我为这篇小说写的"体会"。不是为了这一篇，而是为了这一组。我的小说是微不足道的。但这些话，却是我很早就想要说出的。因为我也是人民之中的一个。战争如果发生过了，按照"死一半"的预言，我绝不敢肯定自己还会坐在哈尔滨市我的家中，在仅能容两人转身的低矮小屋中，写下这些话……

第三章

中国故事

关于城市的断想

一、城市建设和农耕土地的关系

以中国的农村人口来平均算，中国绝非一个耕地面积特别充足的国家，甚至可以说，中国是一个农民平均耕地面积很有限的国家。在这一点上，中国北方、南方和西南、西北情况十分不同。北方农村人口平均耕地面积较多，而南方、西南、西北农村人口平均耕地面积则很少，有的农村每人才几分地，一户也不过二三亩地。

以二〇〇六年为例，在减少的四百六十余万亩耕地中，由于城市建设而减少的耕地为三百八十七点八万亩，占减少总量的百分之八十四，另外百分之十六为城市周边退耕还林的耕地。一般来讲，中国并不将退耕还林所减少的耕地算在耕地丧失的统计数之内。在我们中国的理念中，农林一体。二〇〇六年全国退耕还林五百零九万亩，这五百零九万亩耕地事实上已不再是耕地，今后也不再会是耕地，因为不可能再来一次伐木为田。如果算上这五百零九万亩，那么仅二〇〇六年一年，中国实际减少耕地九百七十万亩左右。而倘以这样的速度推算，其实三四年后，中国就将成为世界上农村人口平均占有耕地最少的国家之一。

正因为我们面临这样的问题，国务院暂缓了退耕还林的举措。为了抵挡风沙对城市的侵袭，退耕还林是一项正确的举措。暂缓只不过是暂缓，以后还是得继续。但由此可以想象，国家面对十八亿亩红线将被突破的情况，是多么左右为难。

再看那四百六十余万亩建设占地——既曰建设占地，当然指由于城市扩大规模所占的耕地。近十年来，中国的大、中、小城市都在以极快的速度扩大规模，因而，城市周边的耕地迅速被蚕食。城市周边的耕地，对于任何一个国家的农民，都是最具农业经济价值的。二〇〇六年我国城建所占的三百八十七点八万亩耕地，基本上是最具农业经济价值的耕地。当然，我们这里所言的经济价值，主要是对农民而言的。对于城市人，肯定不会认同。对于房地产开发商，也肯定是另一种价值核算。两亩地种什么也比不上种房子、种别墅更划算——这是房地产开发商们的价值观。

我们中国现在的情况是，宁肯暂缓退耕还林，也不能停止城市建设的步伐。因为后者一停止，许多城市的经济发展就受到严重影响。城市经济毕竟连接着国家经济的主动脉。城市发展的脚步一旦停止，整个国家的发展后劲就缺少驱动力了。

改革开放至今，中国已经减少一亿几千万农村人口。这对于中国是好事，是成就。一亿几千万农村人口，差不多相当于两个英国的人口。这么多的农村人口转化为城市人口，城市本身不扩大不增多怎么行呢?

农村人口还必须减少，那么城市还必须扩大和增多，也就意味着中国耕地面积还只能快速减少。如果在未来的二十年内，中

中国每一个省份，甚至每一个地区，都需要有一位具有宏观发展眼光的总设计师，或相当于总设计师职能的决策核心。这样的一些人，应对本省、本地区农村人口增长的速度，减少为非农村人口的速度，现在城市扩大的规模极限、新城市形成的种种可能性，都心中有数。

国继续实现农村人口再减少一亿几千万的目标，那么等于再出现三百个左右平均五十万人口的崭新城市。如果并不能这样，那么一亿几千万人口需由中国现有的大、中、小城市来容纳。如果也不能，那么实际上继续减少农村人口的国策便是纸上谈兵……

说来说去，我最想表达的意思是，在未来的几年内，中国要确保十八亿亩耕地的红线或许会被突破。各种实际原因决定，想保是可能保不住的。而在未来的二十年内，中国的总人口还将增加，直至达到十六七亿才有可能停止增加。农村新人口的增加速度，注定比城市新人口的增加速度快。农村的八零后、九零后一代，注定了将不再可能像父母辈一样拥有自己名分之下的土地。即使他们结婚了，成了农村的新农户，他们也还是不可能分配到土地，而只能从父母或家族名分下的土地分切下一块归自己所有。中国实际上已经产生了新一代并没有属于自己名下的土地的农民，他们只能等自己的父母终老以后继承父母名下的土地。

综上所述，我认为，中国每一个省份，甚至每一个地区，都需要有一位具有宏观发展眼光的总设计师，或相当于总设计师职能的决策核心。这样的一些人，应对本省、本地区农村人口增长的速度，减少为非农村人口的速度，现在城市扩大的规模极限、新城市形成的种种可能性，都心中有数。

我们国家的发展，一向以五年为一期，曰“五年计划”。我个人认为，这已经形成我们国家各级管理者的思维模式，即眼光习惯于收缩在五年以内看事情，想问题。五年以后的事情、问题，或者在意识上留给别人来做、来想；或者，如果仍需自己来做、来想，那么五年以后再说。我个人认为，在新中国成立初期，这一种做事情想问题的方式是可以理解的，也是理性的，那么现在看来，似乎需要改变了。因为这一种思维模式，已经不适应中国的发展，已经不能够确保可持续发展了。

我们的各个省份、地区，都迫切需要这样一批卓越的领导者——他们的使命眼光，能自觉地看到十年以后，二十年以后，三十年以后。对于他们，目前五年内做的事，要实现的目标，是与十年、二十年、三十年以后的总设计紧密相连的。这与心里只想着五年以内做什么事，眼中只有五年以内的目标是很不同的。

邓小平同志曾说，要争取在五十年内使全中国人民过上小康生活；本届党中央和中央政府有决心在二十年内基本实现城市现代化。这就是远大的目光。

各省、各地区也需要这样一些目光远大的领导者。但是很可能，能够对本省、本地区二三十年内与城市建设紧密相关的种种问题心里形成宏观蓝图的领导者，其实是不多的。更多的领导者习惯于“五年一贯制”的思维模式。所谓“政绩工程”现象，跟这一种思维模式有关。

城市建设绝不仅仅是一个城市话题，更是一个关乎中国将来农村变得怎样，广大农民命运如何的双边话题、多边话题。

二、城市建设和水资源的问题

我个人的感觉是，姑且不论水系与城市人生存问题的密切关系，仅仅以一座城市美好与否而言，水系的有无也是不可或缺的衡量标准。简言之，近水之城美也，无论大小都是这样。倘桂林、南宁只有山，难见水，断不会成为风景优美的城市。事实上，古今中外，凡城市，但凡可能，都是傍水形成的。古人说，仁者乐山，智者乐水。而对于每座城市，水比山重要得多。我甚至认为，水系环绕，不但会使一座城市有妩媚气质，而且会使那一座城市的人的心理减少浮躁和粗蛮，而这一点是有几分科学根据的。人在感受到压力之时，目光几乎会本能地寻找水色，脚步几乎会本能地走向有水的地方。所以要建设一座美好的城市，合理、充分而又智慧地利用水资源应该首先纳入考虑范围。

两年前民盟中央在太原开会，某天中午太原的朋友约我观光，使我对太原产生了相当良好的印象。为什么呢？因为汾河。

我青少年时期就会唱那样一首歌——汾河流水哗啦啦，阳春三月开杏花，待到五月杏儿黄，大麦小麦又扬花——这是电影《汾水长流》的插曲。以前汾河是不是从太原市里流过我不知道；即使流过，那也肯定不是现在这么宽的河床。

现在从太原市流过的汾河显然也是“政绩工程”的成果。我认为对“政绩工程”的成果，也应以两分法来看。确实造福于民，当然就是正面工程，当然就是正面政绩。合理、充分、智慧地利用水系使一座城市增美，与大兴土木、劳民伤财兴建楼堂馆所是有区别的。

但有一点值得城市的总设计师们注意——对于中国，水资源其实也像耕地资源一样有限而宝贵。所以在利用水资源时，人真的应该心怀感恩之情，水资源丰沛，也要珍惜地利用；水资源并不充分，更要珍惜地利用。

在科学地循环利用水资源这一点上，中国做得好的城市不多。中国倒是世界上浪费水资源现象最多的国家之一。

对于中国城市，现在的问题是，利用是都在利用的，珍惜的道理，似乎也都明白。但科学利用、智慧利用、节约利用方面，堪称榜样的城市还没有。

反面的例子倒是有的，据我所知，有的城市，水系资约本来很有限，又懒得在科学利用、智慧利用、节源利用方面下功夫。领导干部只想赶快在任期内作出政绩，继续高升——于是钻透地层，抽取宝贵的地下水，注满人工河道，为的是给前来视察的领导看。领导倒是满意了，微笑了，夸奖了。但领导前脚一走，河床的水迅速下降，几天内竟然干涸了。怎么回事呢？地层破坏了，地下水流到不知何方去了，连原有的河水也保留不住，渗光了。这等于是饮鸩止渴。

三、城市建设的民主权利问题

我觉得这个问题比以上两个问题更值得郑重地讨论，即一座城市在未来将被建成怎样的城市？目前从哪些方面开始建设？孰急孰缓？在发展的过程中，怎样合理利用城内城外有限而宝贵的土地资源、水系资源？需要兴建新的学校和医院吗？人口需要控制吗？倘必须控制，考虑到新一代农民迫切希望变成城市人的心愿，周边要发展几座卫星城？卫星城未来的经济链条如何形成？——这里有一个权利问题。

从理论上说，城市不属于任何个人，不属于市长和市委书记，也不属于市委和市政府，而属于所有的城市公民。故每一个公民，不但有权参与意见，更有权知道城市的未来规模和面貌。

在这一点上，泛民主化的结果难以想象，非民主化也不是与时俱进的。现在的情况，大抵是非民主。

许多城市的建设过程是领导出想法（又大抵是届内想法，而非前瞻想法、未来想法），城建部门施工；有时请专家象征性地论证一下，有时连这象征的做法也免了。好比一幅永远处于半成品的画，这一届领导添几笔，那一届领导添几笔。客观公正地说，改革开放以来，中国每座城市都是朝着好的方面发展，大多数领导的添笔都是功不可没的。

但若问城市的将来状况，公民浑然不知，领导也心中无数。各届领导的城建心理每每是在我这一届，力所能及，干件事是件事。这也是一种良好的愿望，但不是一种高瞻远瞩的愿望。

梁思成是值得我们后人学习的。当别人的眼只看到了城市的当下，他看到了城市的明天。我认为，在城建问题上，人大最应该责无旁贷地代表民意；政协最应该支持人大的民主参与；民主党派最应该贡献智慧。

一座科学发展的城市，起码应该有一份未来二十年内的建设蓝图，此蓝图应具有法律品质和效应。领导一届接一届，而此蓝图却应被任何一届领导高度尊重。修修改改总是免不了的，那也应经过人大讨论、通过。而在城市建设方面这样做，对于实现民主，也是有推动作用的。

四、一个值得警惕的现象

现在有的开发商，一旦夺标了一块地皮，就盖仿古四合院，就盖大别墅，动辄标价成百上千万元。尽管四合院是符合中国人居住理念的，但我坚决反对在城市建四合院。一想到中国在不久的将来可能会增加到十六亿多人口，那么建四合院是对有限而宝贵的土地资源的极大浪费，它的人性化是只有少数富贵人享受的人性化。

五、一座城市没有图书馆等于一户人家没有书架

图书馆不应被挤到城市的边边角角。也许有人会说，现在哪还有那么多人看书，盖图书馆还有什么意义？空置就不是浪费了吗？

我的回答——图书馆是一座城市的文化标识，它存在的意义就在于提示经常经过它的人——人是应该有文化的。

何况图书馆闲置现象，往往是由于管理者没有创新的管理思维。现在许多城市倒是将图书大厦盖得很漂亮，因为它是产生利润的。图书大厦和图书馆不能两相取代，但二者是否可以连体互借人气呢？我觉得中小城市可以如此尝试……

六、医院

中国是世界上医院人满为患现象严重的国家之一。北京的医院几乎天天都像大卖场，到医院看病是中国人望而却步的事。谁应该为城市里盖新的医院埋单，我觉得这是不能回避的问题，却也是某些领导干部很少想的问题……

关于城市建设的发言

诸位，我觉得我出现在本次论坛上，实在是一种滥竽充数的现象。无论在建筑艺术还是在城市规划方面，我都是外行。外行而又登台持稿，煞有介事，分明是令人厌烦的。但是，既来之，亦当郑重发其声也。那么，让我以竭诚之表现，证明自己毕竟比南郭先生还多做了点儿准备。

我发言的题目是，关于中国城市建筑和城市规划及其指导思想的扫描。

一

任何一座城市都是它所属的那一个国家的立体的说明书。

城市建筑和城市规划的背面，书写的是它的文化。

一座城市也像一个人一样，乃是有气质的。而所谓城市的气质，归根结底是由它的文化成因决定的。正如一个人的气质，肯定与之所接受的先天的文化遗传和后天的文化教养关系密切。城市文化作用于城市的各个方面，也必然作用于城市建筑和城市规划；城市建筑和城市规划怎样，是城市人居家有感，凭窗可望，出门面临，终日身在其中的事情。谁都承认环境对人的心理影响和生理影响，于是，必须承认，城市建筑和城市规划的优劣，在一定的方面，往往也从正面或负面决定着生活在一座城市里的普遍之人们的趋同心性，以及愉悦指数。而后一点，是在城市里构建和谐社会的一个重要前提。

既然由城市建筑和城市规划谈到了文化，那么我愿在此坦言我的当代中国文化观。

中国是世界上文化发展史源远流长的国家之一。而此点，每使我们的某些同胞，对于中国现当代文化状况，持有特别自以为是的心态。

我们承认我们在经济实力方面仍属于发展中国家；我们承认我们在科技方面显然落后于发达国家；我们承认我们在全民文明素质方面亟待提高……我们常言要缩短这样的差距，要缩短那样的差距；要补上这样的一课，要补上那样的一课；但是，一论及文化，我们又似乎很感到安慰了。仿佛我们唯独没有什么差距可言的便是文化；仿佛我们唯独没什么课应该补上的也是文化；仿佛我们在文化方面，决然有理由一如既往地优越。

而我以为实际情况不是这样。

对西方文化史稍有常识的人都知道——从十八世纪末起，贯穿整个十九世纪，对二十世纪的方方面面产生重要影响的那一种文化，史称启蒙文化。启蒙文化所要弘扬的，乃是人文主义。人文主义既是一种文化思想，又进而影响了人类方方面面的社会学思想。因而它是一种进步的思想、文明的思想、有益于人类的思想。没有每个公民特别觉悟和能动的公民权利意识与实际获得，

“以人为本”只不过是一句空话。

正是在此点上，中国现当代文化分明缺乏了宝贵的一课，基础性质的一课。西方人文主义文化的鼎盛时期，我们还处在晚清没落腐朽的朝代，人文思想是被视为大逆不道的。西方人文主义文化的历史使命已经基本完成的时期，我们刚刚开始人文主义文化的初级的“五四”启蒙。此后中国沦为一个灾难深重的国家，“五四”启蒙近乎夭折。……正如西方诸国，当时对于所有社会主义国家的文化，亦取同样不屑的立场和态度。在中国，一九四九年以后的文化，基本上是阶级斗争的文化。到了“文革”时期，连水杯和枕巾上也体现着阶级斗争的文化的强烈特征了。“文革”结束，新中国的文化史，已然与它的政治史重叠在一起整整二十七年了。中国当代文化，曾经本能地试图进行第二次人文主义的初级启蒙，然而同样是功亏一篑。当四十年左右的时间过去了的时候，中国始终没能较成功地补上人文主义文化的初级的一课。而斯时的西方文化，早已进入了后人文主义时期。而斯时距离人文主义文化的初级时期，将近二百年过去了。当中国文化准备抓住机遇实行第二次人文主义文化之启蒙时，先是文化的商业时代席卷而至，后是文化的娱乐时代轰然到来……

诸位，我并不是一个西方文化的盲目的崇拜者。在文化上我并没有过什么崇洋媚外的可鄙行径，我只不过以我的眼看到了中国当代文化的巨大黑洞。我认为应该有人指出它的客观存在，应该有更多的人正视它，应该有更多的人，齐心协力来为我们中国的当代文化补上那宝贵的一课。

在座的有文化部前部长刘忠德先生，我们曾有非常友好的接触。他是一位我所尊敬的文化部部长。现任文化部部长孙家正先生，曾是我作为影视工作从业者的最高领导，也是我们极为尊敬的人。中国文化部在近二十年内，为中国做了许许多多难能可贵的文化发展工作。但怎样尽快补上人文主义文化的重要一课，不仅仅是文化部的使命，也当是一切中国文化知识分子的责任。

我要进一步指出——那宝贵的一课，如若不以虔诚之心来热忱地补上，则我们必然总是会在政治、经济、科技、商业、教育、文化、全民公德等方面，看出先天素养不良的种种缺失。同样，在城市建筑和城市规划两方面，每见急功近利的种种现象，也实不足怪了。一座城市的最优良的气质，乃是人文主义的气质。它衬托在城市建筑和城市规划的背面，也必然体现在建筑和规划之中。

二

言说中国之一切事情、一切问题，往往都无法摆脱一个大前提的困扰，即中国是全世界人口第一多的国家。十九世纪初，全世界的总人口也不过才十六亿多一点点。这么一对比，我们所面临的人口压力，往往会使人不禁倒吸一口凉气，中国改革开放二十余年所取得的巨大成就，往往又被巨大的“分母”除得微乎其微。

一九四九年以后直至二十世纪七十年代末的三十年里，依我的眼看来，中国不曾有过什么城市建筑城市规划的总体性业绩。而只不过仅仅有过一些个别的，具有时代标志意味的城市建筑物罢了。它们矗立在极少数的大城市里，如北京早年的十大建筑。以我的家乡哈尔滨市为例，六十年代初建起了一座“北方大厦”，高八层或十二层，当年它是天津以北最高的建筑物。同时还在沿江路建了一座“友谊宫”，它是市里官员接待中央首长和会晤尊贵外宾的场所。以现今的星级标准来评定，当年它们大约勉强够得上是“三星级”。一个国家的普遍的城市三十年间没有进行过城市建筑，这在欧洲某些国家司空见惯。因为，它们的城市里的一幢幢或大或小的建筑物，几乎一律是坚固的砖石结构的；而且，它们的人口，往往可以在几十年内保持在一个不飙升的衡数上。但中国不同，从南到北，居民住房基本上是土木结构的。有些是“大跃进”时代的“突击成果”。新中国成立前遗留下来的触目皆是的危旧房，新中国成立后，其大部分根本不曾获得任何改造和维修。每一座城市里，砖石结构的建筑物的十之七八，要么是新中国成立前大官僚大军阀的豪宅，要么是殖民主义和列强侵略的佐证。细分析起来，我们某些同胞崇洋心理的形成，实在也是情有所谅。想想吧，我们土木结构的，经得起百年以上风雨的东西其实是不多的，而某些殖民主义和列强侵略的佐证性建筑物，却在我们的城市里坚如磐石；想想吧，毛泽东同志在新中国成立后仅到过哈尔滨市一次，仅住了一夜，而他的下榻处，却是沙俄时期驻哈铁路官员的俱乐部改成的“中央首长招待所”。哈尔滨市后来建起了“北方大厦”和“友谊宫”，我想与这一心理刺激肯定是分不开的。然而新中国的人口，却已由一九四九年的四亿五千万，激增到了三十年后的七亿五千万。城市中三代同室、四代同室甚至同床的现象比比皆是。某些老人睡觉的地方，往往是厨房里锅台后，比公共浴池里的床榻还狭窄的几条木板拼搭的所谓床位。老人半夜掉在地上摔折了胳膊摔断了腿，被炉盖子烫伤了，煤气中毒身亡了……诸如此类的事我小时候真是听了一起又一起。在许许多多的城市里，到处是比欧洲贫民窟更贫民窟的城市居民区，一片，一片，又一片！每座城市其实都是一个极为缩意的概念，它往往只意味着是市中心的一小片区域和周边几条主要的马路。我是新中国第一代建筑工人的儿子，我少年时期经常做的一个梦是终于在哪儿偷到了一盆水泥。因为我多么想把自己家的窗台和锅台抹上薄薄一层光滑的水泥啊！可是一直到我三十岁，已经离开我下乡七年的北大荒了，已经从复旦大学毕业了，已经分配到北京电影制片厂两年了，我首次从北京回哈尔滨市探家时，那个梦想都没有实现。那时已经是一九八一年了。后来我写了一篇散文《关于水泥》，以祭我那少年梦。我的父亲在六十年代曾是建筑业的群英会代表，他的一项发明就是，用西北的某种黏土掺上煤灰掺上骨胶粉以替代水泥。在我上小学时，一位老师曾将一块砖带进教室，放在课桌上，兴奋地指着它告诉我们：“看，我们新中国也造出了耐火砖！”——而我和我的同学望着那一块砖，像望着一块金砖。一九八五年我又回到哈尔滨一次，那时我少年时的家，已沉入地下二尺多了。二十六年来的所谓的家，前接一点儿，后接一点儿，住着三个三口之家，再加上父母和一个患精神病的哥哥，总计十二口人。因为我回家了，我弟弟只能在单位借宿。我们全院一共九户，都是居住情况相差无几的城市人家。整条街都那样，前街后街也那样。全哈尔滨市有八九处少则数万人口多则近十万人口的居住状况令人潸然泪下的如此这般的居民区！占全市总人口的三分之一左右……

而情况不是这样的中国城市，当年又有几座呢？

诸位，我想指出的是，中国的城市建筑，正是在这样的大背景下悄然兴起的。从二十世纪八十年代初到九十年代初，无论是国家建筑行为，还是民营企业的建筑行为，除了被列为重点工程重点要求的建筑物，仅就民居而言，标准都是不高的，有的可以说是很低的。但即使那样，住进八十年代的楼房里的城市人家，却又都是多么备觉幸运啊！以北京为例，前门西大街邻马路的几排楼房，都是八十年代中期的建筑。我们耳熟能详的许多文艺界、文化界先辈，当年都曾在那里住过，所分到的也只不过两室一厅、三室一厅而已。现在看来，它们又是那么寻常，寻常得没有任何建筑风格、建筑美学可言。

由最初的建材业的兴起，牵拉了最初的建材业的热势，又因而造成最初的行业污染，以及今天看来显然形成城市规划后遗症的不争事实。

然而作为我个人，却宁肯多一些宽厚的态度，不忍过于苛责。当年那情形用“雪中送炭”来形容毫不夸张。对于在寒冷中渴求温暖的人，只要是炭，不管用什么东西盛装着，那都是他们所感激的东西。

三

据我所知，民间房地产业之兴起，在长江以北，当是九十年代前后的事情。它们中一半左右的前身是民间施工队伍；另一半，大抵是有这样那样权力背景的人士在操盘。国营单位实行股份制改造以后，也从国营建筑行业分化出一些人士，形成以民间股份资本进行运营的房地产公司。

最初，它们只不过在大城市的边缘动作，悄然进行，并不太引起社会关注。动作也都不是很大，对城市规划不构成直接的影响——无论可喜的还是可忧的。

到了九十年代中期，它们开始深入城市腹地；而对城市规划形成凶猛影响，则是近七八年以来的事。

客观地说，这一时期的城市建筑，较之八十年代，质量有了多方面的提高。城市本身的容貌，由于民间房地产业加盟建筑而迅速改观，受益匪浅。中国第一批有经济能力购置私人房产的人士，对民间房地产公司的涌现亦多持肯定和欢迎的态度。至二〇〇〇年前后，民间房地产业便如雨后春笋，遂成为利润回报最为丰厚的民间行业。

我个人认为，倘论及建筑风格、建筑艺术、建筑美学，仅就商品住宅楼盘而言，既不可要求甚高，亦不可评估太低。要求甚高，其价格将更加使一般城市居民望而生畏；评估太低，将有矫情之嫌。中式风格也罢，欧式风格也罢，二者结合的风格也罢，归根结底，一分钱一分货，风格和艺术是要作价买卖的，当由市场供求关系来调节。依我的眼看来，某些极其高档的商品楼住宅，不是还不够怎样怎样，而是里里外外已经太过奢华了。在一个发展中国家，在一个贫困人口极多的国家，在一个贫富差距极大并且越来越大的国家，豪宅的不断推出而且当然都是隆重推出，显然具有超现实主义的意味。其品质无论多么人性化，那也只不过是极少数人才配享受的人性化，与绝大多数的、一般的人没什么关系。北京的天通苑和回龙观大社区，那里的楼房是没什么建筑风格、艺术和美学的特别处可谈的，离市区远，交通不便，生活配套服务设施很不完善，但是巴望入住那里的楼房的北京人家，目前仍有成千上万，而且要经过有关部门的资格审批。不是对富有程度的认定，而是对贫困程度的认定。

在我们接到的邀请函上，列出了种种建筑设计和城市规划的不良现象，令人担忧。我的眼当然也看到了那些，我当然也承认那些现象对于城市自身容貌和气质的破坏。

但是我认为，在设计和规划二者之间，以上现象的责任，当主要归于后者，即当主要归于负责城市规划的官员。没有权力的批准，任何房地产商决然不可能在城市的任何地方动土开工。只有权力的批准，没有权力的要求，获得批准的房地产商，在设计方面必然乐得自行其是。希望房地产商在考虑自己商品设计的同时，也将其商品设计与整体城市规划的和谐与否来进行考虑，我以为这样的一种寄托是过于天真的。房地产商在设计方面，通常只为思想中所定位了的买方市场来考虑。有时他们很为自己的设计得意。事实上，孤立地看待他们的某些设计，也许还确有值得自鸣得意的地方。但摆放在城市规划的全局来看，则可能是不和谐的，甚至可能是破坏和谐的。或者，暂时看来与城市整体规划没有冲突，但在以后却会妨碍城市总体规划朝更美好的方面去拓展。是的，正是这种责任，我认为主要当由有权的官员来承担。

比如，一位对家园极有责任感的成员，当他拥有出售家园占地的权力的时候，他一定会对买方有要求；甚至限制买方只允许盖成什么样式的房舍，不允许盖成什么样式的房舍。他一定不会表示这样的意思——“现在，我家园中的这片土地面积归你了，你想怎么盖就怎么盖吧，我一概不管了！”而且，究竟出售哪一片家园的土地，他一定是三思而后行的。他一定特别珍惜每一平方米的家园土地。他一定会每每这么想——这一块土地还要留一留，爷爷每天要在那儿锻炼身体；那一块也要留一留，可供小儿女在那儿荡秋千；还有另外一块，更要留一留，家园须有一块绿地啊！……

我们的城市太缺少如此有责任感的、总体的、具有长期考虑的规划者了。即使有，他们的责任感，他们的长期考虑，也往往是一厢情愿的。因为事情往往也是这样——批售土地的是一些官员，负责城市规划的是另一些官员。前者是有实权的大官，后者是有虚权的小官。对于一座城市，建设规划局局长又究竟能有多大权力？通常只不过检查违章建筑和按照指示绘制蓝图而已。

一座城市，它的总体的、将来的、长远的规划究竟构思在什么人心里呢？它二十年后会是怎样的？四十年后会是怎样的？半个世纪后会是怎样的？——我们的城市，其实缺少如此为它鞠躬尽瘁的人，更缺少这样的固定的实权机构。

某些城市的大规划，大城建举措，即使造福一方，也往往是现任一、二把手们极具个人拍板色彩的公仆行为。于是，往往又引出了负面现象——城市建筑方面劳民伤财、好大喜功的政绩工程。

最后我想说——我们的每一座城市，有必要产生某种固定的，规划水平很高的，由官员、专家、学者以及民众代表组成的规划权力机构。它所拥有的应是至高权力，超越于任何个人权力之上，正如司法部门应超越于任何个人权力之上。它将只对人民负责，为人民大众珍惜城市里的每块土地。它将替人民大众构思城市总体的、长远的蓝图。那种个人以特权批售城市土地的现象，早就应该被视为非法了。它将更有效地鼓励房地产商加盟城市建设的能动性，同时也更有效地限制他们的资本的无孔不入以及见缝插针的牟利行为……

而我们的城市公民，应提升起这样的一种正当意识——归根结底，城市乃是人民的城市。城市的土地面积是极为有限的，作为特种资源，是尤其值得珍惜的。每个城市公民都有权睁大双眼，监督每处城市土地的出售情况，要求那一过程的透明度。并且，每个城市公民，都有权对自己认为不当的城市土地的出售和使用提出质疑与批评……

中国有句古话——成也萧何，败也萧何，此言用以形容中国房地产业和城市的关系，对双方面都包含警醒的意义。

不具备人文思想的头脑，作为公民难以产生自觉的公权要求；作为公仆难以产生自觉的公权意识；作为城市，难以有理性的现在和更人性化的将来的对接。

城市化进程化什么？

中国之发展，看目前，忧虑在城市，机遇在城市，挑战亦在城市。看未来，忧虑在农村，机遇在农村，挑战亦在农村——我想，这便是促进农村城市化进程这一国家发展思路形成的初衷吧？

中国不但是世界上人口最多的国家，也是世界上农业人口最多的国家，而且是世界上农业人口比例最大的国家之一。五亿多城市人口和七亿多农村人口结构为人口中国的概念。这意味着，几乎可以说中国是由两个“国家”合并而成的一个人口超级大国——一个正在现代化轨道上高速发展的城市中国；一个还不能完全达到机械化生产水平，小农生产方式比比皆是的农村中国。

这使中国的发展变化呈现出撕裂状态。

城市化进程正是要弥合撕裂状态；否则，相比农村人口仅占百分之几的欧美发达国家，中国不可能真正成为世界强国。

世界的发展也是一个农业的世界向城市的世界发展的过程。这一点究竟对于人类福兮祸兮，至今莫衷一是。有一点却已被事实证明了——哪一个国家的人口最大限度地城市化了，哪一个国家的综合强国指标更高一些。只能这么认为，“祸兮福之所倚，福兮祸之所伏”。

而要使七亿多农村人口变为城市人口，“五年计划”这种计划是不适应的，“五十年计划”还较为现实。即使消化七亿多农村人口的一半，那也需要在中国又涌现出六百几十个五十万人口的城市。而五十万人口的城市，在欧美发达国家是中等城市——那将靠多少个“五十年计划”才能实现呢？

故依我看来，“促进农村城市化进程”，首先是促进中国之乡镇的县城化，以及促进中国之县城的规模化。中国之乡镇的数量可用多如牛毛来形容，中国之县城也是世界上最多的。事实上乡镇和县城都在本能地扩大范围，迅增人口。它们是两三亿进入大城市打工的当代农村青壮人口改变命运，成为城市人口的更实际的选择。

“农村城市化”只不过是一种姑妄言之的说法。农村没有必要城市化，但一定要使一部分又一部分的农村人口“化”为城市人口。这是一个要由几代人来“化”的过程，大多数当今一代农村人口，只能先“化”为镇、县人口。“化”得成功，亦属幸运。

这种“化”，首先要体现在两种人的思想方面——政府官员与向往成为城市人的青壮农民。

第一种人，不要认为自己的使命仅仅是建设好省城；要替本省长远思考、规划，意识到将来省与省之间比的，肯定不仅仅是省城如何，而是县城面貌怎样；小镇风格怎样；对于本省甚至外省的农民，具有多大落户吸引力。

第二种人，也就是当下候鸟般的青壮农民，他们也有必要明了——与其自甘作为大城市的弱等市民生存在它的褶皱里，莫如带着在大都市辛辛苦苦挣的钱，赶快相中一个发展前景良好的小镇或县城，趁早置下一处房产，以为打工人生未雨绸缪，妥备退路。别看某些小镇现在小，三十年后也许就是一座美丽县城了；别看某些县城现在不起眼，三十年后也许就出落得令人刮目而视了。

当然，以上是往好了说。这种发展造成什么样的局面状况，如耕地的滥占，环境的污染，建设的任意性、粗劣性、急功近利性——凡此种，也是要思想上“化”在前边的。

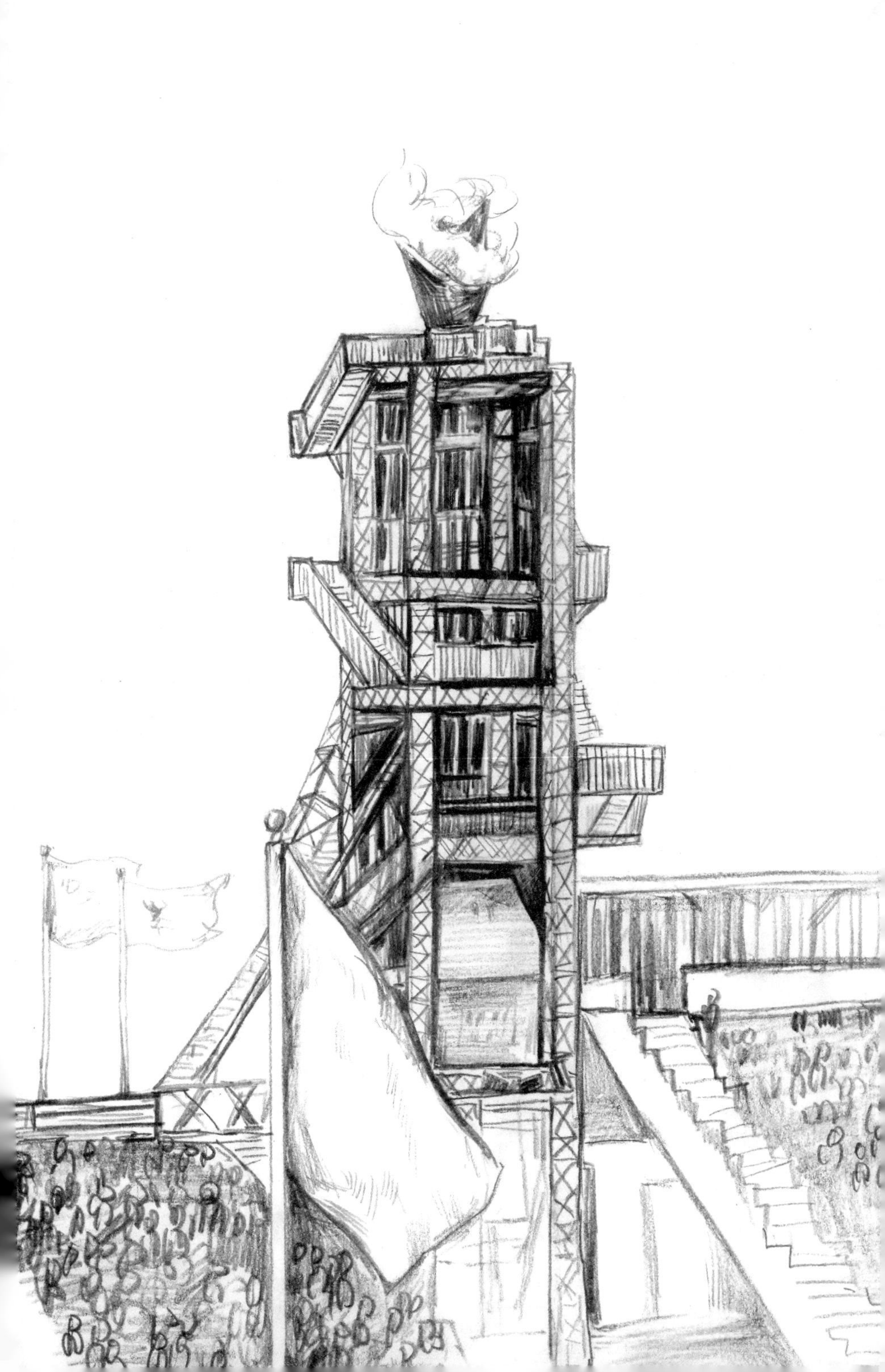

故依我看来，“促进农村城市化进程”，首先是促进中国之乡镇的县城化，以及促进中国之县城的规模化。中国之乡镇的数量可用多如牛毛来形容，中国之县城也是世界上最多的。事实上乡镇和县城都在本能地扩大范围，迅增人口。它们是两三亿进入大城市打工的当代农村青壮人口改变命运，成为城市人口的更实际的选择。

中国故事
——记我的学生俞德术和杨燕群

光阴似游云。调入北京语言大学，已三年矣。

三年中，我有幸教过一些非常可爱的好学生。我很喜欢他们。他们有什么忧烦，也每向我倾诉，或在电话里，或到家里来。而我，几乎帮不了他们。夜难寐时，扪心自问，实愧为人师。听学生言人生之一波三折，心疼事也。

俞德术和杨燕群，便是我喜爱的两名好学生。不仅我喜爱他们，北京语言大学中文系的老师几乎都喜欢他们。他们是没有任何争议的好学生。对于大学中文系，以及教中文的老师，他们是多么宜善的学生。他们是一心一意冲着“中文”二字才报考中文系的。中文系老师教他们这样的学生，是欣慰，也是幸运。

我调入语言大学后，曾这么表明过我的态度——第一，不教大一、大二，也不教大四，只教大三。第二，不带研究生。

依我想来，大一、大二，是普遍之中文学子需要在大学里进行“中文”热身的两年。因为他们成长的文化背景是特别多元亦特别芜杂，且以娱乐性为最大吸引力，而大学课堂上讲授的文学，大抵是要叩问意义和价值的那一种。相对于中国，这一点非常重要。在中国，倘大学中文课堂上讲授的文学，居然是兴趣阅读的那些，则未免令人悲哀。故我常对我的学生们这么要求："不要强调自己喜欢读哪类作品，喜欢看哪类电影，而要明白自己必须读哪类作品，必须看哪类电影！因为你们不是别的什么专业的学生，而是中文专业的学生。中文既是一个专业，便有专业之教学宗旨。"

一名高三学生倘从初一开始便孜孜不倦读了许多文学作品，那么他很可能在高考竞争中失利败北；而他居然坐在中文课堂上了，则往往意味着他从初中到高中并没读过多少课外的文学作品。所以大一、大二，他们也要补读些大学中文学子起码应该读过的文学书籍才好。到了大四，任何一个专业的学子，面临考研冲刺和择业压力，心思已都难稳定——那最是中文课成效甚微之时。故我明智地将"欣赏与创作"课开在大三。至于带研究生，我想，喜欢中文而又果真具有中文评创潜质的学生会不会成为自己的研究生，乃是由缘分来决定的，非我自己所能选择，于是不存妄念。

俞德术和杨燕群，便是两名喜欢中文而又果真具有中文评创潜质的学生。

一

德术是我教过的第一届学生之一，是他那一班的班长，但并不是我那一门选修课的班长。我那一门选修课的班长，我很随意地任命了另一名男生，他后来也成为我喜欢的学生。我自然对我的学生们一视同仁地喜欢，区别仅仅是哪些学生对选择了中文无怨无悔，我难免地会更偏爱他们几分。三年前有二十几名学生选择了我开的选修课，男生居半，皆无怨无悔者。我和他们情谊深矣，他们人人都给我留下很深的印象。

记得我在第一节课上点名认识大家时，往黑板上写下了“德术”二字，看着，寻思着，遂问：“德者，修养也，当避术唯恐不及。你的名字何以起得偏偏亦德亦术呢？有什么深意吗？”

德术坐在最后一排，憨厚地无声地笑。

我欲调解课堂气氛，诚心揶揄：“天机不可泄露是吗？那么下课你留下，悄悄告诉老师。为师是求知若渴之人也。”

众同学笑。

德术红了脸，不好意思地说：“一生下来父亲给起的。别人从没问过我，我也从没问过我父亲。”

我竟真的觉得“德术”二字非比寻常了，忍不住又问：“你父亲是从事什么工作的人呢？”

他迎着我的目光，坦白地说出两个字——“农民”。

……

从学校回到家里，于是多思，暗想我的调侃，是否会伤害了那一名叫俞德术的男生的自尊心呢？也许是受了传媒的影响，我在从文学界转至教育界之前，形成了某些对中国当代大学学子不良的印象。其中之一便是心理敏感多疑，自尊心过强且脆薄。而我乃率性之人，出语殊无遮拦，于是唯恐无意间伤害到他们的自尊心。

下一周我上课时，早早地就来到了教室里，见德术从我面前经过，我叫住他说：“俞德术，老师郑重向你道歉。”他愣愣地看着我，不解。我说：“老师不该在课堂上当众调侃你的名字。”他又憨憨地笑了，脸也红了，连说：“没事的，没事的……”反而不知所措的样子。我说："你不小心眼儿？"他求援地问几名男生："不，不，不信你问他们……"几名男生也都笑了，皆曰："老俞根本不是那种小心眼的人！……"我大释怀，不由得亲密地拍了拍他的肩。从那一天起，我牢牢记住了他的名字。

是的，男同学有时叫他"德术"，更多的时候叫他"老俞"。尽管他长着一张端正又纯朴的脸，满脸稚气。而且呢，在所有的男生中个子还偏矮（那一届的男生中有几个是很高大的小伙子）。

他在男生中极具威信，在女生中尤受拥戴。

有一次我背着男生们问女生："你们是不是都很喜欢德术？"

她们纷纷点头。

又问："为什么？"

答曰："德术对同学们总是像大哥哥！"

"老师，德术可懂事啦！"

"全班数他家生活最困难，但是你看他总是一副那么乐观的神情！""自己家里那么多愁事，当班长还当得特别负责任，处处关心同学们，我们内心里都很敬佩他。"女生们说到他，就像说一位兄长。那一天下课后，我到学办去了解他的家庭情况，遂知他是一名来自大山深处的农家子弟，父母不但都是农民，且身体都很不好；有一个弟弟，常年在外省打工，靠苦力挣点儿血汗钱，微济家庭；还有一个妹妹，正上初中；他自己，是靠县里一位慈善人士资助才上得起大学的。他第一年高考落榜，第二年高考成为全县的文科状元……

于是我想，以后我要特别关爱德术这一名贫困的农家学子。每在课堂上望着他时，目光没法儿不温柔。

两个月后，我资助班里的男同学办起了一份一切纯粹由他们做主的刊物《文音》。

但我翻罢第一期刊物，在课堂上将他们严严肃肃地、毫不留情地批评了一通——大意是校园学生刊物那种飘、玄、虚、甜的莫名烦恼，佯装愁悒，卖弄深刻的毛病太甚。记得我曾板着面孔，手指着窗外大声质问，课堂上一片肃静，学生们第一次领教了他们的梁老师也有脾气。

德术是《文音》的社长，另一名我同样喜欢的好学生吴弘毅（已考取北大中文系研究生）是主编。

那一天，他们的自尊心受到了一次来自我的打击——也几乎可以说是攻击。

后来德术就交给了我他的第一篇小说《少年和邮差》，讲一个少年，只能到离家四十余里的县城去上中学，还要翻过一座乱碑杂立、荒冢叠堆的山。一个星期日，他因母亲病了，返校时晚。走至半路，大雨滂沱，雷电交加。他多希望能碰到一个人陪他过那座山。但果然碰到一个从头到脚罩在黑雨衣里的人之后，他心里反而更觉恐惧了。那是一名乡间邮差，他也要翻过那一座山回自己家住的村庄去，他胃病犯了，疼得蹲在山脚。他向少年讨吃的。少年书包里有六个鸡蛋，是母亲一定让他带着的。那是他在学校里一个星期苦读的一点儿营养来源。少年一会儿给邮差一个鸡蛋，生怕邮差不陪自己往前走了。而邮差，吃了两个鸡蛋以后，不忍再吃少年的第三个鸡蛋了。他将少年遮在雨衣内，不但陪少年翻过了山，还陪少年走过了自己家住的村庄，一直将少年送到县城里，送到校门口。少年的父亲，以前也是邮差，也就是说，是一个每月能靠送信拿一份少得可怜的“工资”的农民。路上，少年已经从邮差口中得出结论——正是对方，使自己的父亲丢了邮局系统的编外工作，转而去矿上替私人矿主采煤，并死于矿难……少年下一个星期返校前又亲自煮了几个鸡蛋，在每一个鸡蛋上都扎了些孔，往里填塞了毒药。他在山脚下等着那邮差，并且等到了。然而，邮差不再向他讨吃的。少年硬给，邮差也不接了。邮差陪少年翻过了山，一路尽说些勉励少年好好学习的话。在以后的几年里，少年和邮差经常成为路伴。再以后那少年考上了北京的一所大学。毕业后，少年用第一个月的工资为邮差买了一双雨靴和一件雨衣。但他寄出的东西被退回了，因为那邮差已死于胃癌……

我读罢德术的“作业”，如获至宝，非常激动，在课堂上以大加赞赏的话语点评了它，并由之谈到大学校园文学之情调和我再三讲解的文学情怀与区别……

而德术，竟显得那么不知所措。分明地，那太出乎他的意料了。

接着，他又写出了一篇两万八千余字的《父亲》，与我获全国短篇小说奖的《父亲》的字数几乎相等。只不过他写的是一位农民父亲，而我写的是一位工人父亲。

我评价他的《父亲》同样是一篇“力作”。

颓败的农家的房屋；被贫穷压迫得几乎根本没有欢乐时光可言的日子；脾气越来越坏的父亲；父母间无休止的争吵；受了委屈而赌气出走的弟弟，几次面临辍学的无奈的妹妹；自己一度的轻生念头……一切一切，德术这一个来自大山深处的农家学子全都如实写来，毫无隐讳。他写得冷静又克制。然而，那真的是一篇情怀深郁的小说。

记得我曾在课堂上这么说：“当某些来自穷困之境的学子千方

百计企图掖掩住自己的穷困的家庭背景时，德术的《父亲》是需要大勇气的写作，这一份勇气是极其可敬的！”

于是，同学们鼓掌了。我清楚，掌声并非因我的话而起，同学们是因了德术的勇气才情不自禁的。

我“指示”他的两篇小说要同时发在下一期的《文音》上。

下课后，他真诚地对我说：“老师，我是社长，不要一期发我两篇，那多不好！”

我说：“好。”

我回到家里，他又往我家里打了一次电话，重申他的态度。

而我专断地说：“那是我的决定。”

那一期《文音》特厚，主编吴弘毅写了《父亲的天空》；男生孙同江写了农村题材的小说《天良》；方伟嘉写了《雨夜》；班上的诗人裴春来写了小镇组诗，后来有两首重发在《人民文学》上……

我开始经常请男生们吃饭了。每次主要由德术点菜，并替我结账。他专捡便宜的菜点，一心为我省钱。自然，我每次免不了亲自点几道菜，以使餐桌上荤素兼备。对于我，那是一些快乐的日子，我的学生们给予我的。

有一次，我当着几名男生的面问德术有女朋友没有。他微微一笑，垂下头，竟没回答一句话。几天后，我在学校的信箱里看到德术写给我的一封信，信中说：“老师，我认为我现在还没资格谈情说爱。我已决定不考研了。我要争取在毕业前多增长一点儿中文的从业能力，毕业后尽快找到工作，挣一份工资，帮我弟弟成家，供我妹妹上学，为我家里盖起一幢像样的房子……”于是我联想到女同学说他懂事的话。有弟弟有妹妹的学子，和独生子女学子的不一样，正体现在这些方面。其懂事，也体现在这些方面。德术毕业前，我曾替他联系过一个文化单位，他也去实习过三四个月，给那单位留下了很好的印象。但最终，我和他共同的愿望还是落空了。

目前，德术是北京一家晚报社的记者，负责报道影视和文化娱乐新闻。他爱他的工作，也愉快胜任。但，每天的工作量是很大的。我最近几次见到的他，比当学子时瘦多了。然而他确乎地更加乐观和自信了。因为，他那一份工资是令他比较满意的。毕竟，对于他，为生存而谋的人生，应该摆在首位。

二

杨燕群是俞德术下一届的女生。她是侗家女儿，是从一个离县城二百多里的小小的侗寨考入北京语言大学的。她的第一志愿便是中文系，她是冲着中文系考大学的。她崇拜沈从文。沈从文的家乡凤凰城是她们那个县的邻县。

到了她这一届，我教的选修课已有五十来名学生了。我舍不得占用上课的时间点名，所以大多数同学我叫不上名字来。对于她，很长一段时间内我不曾注意过。她是一名纤小而沉静的女生，说话像我一样，语速缓慢。

我从人文学院的院刊《来园》上，读到了一篇人物散文《阿婆谣》，又是一番惊喜。事实上我认为，写人物的散文与写人物的小说，有时有些区别，有时并无大的区别。比如鲁迅笔下的闰土，倘写时情节细节再丰富些，未尝不会是一篇《祝福》那样的小说。所以我在点评《阿婆谣》时指出，视其为小说或散文，已根本不重要。在这一类文学作品中，人物本身即主题，即意义，即所谓文学的价值所在。重要的倒是，写某一个具体的人物这一种写作初衷是否有特别的意义，以及是怎样的意义？

燕群写的是自己的阿婆——一位侗家老人，一位对生活和生命抱着极其达观的态度，韧性极强的，一辈子辛劳不止而又从不叹怨命运，从不以辛劳为不幸为苦楚的老人。她身上闪耀着一种底层的民众身上所具有的浑朴的本能的人性诗性。连我们若同情她的辛劳不止，都会显得我们自己太不知人性的况味。一只仿佛长在阿婆背上的竹篓，将燕群从小背到大，后来又背她的弟弟……

我对同学们说："《阿婆谣》回答了这样一个问题——写什么、为什么写和怎样写三者的关系，在中文的教学中是不能颠倒了来谈论的。文学作品的优劣首先并不是由怎样写来决定的。一个尊重文学的人，他更多的时候其实是在反复地决定写什么，是在反复地叩问为什么写。《阿婆谣》意味着，在大学校园内学子们的写作几乎千篇一律的现象中，与众不同才具个性。别人写什么我也写什么，别人怎样写我也怎样写，于是被同化。"

那一天我才知道，燕群是《来园》的主编。我们的《来园》也一向由同学们自己办。

不久，燕群交给我一篇作业是《秋菊》，她写的是她邻家叫她为"姐"的少女：幼年丧父，母亲生性迟钝，小弟弟还需秋菊整天背着，而秋菊自己也不过才十二三岁。生活是穷得家徒四壁了。母亲能使一家三口每天吃上三顿饭就已不错，连盐也得经常向"姐"家借。而秋菊对人生最大的憧憬，也可以说是野心，则只不过是希望有哪一个好心的村人偷偷将她领到外地去打工。没人给过她希望。因为她还分明的是个小姑娘。在全村人中，“姐”对她最好。所以她有一天鼓起勇气，向“姐”提出了自己的请求。她满眼含泪，那等于已是哀求。但“姐”只有拒绝她，因为“姐”只不过是到县城里去读书，而不是在打工。因为“姐”自己也没有去过比县城更远的地方。秋菊的绝望可想而知。然而她泪流满面竟还是没有哭出声。但手中的碗掉在地上碎了，向“姐”家借的盐，白花花撒了一地……“姐”上高中时，才十五岁多一点儿的秋菊出嫁了。她的母亲和她同一天又嫁人了，男方是一个瘸老头儿；而娶走她的男人，虽然才三十四岁，但也竟比她大整整十九岁，因为她才十五岁，是隐瞒了年龄才嫁得了人的。人们说她的丈夫除了经常醉酒，再没有什么别的大缺点。母女二人在同一时刻，也在同一阵爆竹声中上了两个不同的男人赶来的马车，各奔东西。弟弟随母亲去了。一家三口就如这般闹着玩儿似的解体了。在“姐”也就是燕群的印象中，那一天的秋菊，第一次穿了一身新，红衣红裤红鞋子，神色是那么懵懂，那么凄惶和无助，仿佛不是新嫁娘，仿佛被别人打扮了一番，只不过是要去演一场自己不感兴趣，也不懂，只有别人才懂的乡村“社戏”。当两辆马车各奔东西时，秋菊终于喊了一声“娘”，在马车上哭了。而乡亲们，尤其是阿婆，则都感到那么欣慰——秋菊一家三口总归可以活下去了。阿婆在整件事中起着无比善良又无比热心的作用，她一会儿望着这边远去的马车，一会儿望着那边远去的马车，祷告般地喃喃着：“这下就好了，这下就好了……”

当燕群作为大学学子回到家乡探家时，听阿婆告诉新闻似的说，秋菊要做母亲了。这个秋菊叫过“姐”的女大学生，忍不住到乡卫生院去看望了秋菊一次，秋菊刚生下孩子，由于体质弱，奶水不足，而且乳头也凹陷着，所以两个乳头被系了线绳，朝上吊着。秋菊居然略微胖了一点儿。秋菊接受那样的“治疗”显然很疼。疼得紧皱双眉的秋菊，不好意思地以小小的声音又叫了一声“姐”。那一年的秋菊，还是差几个月才满十八岁。待周围没别人时，秋菊说：“姐，我到大城市去打工的心思一直也没死……”

记得我曾在课堂上说：“杨燕群，你交的不仅是作业。如果这还不算是文学作品，那么老师就不知道什么才算是文学作品了。”

我还说：“杨燕群同学的《秋菊》，比张艺谋拍的电影《秋菊打官司》，对人具有强大得多的震撼力。”

燕群的《秋菊》使我非常感动。《秋菊》也使我看真切了，我教的这一名女生，她有一颗善良的、富有同情的心。从《阿婆谣》到《秋菊》，是她的文学情怀的一次提升，一次从亲情到社会人文情怀的提升。燕群的毕业论文是她那一届学生中最好的。题目是《从儿童视角看乡土小说的家园诗性》，行文清丽练达，不炫辞藻，老师们给出了最高分数。

我曾私下里对一位老师说：“杨燕群在文学的理性思维和感性思维两方面都是一名难得的中文系学生。”而那一位老师说：“能教这样的学生是教师的福气。”

和德术一样，燕群也有一个弟弟。因家境之难以成全，她也放弃了考研……如今她在北京一家报社工作。那是一份大报，却不是党报。故名牌大是颇大的，效益却似乎不怎么好。燕群被招为临时的记者，工资微薄。

但是她并未沮丧，像她的外婆一样达观着。

有一次她给我打电话，说一家私营企业的老板表示要录用她做文秘，问我她去还是不去。

我的第一反应是："给多少工资？"

她说比报社给的工资多不少。

我说："去！不要错过机会。"

她又问："那，文学呢？"

我说："生存第一，爱情第二，文学第三！"

她那端沉默片刻，低声道："我怕以后回不到文学了。"

我说："人生很长，别这么想。"

自觉等于没有作正面的回答，又说："倘真回不到文学了，不回到文学也罢。只要你以后人生顺遂，老师们便都替你高兴。"

然而燕群却没去当文秘，至今仍留在那一家报社，至今仍寻找机会与文学发生最亲密的接触……

而我，对于德术和燕群这样的学生，内心每生大的内疚。早知他们迈出校门后的从业方向是当记者，我又何不在他们是学生时，多给予他们一些采访的经验呢？

现在，我在我的选修课上，几乎方方面面与中文有关的能力都见缝插针地讲到了。说来好笑，我曾将几大册广告设计图本带到课堂上，煞有介事地侃侃而谈广告创想的现象……

当代之中国大学的中文怎么个教法，我实已困惑。

然有一点我是非常清楚的——社会普遍需求的不是原态的知识，而是由知识化成的从业能力。那么，凡与中文学科相关的能力，我通晓几许，就尽我所能给予我的学生们吧！归根结底，在当前的时代，仅靠书本知识居然得以为生的，毕竟只不过是极少数。大多数人要靠能力来从业。我已是一个不希图什么成就感的人。身为教学工作者，见我的学生们一个个都好好地工作着、生活着，我便得安慰。否则，大沮丧也！

我们“拿什么送给”他们？

一、在回答这个问题之前，我想先谈谈我对这个问题的感受。十几年前，有几首很流行的歌曾特别打动过我。它们是《我的家乡并不美》《黄土高坡》《我拿什么送给你》《家乡才有九月九》等。也许歌名我说得不对，但某些歌词似乎至今仍印在脑海里，如“我的家乡并不美，低矮的草房苦涩的井水。男人为它累弯了腰，女人为它锁愁眉”“不管过去了多少岁月，祖祖辈辈留下我。留下我一望无际唱着歌，还有身边这条黄河”“风沙漫漫无边地走，什么都没改变”“我拿什么送给你，我的小孩”“走走走走走啊走，走到九月九，家乡才有美酒才有九月九”……除了“我拿什么送给你”，将以上歌的歌词串联起来，便基本是当年中国贫困省份的农村情形。那些歌当年唱出了中国农民儿女的心曲。中国之农民，已被愁苦生活压榨得近于麻木，只有他们的儿女，于麻木中仍执有些许之希冀。诸歌词中，那“什么都没改变”一句，听来最使人揪心，每听每欲落泪。然而那些毕竟是八十年代前后的歌，“什么都没改变”，乃相对于新中国成立之后前三十年而言。应该承认，改革开放以来，特别是近二十年，农村的情况和农民的命运，是发生了有目共睹的变化的。有些农村富了，有些农村脱贫了——而有些农村，依然贫穷落后着。各项益农政策，只不过使那些农村的农民于愁苦中得以喘息而已。他们收入的基本指望，是他们进城务工的儿女。那样一些农民的儿女，是那样一些农村的“精锐劳力军团”。若他们挣不回钱去，那样一些农村人家的日子是过不下去的。在全中国进城务工的农民儿女中，他们究竟占多少呢？目前未闻有统计数字。依我想来，大约比半数要多。并且，他们都将是“资深农民工”。哪一天为止，我们不知道，他们自己也不知道，差不多都是要由青年干到中年的吧？面临上有老下有小的人生阶段时，他们不干家庭生活会塌方的。

在这样一种大情况背景之下，“休闲”二字之于他们，确乎意味着是一种毫无设身处地感受的极想当然的说法。常言的“休”以要有环境条件为前提的，而“闲”是指心情不但足以放松，且较愉悦。我觉得，此两方面，对于他们似乎是奢望。故我非常理解第一个问题的质疑性质，而且也作如是想。所以我更愿这样讨论这个问题，即在法定的节假休息日里，各级政府和社会各界关心他们的人，究竟能为他们做些什么？他们又实际需要哪些关心？我认为以下几点是可做的：（一）帮助他们提高依法维护自身种种权利之意识（工资按时应得权、工作安全保护权、工伤补偿权、居住条件权、饮食卫生权、性别平等权、女性不受骚扰权等）；（二）传授日常疾病预防常识；（三）工伤互救常识；（四）突发事故应对常识；（五）授受城市文明约束，融入城市文明常识；（六）打官司的常识；（七）自我心理减压和调适常识；（八）人际交往常识；（九）不受骗上当的常识……

想到他们是些背井离乡肩负帮助家庭脱贫的孩子，应该也值得告诉他们的事不少。有些事，我自己在有关方面的组织下是做过的，时间通常是每年的小长假期间。我觉得大多数的他们也是爱听，且认为听了对自己有益的……

二、他们的工作都很劳累、辛苦。休息日对于他们主要是补觉、歇乏。但情况不尽相同，极少数幸运的他们，成为厂区颇像样子的工厂的工人，居住情况也还过得去。那么他们虽劳累、辛苦，心情总归较为舒畅。那么，读书、技能讲座，甚至文娱爱好培训，也都是他们欢迎的。倘为他们举行慰劳性的文娱义演，他们自然是高兴的。但目前而言，能为他们想得如此周到的用人单位极少极少。终日劳作在流水线旁的他们，基本工资是低，倘要多挣点，须加班加点。每日工作十三四个小时是常事。所以他们更需要的往往是睡眠不是娱乐。那么，至于他们真的有点儿精力了应怎样娱乐，不必谁多操闲心——结伴吃大排档或“麻辣烫”“串串烧”吗？在路边花两元钱唱一曲“马路红”式的卡拉OK吗？在网吧里玩几个小时的游戏吗？看场电影吗？逛逛公园商场吗？不碍事地坐那儿发呆吗？……随人家便好了。只要不沾染黄、赌、毒，不有碍观瞻，不违反城市管理条例，不必自作多情地操心。他们的自由选择和高兴，便当是我们城市里人的欣慰和高兴……

三、这个问题倒是提得好些，值得当成个问题进行讨论。城市社会是那么不同于非洲部落和与世隔绝的山区；在城市社会，尤其全面商业化了的城市社会，若非立足于体面的物质水平之上，“生活得更有尊严”是一句空话。一户人家若连菜都买不起了，捡菜市场的菜叶以佐三餐，或孩子看到别人家吃肉便流口水，所谓尊严是没法自保的。前几年这样的人家还是有的，近年“低保”政策实行得较好，已少有所闻。“尊严”不仅仅与物质生活水平有关，其他方面姑且省略不谈，多谈谈“有尊严的劳动”。让我们反过来说，如果一个劳动者，特别是做那种脏、累、挣钱又少的活儿的体力劳动者，如果仅仅被视为劳力，甚或命该如此的苦力，而不被当成也必须友善而礼貌地对待的一个人，则他或她根本不能感受到劳动者的尊严。这不应是一个向他们自身提出的问题，而主要应是对社会平等的叩问。几年前，我的眼多次见到类似《包身工》的劳动者，其中不乏少男少女；也见过类似“劳改苦工”的冉·阿让似的劳动者；还见过仿佛在中世纪奴隶作坊里干活的劳动者；甚至见过仿佛古埃及奴隶在建金字塔的大劳动场面。听说监工对他们的态度十分恶劣。他们的人身安全几乎无保障，吃住条件也很差，甚至有打手严防他们逃跑。他们的身份证、手机往往也遭扣留，讨要工资每被打骂……这等现象，何谈“有尊严的劳动”？这分明是社会的丑陋，是犯法现象。必须有严厉的法律消除那种丑陋，并确保那些劳动者不受非人对待。在这方面，我们的法律和执法者实在是对那些被称为“老板”的人太仁慈了；某些地方官员屁股坐歪了，缺乏对劳动者起码的感情立场，听而不闻，视而不见，麻木不仁，直至闹出人命来，或被看不过眼去的人曝了光，才不得不作为一下。严厉的法律一经向社会公布，有胆敢挑战者，当像打击黑恶势力一样予以打击！

总而言之，“有尊严的劳动”也罢，“有尊严的生活”也罢，公休日的休息内容和质量也罢，如你所言，首先应立足于对政府对社会的建言，而不是反过来“教化”需要关注和关怀的劳动者，仿佛全是由于他们劳动得太愚钝，生活得太缺乏情趣似的。启蒙他们的自我意识是必要的，启蒙社会良知则更必要。我们的社会太缺少人文情怀。“利益最大化”的贪欲法则侵向社会各个方面，使人与人、人与社会的一切关系似乎全都利益化了，有利而丧天良，无利而见死不救，这样下去是万万不可的！当今之中国，应大讲特讲“利益人文化”——天天讲月月讲年年讲！不管有些人多么烦，另外一些人也还是要讲，必须讲！

四、这首歌我听到过，极有情怀的一首歌。《卖火柴的小女孩》不是写给卖火柴的小女孩们看的！她们得卖掉多少包火柴才买得起一本安徒生的童话集呢？安徒生是多么善良的一个人啊！他不啻两百年前整个欧洲的人道主义烘炉，他一个人就是一所“人文主义学校”。《卖火柴的小女孩》《小天使》《快乐王子》等童话，主要是安徒生、王尔德们写给不至于在大冬天里卖火柴的男孩女孩们看的，而后者大抵是中产阶级家庭的孩子，或是贵族家庭的孩子。安徒生们往他们心灵里播撒人文的种子，以使他们长大后成为一个“具有人文情怀”的人。这样的人多了，于是“良知社会”可以实现。

《春天里》既是为农民工兄弟姐妹们创作的，首先当然也是唱给他们听的。由他们自己唱来，感染力更强了。这首歌同时也感动了许许多多不是农民工的人，这一点更重要。否则，岂不成了农民工们自己感动自己吗？

我们的社会还能被一首这样的歌感动，这是我们对社会仍抱有不泯之希望的充分理由。我们的社会很需要这样的歌，这样的戏剧，这样的文学作品和电影电视剧；甚至，包括摄影和绘画……

在此时代，文艺不仅要彰显它的商业能动性，还要弘扬自身的人文情怀自觉性……

用我们的热血喷注吧

我如今三十五岁了，与我们的新中国同龄。[①]有那么一张画，记忆在我幼小的心灵里，十几个年轻美丽的女子，穿红着绿，舞姿盈盈——贴在我们家低矮倾斜的土墙上。我问母亲："妈妈，她们在干什么呀？"母亲回答："打腰鼓呀！""打腰鼓干什么呀？""打腰鼓迎国庆呀。"有那样一首歌，我唱过何止百遍呢："社会主义好，社会主义好，社会主义国家人民地位高……"

那时我是个孩子，那时我是太天真了，那时我总在想啊，我们的人民，就那样打着腰鼓，就那样唱着"社会主义好"，就会与我们的共和国一块儿在某一天我睁开眼睛后，欢天喜地进入共产主义。

有一个时期似乎是就要进入了：乘公共汽车靠自觉投币了，买东西靠自觉付款了，还传说全国的孩子都可以免费入托了……于是我梦见我们家住的那条小胡同变成繁华的街道了，梦见我们家和许许多多住矮屋破房的人家，都搬进了新盖的高楼……却不过是一个孩子的梦，却不过是"似乎"而已。我渐渐长大了，上

① 此文写于1984年。

有那么一张画，记忆在我幼小的心灵里，十几个年轻美丽的女子，穿红着绿，舞姿盈盈——贴在我们家低矮倾斜的土墙上。我问母亲："妈妈，她们在干什么呀？"母亲回答："打腰鼓呀！""打腰鼓干什么呀？""打腰鼓迎国庆呀。"

学了。小学，我常和同学们到郊区采野菜，我吃过十几种至今仍能叫得出名字，感到亲切的野菜。如今那几年被称作“困难时期”。中学，我经历了“文化大革命”。那种政治热忱并没能保持多久，我便厌倦了，当了所谓“观潮派”。如今我们称那个年代为“动乱年代”。并且每个人都终于明白，对于我们的新中国，那是一场多么大又多么深的灾难。

我和我的同龄人在北大荒的广袤荒原“战天斗地”时，都意识到，我们真的是长大了，成熟了。我们的头脑，开始作适于我们年龄的严肃的思考了。我们这一代，成为一代“人”了。

如今时代前进的节奏加快了，如今一代人和一代人之间的年龄界限缩短了。我们家住的那条胡同里，又有两代人成长起来了。第三代人正在成长着，第四代的生命正在形成着。

人民的素质，与十几年前不同了。我们的人民终于明白，一个美好的社会，是不能靠每隔七八年搞一次政治运动达到的。要达到美好的彼岸，有更为严峻实际的事情要做，如今我们的新中国太需要实干的精神和实干的人了！

东南西北中，从工矿到农村，从机关到企业，甚至在列车上，在陌生旅客的交谈之中，都可以听到两个令人感奋的字——改革。对于我们的人民，对于我们的新中国，这是两个内涵更为充实的字。历史会证实这一点的。不，现实已在证实这一点了。有时我真想趴在我们的大地上，聆听从四面八方传来的改革的鼓点般的震响。正是以改革的名义，我们新中国九百六十万平方公里的每个地方，都在发生着和将要发生着深刻的变化。

我喜爱那一部影片——《血，总是热的》，尤其喜爱这部影片的片名。我们这一代血管里涌流的，已是中年人的血，是凝重的血，依然是热的血，是经过冷静和心脏过滤的热血。今天，在我们新中国的生日，我们只想默默地说：以我们社会主义新中国的名义，用我们的热血喷注吧——为了我们的人民……

我看我们这一代

我写《这是一片神奇的土地》和《今夜有暴风雪》的时候，我看我们这一代是真诚的一代；我写《雪城》上部的时候，我看我们这一代是坚毅的一代；我写《雪城》下部的时候，我看我们这一代——注定了将是很痛苦的一代……

一代的真诚，若受时代之摆布，必归于时代的某种宗教情绪方面去。而宗教情绪的极致便是崇拜意识的狂热顶峰，接下来便会发展向崇拜的“反动”——被污染的真诚嬗变为狼藉破碎的理想主义的残骸……

失落了的热忱恰如泼在地上的水——可能结成冰，却无法再收起。

但是由水到冰并不见得是绝对令人沮丧的。大洋之上的冰山和江河之上的冰排，也是一种非常的景观。

冰源于水却浮于水之上，冰之运动赖于水然而并不任由水之涡旋。

冰不只意味着零下四摄氏度至零下二百七十摄氏度……

冰还意味着独立的立体……

一代人的坚毅，必是艰难时代所铸造。当时代从艰难中挣扎出来，它挣扎的痕迹便留在了一代人身上。每个时代都赋予那一时代的青年人以不同的徽章。我们这一代已不再是青年。我们的徽章已经褪新。戴着这样的徽章的一代中年人，对于个人命运、时代命运乃至人类命运的坎坷，无疑会表现出令人钦佩的镇定……

他们对于任何大动荡不再至于张皇失措……

痛苦，是各类各样的，是最自我的体会。倘议一代人之痛苦，很难一言以蔽之。我看我们这一代人，就大多数来说，是太定型的一代人了。我们改变自己的可能性已经很小。而时代维护自己原本形象的可能性也已经很小。时代的烙印像种在我们身上的牛痘。我们又似时代种在它自己身上的牛痘。时代剜剔不掉我们。我们甩脱不开时代。本质上难变的我们，与各方各面迅变着的时代之间，将弥漫开来互不信任互不适应互难调和云翳。是追随这个过分任性的时代，往自己身上涂抹流行色；抑或像战士固守最后的堡垒一样，与这时代拉开更大的距离摆开对峙的姿态？哪一种选择都未必会是情愿的……

我们这一代人的痛苦其实也不过就是我们这一代人的尴尬。

这一种尴尬将伴随这一代人走完人生之途程。可能愈在将来其尴尬愈甚。

一个时代在意识形态和观念方面究竟可以负载多少？这个问题和一个无限的空间究竟可以充盈多少空气属于同样的问题。但中国的情况刚好相反。中国曾经是一个封闭的国家。中国的情况曾经就是这样。然而中国今天的情况已经根本不是这样……从那扇打开了的门拥进来了文明资本主义、野蛮资本主义所属的意识形态和价值观念。它们互相抗衡，同时一齐受到顽强抵御——对于我们这个时代，这样的负载已经够沉重的了！意识形态方面的较量使当代空前浮躁。在浮躁大时代意识形态的构架中，原本占据主导地位的观念，即共产主义和社会主义思想体系，受到了挑战。

是否太悲观了点呢？也许……

进一步指出的是，我们这一代，正是受共产主义思想和社会主义思想，以及一切与之相适应的观念教化成的一代。

但是，正是这一代人，在他们的思想中，保留下了最为可贵的成分，那便是对国家的责任感，对民族的忧患意识，对人民的命运的关心。也正是在这一点上，我很爱我们这一代人。因为我们这一代人思想中所保留下的，乃是任何一个公民都不可缺少的品格。

我们这一代人习惯了在对与不对之间进行判断，并且直至目前仍习惯于此。

我们的下一代人却总是在利于己或者不利于己之间进行判断，并且将这种判断过程越来越简化。

当然，这是寻常岁月两代人之间的区别，并且是总体上的区别。

非常岁月却不仅两代人，几代人都有可能走在一起。

非常岁月绝不是对代，而是对具体的每一个人的检阅。

非常岁月人人都有可能超越代沟，人人都是“那一个”人或“某一个”人。

所以非常岁月才作用于历史非常这意义。

古罗马有位圣者，一天他将手臂伸出窗外，恰巧有只衔草的母雀飞来，竟落在他的手臂上筑巢，继而生蛋，继而孵蛋……

圣者当然是大慈大悲的啰，于是他想啊，若将手臂缩回，那雀儿就有倾巢之灾。即便不至于倾巢吧，雀儿惊去，将形成的些个小生命，不就永无啄壳而出之日了吗？……

人类的最高文明不就应该尊重生命吗？于是圣者立意不动，不吃亦不喝，经月余，小雀孵出，随老雀飞走，而圣者站在窗前死去……以此事为例，我们的前辈大约会谆谆教导我们：看，这便是善的榜样，这便是善的楷模。好好学习吧，你们！我们也许会对这种诲人不倦的教导逆反的。因为我们这一代呵，总是处在被教导的地位！但我们中的大多数，尽管逆反，也仍是会学习的。

我们的思考逻辑大约会是这样一个过程——果真是善吗？按照我们所受的传统教育来判断，那无疑是善的。那么前辈们的教导便是正确不误的。那么我们怎么可以不学习这样的榜样和楷模呢？

如果我们学习不了，我们就会惭愧，我们就会内疚，我们就会虔诚地谴责我们自己——境界是多么低下啊！我们这一代人总受一种塑造自己趋于完美的意识纠缠！而完美不要说根本就不存在，连真善美与假丑恶的概念，有时也混淆不清。

我们的无限的尴尬正在于此。产生这尴尬的精神、心理、思想、观念之难言苦衷正在于此。我们不会模仿我们的前辈。因为我们曾经自感没有前辈们那份儿进行教化的信心、热忱和义务。而最主要的是我们曾经自感没有那份儿热忱和义务。我们普遍地已悟到了一代人必有一代人的活法，而这是由时代决定的。哪一代人头顶上的“天”都不会塌下来。

我们活得不轻松。我们已相信使每一个人都活得轻松才是

“天之正道”……还谈古罗马那位圣者的例子。这个例子对于我们这代人会提供怎样的经验呢？也许他们会这么说吧——嘿，傻帽儿哎！他们中的精英，则会从价值观念的高度来进行批判——那么所谓“圣者”，在他们看来，即使不是可笑的，也是迂腐的。

站在窗前的时候，万勿将手臂伸出窗外——他们会从中吸取这样一条教训，并且把这样一条教训传授给他们的孩子。

“可是……如果我已把手臂伸出了窗外，已有那么一只雀儿落在了我的手臂上，我该怎么办呢？……”

倘他们的孩子发出这样的诘问，他们也许会非常干脆地回答：“那就把手臂缩回来啊！别学那个傻帽圣者，他活该！你把手臂缩回来了，那雀儿活该！但是不许你把手臂伸到窗外去！一次也不许！看到你那样，瞧我不揍你！……”

我们这一代会就此例如何教导我们的孩子们呢？我不说出，大家自己去想象吧！

这是两代人之间的原则性方面的分野吗？也许算是。也许不是。就算是，从观念上，谁能判断哪一选择更正确呢？我们这一代人，以他们自己的判断力为最正确。并且相当自信，一点儿也不怀疑自己……

可以说我们这一代人对自己常常是充满自信的。

可以说我们这一代人对自己常常是充满怀疑的。

而我们这一代人，可能对自己满意，可能对自己不满意。可能自信，也可能沮丧。但他们大抵不会怀疑自己。他们宁肯怀疑世界，怀疑人类，怀疑人生，怀疑社会，怀疑一切现存的观念基础，却很少怀疑自己。

有一次，我在一所大学做讲座，有同学递条子，问对我影响最大的毛泽东的论文是哪几篇。

我想了想，回答他们，是“老三篇”。是《纪念白求恩》《愚公移山》《为人民服务》。

他们问为什么。

我坦率地说：也许这三篇文章充满了感召力。试想想，《为人民服务》，赞美无私无欲；《纪念白求恩》，赞美奉献之精神；《愚公移山》，赞美意志……

近读一篇文章，作者叙述了一个故事：

“行将就木的人们因为找不到牧师，感到灵魂无处安置。于是天天捧着自己的灵魂，乞求上边派一个牧师来安置他们痛苦的灵魂。一个月后，牧师终于来了，但小镇上的居民却对牧师说：‘没有牧师安置我们的灵魂，我们虽然生活在地狱里，但感到没有人管制我们的灵魂是非常轻松的……’”

我与子龙在武钢讲时，我谈到这个故事——因为它就写在我的《雪城》下部中。

我看我们这一代，太习惯将我们的灵魂交付给谁或干什么了。这是我对自己的醒悟了的一点儿遗憾，也是我对我们这代人带有批判性的一点儿遗憾。

其实我们的灵魂首先应属于我们自己。它的主宰不应是别人而正应是我们自己。没有比自己做自己灵魂的主宰最正当也是最必需的了！

我们是时代的活化石。我们是独特的一代。无论评价我们好或不好，独特本身，便是不容被忽视也不容被轻视的。

而首先是，重要的是，我们这一代人不要轻视和嘲笑我们自己。我们这一代人也不要欣赏我们自己。我们没有任何轻视和嘲笑自己的理由或根据。我们也没有任何欣赏我们自己的理由或根据。

我们就独特地生活着存在着吧！不必和别人一样，也不必任性地和别人太不一样。

在独特之中，我们这一代的每个人，都有与别人同样的权利生活得更宽松些。万勿放弃这一权利——生命对人毕竟只有一次……

我与我们的共和国

我是我们共和国的同龄人。

我是有过知青经历的那一代人中的一个。

我对我们这一代人的一种了解就是，普遍而言，具有十分强烈的爱国心。我不认为我这么说是大言不惭的自诩。“国”者，大“家”也。在一个家庭中，规律现象是，长子长女对家的感情总是会更深一些。因为他们和她们，是第一批和家发生唇齿关系的子女，也是第一批与父母亲历家庭发展过程的人。每一个家庭的长子或长女，对于那个家庭的以往今昔，几乎都能说出和父母相差无几的深切感受。如果一个家庭是从一穷二白的起点好不容易奔上富裕之路的，那么长子长女们的记忆之中，无疑会烙下那艰难过程的不可磨灭的印象。正是那一印象，决定了他们和她们在思想、感情两方面对家庭命运的尤其关注、尤其在乎、尤其重视，也决定了他们和她们，尤其愿意多承担一些责任和义务。这也就是为什么，长子和长女们谈到自己家庭的以往今昔时，每每大动其情甚至唏嘘起来。

在我们的共和国隆重庆祝她成立六十周年的今天，[1]我想说——我们这一代，是曾为她流过不少泪，哭过不少次的。当年作为知青的我们，多思少眠之夜，想的不仅仅是个人以后的命运。特别是在我们知青岁月的后期，对国家命运的焦虑，超过了我们对自己命运的迷惘。我想说，在当年，但凡是一个思想并未麻木，并不浑浑噩噩混日子的知青，谁没和知己经常讨论过国家命运呢？我参加过的一次黑龙江生产建设兵团的知青文艺骨干创作学习班，正是由于成了国家命运之自发的也是人人情怀难抑的秘密讨论会，被勒令解散了。随后，我们许多人成了被调查对象。在当年，必然会是那样的。

我想说，我成为复旦大学之工农兵学员以后，有一次在宿舍里当着几名同学的面高歌电影《洪湖赤卫队》插曲，唱至“砍头只当风吹帽”一句，哽咽不能唱下去，几名同学皆泪盈满眶。我们忧国爱国的心是相通的。当年的我们，确乎都没有足够之勇气为国家命运公开大声疾呼过什么，但与那样一些敢于舍身为国的人，心也是相通的。粉碎“四人帮”后，几乎我们整整一代人的空前感奋，真的可以用手舞足蹈来形容啊！

大约是新中国成立三十五周年前夕，我写过一篇短文——《让我们用热血浇灌祖国》[2]，似乎是发表在《读书》上。那时我也年轻，文章的题目和行文，难免像激情诗。但那一种情怀，却是真诚的、发自内心的。

在后来的某次文艺研讨会上，我曾说——爱国之于我们这一代人，总体而言，不是一种什么“主义”，首先是我们的情感

① 此文写于2009年。

② 后改名《用我们的热血喷注吧》。

必然……

现在，二十五年又过去了，我见证了中国改革开放取得的巨大成就，也极为关注在成就的背后及细节呈现的种种问题、弊端。我也由作家而多了另一种身份——政协委员。

我不认为政协委员对于我是荣誉。论到荣誉，我更希望是由我的创作和我的教师职业所获得的。我认为政协委员是种国家要求、人民要求，同时也应成为我对自己的要求。我认为对于我们这个国家而言，改革尚未成功，开放也并未足够。故我最后要说——祖国，继续努力啊！年轻着的人们，在提高从业能力的同时，也要提高为国家排忧解难的能力啊！后浪应推前浪啊！

这个时代的“三套车”

我这个出生在哈尔滨市的人，下乡之前没见过真的骆驼。当年哈尔滨的动物园里没有。据说也是有过一头的，“三年困难时期”饿死了。我下乡之前没去过几次动物园，总之是没见过真的骆驼。当年中国人家也没电视，便是骆驼的活动影像也没见过。

然而骆驼之于我，却并非陌生动物。当年不少男孩子喜欢收集烟盒，我也是。一名小学同学曾向我炫耀过“骆驼”牌卷烟的烟盒，实际上不是什么烟盒，而是外层的包装纸。划开胶缝，压平了的包装纸，其上印着英文。当年的我们不识得什么英文不英文的，只说成是“外国字”。当年的烟不时兴“硬包装”，再高级的烟，也无例外的是“软包装”。故严格讲，不管什么人，在中国境内能收集到的都是烟纸。烟盒是我按“硬包装时代”的现在来说的。

那“骆驼”牌卷烟的烟纸上，自然是有着一头骆驼的。但那烟纸令我们一些孩子大开眼界的其实倒还不是骆驼，而是因为“外国字”。那是我第一次见到外国的东西，竟有种被震撼的感觉。当年的孩子是没什么崇洋意识的。但依我们想来，那肯定是在中国极为稀少的烟纸。物以稀为贵。对于喜欢收集烟纸的我们，是珍品啊！有的孩子愿用数张“中华”“牡丹”“凤凰”等当年也特高级的卷烟的烟纸来换，遭断然拒绝。于是在我们看来，那烟纸更加宝贵。

“文革”中，那男孩的父亲自杀了，正是“骆驼”牌的烟纸惹的祸。他的一位堂兄在国外，还算是较富的人。逢年过节，每给他寄点儿东西，包裹里常有几盒“骆驼”烟。“造反派”据此认定他里通外国无疑……而那男孩的母亲为了表明与他父亲划清界限，连他也遗弃了，将他送到了奶奶家，自己不久改嫁。

故我当年一看到“骆驼”二字，或一联想到骆驼，心底便生出替我那少年朋友的悲哀来。

后来我下乡，上大学，在十年左右的时间里，竟再没见到“骆驼”二字，也没再联想到它。

落户北京的第一年，带同事的孩子去了一次动物园，我才见到了真的骆驼，数匹，有卧着的，有站着的，极安静极闲适的样子，像是有骆峰的巨大的羊。肥倒是挺肥的，却分明被养懒了，未必仍具有在烈日炎炎之下不饮不食还能够长途跋涉的毅忍精神和耐力了。那一见之下，我对“沙漠之舟”残余的敬意和神秘感荡然无存。

后来我到新疆出差，乘吉普车行于荒野时，又见到了骆驼。秋末冬初时节，当地气候已冷，吉普车从戈壁地带驶近沙漠地带。夕阳西下，大如轮，红似血，特圆特圆地浮在地平线上。

陪行者忽然指着窗外大声说：“看，看，野骆驼！”

于是吉普车停住，包括我在内的车上的每一个人都朝窗外望。外边风势猛，没人推开窗。三匹骆驼屹立风中，也从十几米外望着我们。它们颈下的毛很长，如美髯，在风中飘扬。峰也很挺，不像我在动物园里见到的同类的峰向一边软塌塌地歪着。但皆瘦，都昂着头，姿态镇定，使我觉得眼神里有种高傲劲儿，介于牛马和狮虎之间的一种眼神。事实上人是很难从骆驼眼中捕捉到眼神的。我竟有那种自以为是的感觉，大约是由于它们镇定自若的姿势给予我那么一种印象罢了。

我问它们为什么不怕车。

有人回答说这条公路上运输车辆不断，它们见惯了。

我又问这儿骆驼草都没一棵，它们为什么会出现在离公路这么近的地方呢。

有人说它们是在寻找道班房，如果寻找到了，养路工会给它们水喝。

我说骆驼也不能只喝水呀，它们还需要吃东西啊！新疆的冬天非常寒冷，肚子里不缺食的牛羊都往往会被冻死，它们找到几丛骆驼草实属不易，岂不是也会冻死吗?

有人说：当然啦!

有人说：骆驼天生是苦命的，野骆驼比家骆驼的命还苦，被家养反倒是它们的福分，起码有吃有喝。

还有人说：这三头骆驼也未必便是名副其实的野骆驼，很可能曾是家骆驼。主人养它们，原本是靠它们驮运货物来谋生的。自从汽车运输普及了，骆驼的用途渐渐过时，主人继续养它们就赔钱了，得不偿失，反而成负担了。可又不忍干脆杀了它们吃它们的肉，于是骑到离家远的地方，趁它们不注意，搭上汽车走了，便将它们抛弃了，使它们由家骆驼变成野骆驼。而骆驼的记忆力是很强的，是完全可以回到主人家的。但骆驼又像人一样，是有自尊心的。它们能意识到自己被抛弃了，所以宁肯渴死饿死冻死，也不会重返主人的家园。但它们对人毕竟养成了一种信任心，即使成了野骆驼，见了人还是挺亲的……

果然，三头骆驼向吉普车走来。

最终有人说："咱们车上没水没吃的，别让它们空欢喜一场！"

我们的车便开走了。

那一次在野外近距离见到了骆驼以后，我才真的对它们心怀敬意了，主要因它们的自尊心。动物有自尊心，虽为动物，在人看来，便也担得起"高贵"二字了。

后来我从一本书中读到一小段关于骆驼的文字——有时它们的脾气竟也大得很，往往是由于备感屈辱。那时它们的脾气比所谓"牛脾气"大多了，连主人也会十分害怕。有经验的主人便赶紧脱下一件衣服扔给它们，任它们践踏任它们咬。待它们发泄够了，主人拍拍它们，抚摸它们，给它们喝的吃的，它们便又服服帖帖的了。

毕竟，在它们的意识中，习惯主人是它们自身不可分割的一部分。

不久前，我在内蒙古的一处景点骑到了一头骆驼背上。那景点养有一百几十头骆驼，专供游人骑着过把瘾。但须一头连一头，连成一长串，集体行动。我觉有东西拱我的肩，勉强侧身一看，是我后边的骆驼翻着肥唇，张大着嘴。它的牙比马的牙大多了。我怕它咬我，可又无奈。我骑的骆驼夹在前后两匹骆驼之间，拴在一起，想躲也躲不开它。倘它一口咬住我的肩或后颈，那我的下场就惨啦。我只得尽量向前俯身，但无济于事。骆驼的脖子那

我盼着驼队转眼走到终点，那我就可以拧开瓶盖，恭恭敬敬地将一瓶饮料全倒入它口中。可驼队刚行走不久，离终点还远呢！我一向以为，牛啦，马啦，骡啦，驴啦，包括驼和象，它们不论干多么劳累的活都是不会喘息的。那一天那一时刻我才终于知道我以前是大错特错了。

么长，它的嘴仍能轻而易举地拱到我。有几次，我感觉到它柔软的唇贴在了我的脖颈儿上，甚至感觉到它那排坚硬的大牙也碰着我的脖颈儿了。倏忽间我于害怕中明白——它是渴了，它要喝水。而我，一手扶鞍，另一只手举着一瓶还没拧开盖的饮料。既明白了，我当然是乐意给它喝的。可驼队正行进在波浪般起伏的沙地间，我不敢放开扶鞍的手，如果掉下去会被后边的骆驼踩着的。就算我能拧开瓶盖，还是没法将饮料倒进它嘴里啊，那我得有好骑手在马背上扭身的本领，我没那种本领。我也不敢将饮料瓶扔在沙地上由它自己叼起来，倘它连塑料瓶也嚼碎了咽下去，我怕锐利的塑料片会划伤它的胃肠。真是怕极了，也无奈到家了。

它却不拱我了。我背后竟响起了喘息之声。那骆驼的喘息，类人的喘息，如同负重的老汉紧跟在我身后，又累又渴，希望我给“他”喝一口水。而我明明手拿一瓶水，却偏不给“他”喝上一口。

我做不到呀！

我盼着驼队转眼走到终点，那我就可以拧开瓶盖，恭恭敬敬地将一瓶饮料全倒入它口中。可驼队刚行走不久，离终点还远呢！我一向以为，牛啦，马啦，骡啦，驴啦，包括驼和象，它们不论干多么劳累的活都是不会喘息的。那一天那一时刻我才终于知道我以前是大错特错了。

既然骆驼累了是会喘息的，那么一切受我们人役使的牲畜或动物肯定也会的，只不过我以前从未听到过罢了。举着一瓶饮料的我，心里又内疚又难受。那骆驼不但喘息，而且还咳嗽了，一种类人的咳嗽，又渴又累的一个老汉似的咳嗽。我生平第一次听到骆驼的咳嗽声……一到终点，我双脚刚一着地，立刻拧开瓶盖要使那头骆驼喝到饮料。偏巧这时管骆驼队的小伙子走来，阻止了我。因为我手中拿的不是一瓶矿泉水，而是一瓶葡萄汁。我急躁地问："为什么非得是矿泉水？葡萄汁怎么了？怎么啦？！"小伙子讷讷地说，他也不太清楚为什么，总之饲养骆驼的人强调过不许给骆驼喝果汁型饮料。我问他这头骆驼为什么又喘又咳嗽的。他说它老了，是旅游点买一整群骆驼时白"搭给"的。我说它既然老了，那就让它养老吧，还非指望这么一头老骆驼每天挣一份钱啊？

小伙子说你不懂，骆驼它是恋群的。如果驼群每天集体行动，单将它关在圈里，不让它跟随，它会自卑，它会郁闷的。而它一旦那样了，不久就容易病倒的……

我无话可说，无话可问了。老驼尚未卧下，一动不动地站在原处，瞪着双眼睇视我，说不清望的究竟是我，还是我手中的饮料。

我经不住它那种望，转身便走。

我们几个人中，还有著名编剧王兴东。我将自己听到那老驼的喘息和咳嗽的感受，以及那小伙子的话讲给他听，他说他骑的骆驼就在那头老驼后边，他也听到了。

不料他还说："梁晓声，那会儿我恨死你了！"

我惊诧。

他谴责道："不就一瓶饮料吗？你怎么就舍不得给它喝？"

我便解释那是因为我当时根本做不到。何况我有严重的颈椎病，扭身对我是件困难的事。他愣了愣，又自责道："是我骑在它身上就好了，是我骑在它身上就好了！我多次骑过马，你当时做不到的，我能做到……"我顿时觉他可爱起来，暗想，这个王兴东，我今后当引为朋友。几个月过去了，我耳畔仍每每听到那头老驼的喘息和咳嗽，眼前也每每浮现它睇视我的样子。

由那老驼，我竟还每每联想到中国许许多多被“啃老”的老父亲老母亲。他们被“啃老”，通常也是儿女们的无奈。但，儿女们手中那瓶“亲情饮料”，儿女们是否也想到了那正是老父老母们巴望饮上一口的呢？而在日常生活中，那是比在驼背上扭身容易做到的啊！

天地间，倘没有一概的动物，自远古时代便唯有人类，我想，那么人类在情感和思维方面肯定还蒙昧着呢。万物皆可开悟于人啊！